KB107551

그럼에도 매혹은

파괴될 수 없다.

매혹은 우리가

　　　그 필요성을 기억해내길

　참을성 있게 기다린다.

그리고 내가 찾아 나서기 시작하는 지금,
여기에 있다.
내가 돌아오기를 기다리며
창백하게, 간헐적으로 존재한다.

불현듯 포착한 스테인드글라스 뒤의 햇살.

개울의 토사 속에서 번뜩이는 금빛.

잎새 사이로 속살거리는 단어들.

시몬 베유는 이렇게 썼다.

"부디 내가 사라지기를. 어떤 곳이든 내가 있으면,
나의 호흡과 심장의 박동으로
하늘과 땅의 고요가 방해받을 터이니."

그것이 바로 내가 찾는 것이다.
세상의 거친 흐름에 한데 융화되고,
압도된 감각을 느끼고,
완전히 빨려 들어가
이따금 자신을 잊어버릴 기회.

ENCHANTMENT

인챈트먼트

부서지지 않는
매혹의 인생에 관하여

캐서린 메이
이유진 옮김

Enchantment

디플롯

차례

머릿속에서 나뭇가지를 키우는 소년,

버트에게

부디 내가 사라지기를

요즈음 밤마다 잠이 깨곤 한다. 내가 어디 있는지 분간하지 못하는 몇 초의 공포스러운 시간이 흐른다. 나는 분명 내 이름을 알지만, 지금 내가 어떤 버전의 나인지는 알지 못한다.

어느 밤엔 십 대 시절 침대에 누워 있던 나로 돌아갔다고 확신했다. 머릿속에서 과학, 역사, 예술… 수업 시간표가 똑딱이며 흐르는 동안 내 귀엔 그 시절 침대의 금속 프레임이 삐걱거리던 소리까지 들릴 지경이었다. 환상이 사라지고 기우뚱대는 현실감 속에서 정신을 차리고 보니 나는 아무도 아닌, 그때 그 소녀를 기억하는 누군가였다. 그러다가 나는 다시 나였다. 창문으로 바닷바람이

밀려들어오는 방 안, 파란 천을 씌운 침대에서 지금 존재
하는 나.

평소답지 않은 일이었다. 보통은 잠에서 깨어날 때
나는 아무것도 아닌 존재다. 어둠 속에서 한데 그러모으
려 애쓰는 의식으로만 존재할 뿐. 그것은 낯설고 막연한
순간, 어디에도 닻을 내리지 않은 자아가 떠도는 순간
이다. 내뱉지 않은 숨과도 같은, 막간이다. 마침내 그 순
간은 해제되고, 폐에 공기가 들어오고, 세상이 흘러들어
온다. 불안을 사그라뜨리는 사실들이 물밀듯이 밀려온
다. 재부팅. 내가 돌아와 있다.

요즈음 책 한 페이지를 온전히 다 읽기가 어렵다. 이
처럼 주의력이 미끄러지듯 사라지는 일은 아무런 저항도
없이 일어난다. 머릿속에 무슨 윤활유라도 발라놓은 것
같다. 어떤 일을 하려고 하면 나의 무의식이 은근슬쩍 다
른 일로 방향을 틀어버린다. 무의식에게는 제멋대로 계
획해둔 것이 있다. 이를테면 뭔가를 보도록 한다. 다가오
는 위협에 경계하며 어깨너머로 뭔가를 살피게 한다.

나는 끊임없이 책을 사들인다. 사람들도 내게 계속
책을 보내준다. 책은 선거권을 박탈당한 폭동 직전의 군

중처럼 위협적으로 불어나 집 안 모든 탁자 위를 위태롭게 점령한다. 책상에 쌓인 책들은 심상치 않은 먼지 장막을 불러들인다.

책장을 더 마련하기로 결심하지만 그 계획도 나에게서 미끄러져 나간다. 이것저것을 보느라 너무 바쁘다. 결국 무엇인가에 몰두할 집중력이 남아나지 않는다.

요즈음 내 손은 뭐든 일을 찾지 못해 안달이다. 나는 버트의 교복 바짓단을 내려 적당한 자리에 핀을 고정한다. 새 바지를 사는 건 말이 안 된다. 고작 한 달이면 맞지 않을 것이다.

버트는 빠르게 자라고 있다. 이제는 버트를 내 무릎 위에 끌어올려 팔로 감싸 안을 수 없다. 우리는 서로를 껴안으려 몸을 대략 맞춰보지만 늘 팔다리가 갈 곳을 찾지 못하는 바람에 둘 중 한 명은 불편해 몸을 비틀게 된다. 버트가 내 몸에 체중을 실어 포옹하는 걸 우리 둘 다 무척 좋아하지만, 이제는 자꾸 중심을 잃게 된다. 그래서 우리는 서로의 몸을 꼭 맞붙이던 기억을 되살리려 애쓰며 나란히 앉는다.

아무튼 나는 어느 지루한 여름 휴일날 오후에 수건

을 꿰매기 위해 처음 바느질을 배웠던 때를 떠올리며, 바짓단을 수선하느라 바쁘다. 할머니는 열의에 찬 내 작은 손을 바라보며 바늘땀을 잡아당기지 말고 제자리를 잡으라고 말씀하셨다. 실을 너무 세게 당겨도 안 되고, 너무 느슨하게 빼내도 안 된다. 제자리를 찾지 못하고 항상 헤매는 나에게 어쩌면 이 핀이 해답이 될지도 모른다는 생각이 든다. 어쩌면 세심한 바늘땀이 나를 한곳에 붙잡아 둘 수 있을지도.

☾

지난 10년간 우리는 점점 커져가는 비현실적 감각에 사로잡혔다. 우리는 사태를 제대로 파악할 기회도 얻지 못한 채 끊임없는 변화의 굴레에 갇힌 듯했다. 주기에 맞춰 분주하게 굴러가는 뉴스, 소셜미디어에 범람하는 온갖 이야기, 당파 정치에 따라 분열된 가족. 우리는 반으로 갈렸고 이어서 넷으로 갈렸으며 이제는 분열된 사회의 잔해가 된 것만 같다.

시대정신이라는 게 있다면 그것은 공포심과 아주 비슷한 무엇일 것이다. 지난 수년간 우리는 줄곧 토끼처럼 뛰어다녔다. 하얀 꼬리가 스쳐 지나가는 것을 보고 위험 신호를 읽어내고는 우리 자신의 하얀 꼬리를 흔들며 내 달린다. 두서없는 공포가 강물처럼 밀려들어 연쇄 반응이 일어난다. 공포가 야생의 경계심 가득한 또 다른 개체를 불러모으고, 그 개체는 다시 자신의 위험 신호를 보내오는 것이다. 피해야 할 포식자가 한둘이 아니다. 지금은 도망치는 것이 우리의 일이 되어버렸다. 모든 일이 급박하다. 해마다, 우리는 더 열심히 뜀박질해야 한다. 다른 해결책은 없다. 달리고, 겁에 질려 허둥지둥하고, 공포에 질린 심정을 남들에게 토로할 뿐이다.

이 시대의 모든 것은 우리를 지극히 작은 존재로 여기게 하려고 공모한다. 규모가 우리를 압도해버린 듯하다. 세상 만물이 위압적인 수치로 표현되니 마치 조물주의 실체를 대면하는 기분이 든다. 우리는 그 지독한 복잡성과 엄연한 심각성에 경악한다. 우리는 미처 대비하지 못했다. 지금 우리는 기본적인 생존을 유지하기 위해 애쓰고 있다. 끝도 없고 보답도 없는 노동이다. 언젠가는 결국 우리를 집어삼킬 거대한 기계에 연료를 넣고 있다는 느낌이 때때로 든다. 우리는 지쳐 있다. 더 이상 집에 있는 것처럼 편안한 마음을 느끼지 못하는, 지칠 대로 지친 사람들이다. 여기서 나갈 출구도 보이지 않는다.

한편 우리는 의식의 끄트머리에서 일종의 부재를 감지한다. 명료하게 말하기는 쉽지 않지만 부재는 그 자체로 캄캄한 한밤중의 공포를, 그 자체로 고통을 수반한다. 우리는 인식하지 못하는 사이에 의미로부터 단절되어버렸음을 느낀다. 물질주의의 흐름을 막을 수 없다고 걱정할 때 단절을 느낀다. 스마트폰에 이끌리는 것이 중독처럼 여겨질 때 단절을 느낀다. 에어컨으로 통제된 기후 속에서 살고 있음을 느끼면서도 바깥 날씨를 그다지 알고 싶지 않을 때 단절을 느낀다.

이런 것들은 그저 일상 속에서 나타나는 증거일 뿐이다. 우리가 부재를 가장 사무치게 느끼는 순간은 비탄의 언어를 찾으려 하다가 그저 진부한 말만을 발견할 때다. 우리가 겪은 가장 암울한 불모의 경험을 모두가 보는 앞에 던져본다 한들 누구 하나 알고 싶어 하지 않음을 확인할 때다. 무언가가 없어졌다. 생생한 기억 저편으로 사라져버렸다. 유사 이래 인간다움을 규정해온, 경험에서 우러난 지혜가 사라진 것이다. 우리는 태어나서 죽을 때까지 거치던 통과의례의 자리를 다른 것들에 넘겨주었고, 그럼으로써 우리 경험의 상당 부분을 침묵에 잠기게

했다. 우리는 우리와 똑같이 살아가고 있는 친구들과 이웃들의 학습된 고립 속에서 각자, 잠자코, 어떤 방식으로든 부재를 목격한다. 수 세기에 걸쳐 배운 것들이, 수 세대를 이어온 유대감이 침묵 속에 잠겨 있다. 끊임없이 대화에 둘러싸여 있는데도 우리는 만성적으로 외롭다.

나의 일부를 잃어버렸다는 느낌이 점점 더 강하게 든다. 다가오는 엄청난 변화를 수용할 수 있던 내 일부를, 그 변화를 단순히 수용하는 데서 나아가 몸으로 느끼고 경험하고 통합할 줄 아는 일부를 잃어버렸다. 나이가 더 들면서 이는 절망스러운 결핍처럼 느껴지기 시작한다. 내 안에는 이제야 겨우 이해하기 시작한 갈망이 있었다. 초월적인 경험을 향한, 깊이를 향한, 의미 만들기를 향한 갈망. 세상뿐 아니라 나도 변해야 한다. 부드러워져야 하고, 경직된 경험에 입각해 세운 경계선을 벗어나야 하고, 나의 존재 안에서 좀 더 유연성을 찾아야 한다. 나는 시인 존 키츠가 소극적 수용력negative capability이라고 부른 것을 추구한다. 그것은 말하자면 "조급하게 사실이나 이유를 찾으려 애쓰지 않고 불확실성, 신비, 의혹" 속에서도 머물 수 있게 해주는 사고의 미묘하고도 직관적인 상태를 말한다. 세상의 미묘한 마법은 위안을 주지만 나는 그 위안을 어떻게 받는지 알지 못한다.

내 앎의 근원적 부분, 기본적인 인간의 감정 같은 것을 잃어버렸다. 근원적 부분 없이는, 세상은 밤새도록 틀어둔 수도꼭지 같다. 평평하고 화학적이고 생명이 없는 것처럼 느껴진다. 나는 내리꽂힐 땅을 찾는 번개 같다. 불안정한 상태로, 잠재된 에너지의 저릿한 기운을 사지에서 느끼며 늘 접촉의 지점, 방출의 순간을 미룬다. 그 기운은 결코 오지 않는 폭풍이 운집하듯이 내 안으로 모여들 뿐이다. 무언가 그 아래 도사리고 있는 것이 두려워서 유리 표면 같은 그 위를 미끄러지고 있다는 이 아득한 불안의 감각을, 나는 어떤 말로도 온전히 표현할 수가 없다. 나는 좀 더 나은 방식으로 이 삶을 헤쳐 나가고 싶다. 나는 다시 매혹되기를 원한다.

매혹은 의미를 통해서 증폭되는 작은 경이로움이자 이야기와 기억으로 짜인 그물에 사로잡힌 매력이다. 매혹은 동종요법과 비슷해서 소량의 경외감이 필요하며, 이 경외감은 우리가 찾아 나설 때만 비로소 발견할 수 있는 조용한 마법의 자취다. 매혹은 지구를 이루는 요소들과 우리가 하나의 실로 이어진 존재처럼 연결되어 있다는 감각이고, 지구와 우리의 연결에 힘이 잠재하며 우리 인식의 경계에 찌릿한 흥분이 있다는 감각이다. 매혹은 우리의 지질학에서는 잊혔던 이음매이자, 우리의 불안정한 부분을 메우는 불가해한 입자다. 매혹은 매일의 삶에서 마법을 감지하고, 우리의 마음과 몸을 통해 이를 받아들이며 삶을 지속하는 능력이다.

매혹이 없으면, 자신의 토양을 직접 팠을 때만 발견할 수 있는 어떤 본질적 양분, 비타민 같은 것이 결핍된 느낌이 든다.

☾

아홉 살, 어쩌면 열 살 즈음의 내가 엄마 차 뒷좌석에 앉아 있다. 우리 동네가 끝나는 곳에서부터 시작되는 농장을 통과해 달리는 차 안에서 나는 생각한다. **이곳을 아름답다고 할 수 있을까?**

분명 내게는 아름다워 보였다. 전쟁이 끝난 후 조립식 콘크리트 평판으로 지은 똑같은 외양의 집들이 일렬로 늘어선 곳을 지나면 땅이 펼쳐졌고 모든 것이 푸르러졌다. 사실 이 들판은 저지대여서 종종 물에 잠겼고, 양배추가 어지럽게 흩어진 땅 위로는 까마귀들이 돌아다녔다. 템스강에서 틸버리의 발전소를 가로지르는 곳만 제외하면 이렇다 할 경치도 없었다. 하지만 이곳은 내가 가진 전부였다. 나만의 뻥 뚫린 하늘.

때때로 나는 방과 후 엄마가 데려온 여자아이들과 함께 그곳을 걸었다. 늘어선 상점들과 도서관을 지나 계속 걷다 보면 마침내 깊게 팬 트랙터 타이어 자국이 있는 진흙길에 이르렀다.

언젠가 한번은 거기서 오소리를 보았다고 생각했는데 한참을 흥분에 들떠 따라가 보니 바람에 부풀어 오른 검은색 쓰레기봉투였다. 어쩌면 오소리의 것일지도 모르는 발자국이 있었지만 엄마는 오소리보다는 커다란 개의 발자국 같다고 말했다. 그래도 나는 발자국의 형상을 찍어 남기려고 소석고 봉투와 물 한 병을 들고 추적을 멈추지 않았다. 결과는 절망적일 만큼 불명확했다. 그저 커다란 발자국 모양이었을 뿐이니까. 개, 오소리, 설인까지 어떤 동물의 발자국도 될 수 있었다.

이런 지형에는 사람의 심장을 뛰게 하는 매력이 있었던 걸까? 엄마는 그렇다고, 적어도 조금은 그렇다고 생각하는 듯했다. 때때로 일요일에 시간이 나면 우리는 차로 그곳을 통과해 습지와 그 주위를 에워싼 녹색 도랑을 가로질러 할머니 댁에 갔고 "예쁜 길로 간다"고 말하곤 했다. 도랑도 자연으로 취급했던가? 나는 도랑에 뱀장어가 가득하다는 말을 들었고, 습지에는 쥐가 있다는 것도 알고 있었다. 고양이들이 엄지손가락만큼이나 두꺼운 분홍색 꼬리가 달린 쥐들을 그리로 옮겨오기 때문이었다. 그러니 이곳은 일요일 밤 다큐멘터리에 나올 법한 자연처럼 여겨지지는 않았다. 나의 자연, 우리 집 주변에 존재하는 자연은 시트콤에 나오는 여자들이라면 비명을 지를 만한 자연이었다.

우리 지역의 버려진 석면 공장이었던 낡은 브리티시 우랄라이트 워크스 옆 운하에는 백조들도 있었다. 사람들은 거기서 일했던 이들에게 여전히 벌어지고 있는 일, 가령 이 지역 수많은 사람들의 폐를 망가뜨린 병보다는 비극적인 실업에 대해 더 많이 이야기하는 듯했다. 야외 활동을 싫어했던 엄마는 무슨 이유로 그랬는지는 몰라도 그곳을 함께 걸으며 자연을 바라보는 장소로 삼았다. 연못에는 개구리알이 있었고, 백조들이 만든 커다란 둥지들도 있었다. 우리는 새들을 겁주지 않으면서 알을 찾아보려고 노력했다. 우리 둘 다 백조들이 쉽사리 사나워진다는 것을 알고 있었다. 녹슨 금속과 철조망 사이로 야생의 자연이 융성한 이곳은 언제나 절충적인 곳이었다. TV에 나오는 자연은 크고 광대했으며 우리 가까이에 있는 그 어떤 곳도 아닌, 본질적으로 다른 어딘가였다. 우리의 존재는 나머지 세상과 비교하면 지극히 하찮고 보잘것없어 보였다.

좀 더 확실히 아름답다고 생각한 장소들도 있었다. 메이드스톤으로 가는 도로의 블루벨 힐에는 내륙으로 가지 못하게 발을 묶는 도버 화이트 클리프가 있었다. 나는 백악 급경사지인 그 높다란 바위투성이 절벽이 분명 세계의 어떤 명소들보다도 빼어나게 아름답다고 생각했다. 남몰래 그 절벽이 얼마나 유명한지 궁금해하기도 했다. 그런가 하면 풀이 자란 모래 언덕과 해안에 별처럼 박힌 분홍접시 조개가 인상적인 그레이트스톤의 해변도 있었다. 해마다 두세 번쯤 무리를 지어 차를 달려 그곳에 갔다. 켄트의 마을들을 구불구불 지나가며 〈병참 장교의 가게〉 노래를 함께 불렀다. 한번은 엄마가 파란 보온병에 든 커피를 마시는 동안 타르탄 담요 위에 앉아서 어른이 되면 바닷가에 살고 싶다고 말한 적이 있었는데 내 말에 모두가 웃음을 터뜨렸다.

"그럼 집 안에 온통 모래가 날리게 될걸."

엄마가 말했다.

"온종일 진공청소기를 밀어야 할 거다."

할머니가 말했다.

그 말에 나는 혼란스러워졌다. 우리는 모래가 많은 곳에서 멀리 떨어져 살았지만 할머니는 언제나 진공청소기를 손에서 놓지 않았기 때문이다. 그래도 나는 그 말을 새겨들었다. 아름다움이란 비실용적이었다. 우리처럼 평범한 사람들을 위한 것이 아니었다.

분명 모두에게 보편적으로 아름답지는 않은 듯했지만, 나는 다른 것들에서도 아름다움을 발견했다. 여름날, 향수를 만들기 위해 정원 여기저기에 흩어놓은, 갈색으로 변해가는 장미 꽃잎 양동이. 밤이면 우리 집 건너편 강물 저쪽 높은 굴뚝에서 빛나던 빨간 불빛. 부모님이 이혼한 후 이사해 살게 되었던 할머니 댁 손님방 침대에 누우면 보이던, 내 이불 바로 위로 흘러가는 자동차 헤드라이트 불빛들. 엄밀히 말해 아름답다고 할 만한 것이 아님은 알고 있었지만 그런 것들 사이에서 외부 세계가 내 방 안으로 유령처럼 건너오는 마법을 발견했다.

무엇보다도 내가 봤던 가장 아름다웠던 장면은 어느 새해 전야 한밤중에 할아버지가 깨우는 바람에 뒤편 침

실 창문에 기대어 보았던, 지평선 위로 펼쳐진 런던의 불
꽃놀이였다. 다음 날 아침, 내가 본 것이 꿈인지 현실이
었는지 궁금했지만 혹시라도 꿈이었을까봐 물어보고 싶
지 않았다. 이런 것들은 나의 성스러운 유물이고, 나의
예식이며, 언제든 마음속에서 굴려볼 수 있도록 단단히
간직한 추억의 모음이었다. 그런 것들은 뭔가 임박한 것
처럼, 뭔가 일어날 것처럼, 찌릿한 감흥을 불러일으켰다.

어린 나에게 매혹은 참으로 쉽게 찾아왔지만, 매혹
을 하찮고 지엽적인 것이라고, 어른으로 향해가는 바쁜
나날 속에서 제쳐두어야 할 부끄러운 것이라고 잘못 생
각했다. 그런데 지금은 어떻게 해야 다시 매혹을 느낄 수
있을지 궁금하다. 이제 보니 매혹은 어떤 거창하거나 객
관적인 감각이 아니고, 무엇보다 아름다움과는 별다른
관련이 없다. 어렸을 때 느낀 매혹은 주변 세상과 깊게
유대를 맺으면서 비롯되었다는 생각이 든다. 즉, 긴밀한
관심을 동반하는 특별한 재질의 경험, 무언가에 주목함
으로써 생겨나는 접촉의 감각으로부터 말이다. 그 모든
것들을 억압하려고 무던히 노력했다. 성장하기 위해서는
그래야 한다고 생각했다. 거기에는 수년간의 노력이, 수
년간의 주의 깊은 망각이 필요했다. 그때는 무엇을 잃고

있는지 깨닫지 못했다.

그럼에도 매혹은 파괴될 수 없다. 매혹은 우리가 그 필요성을 기억해내기를 참을성 있게 기다린다. 그리고 내가 매혹을 찾아 나서기 시작하는 지금, 여기에 있다. 내가 돌아오기를 참을성 있게 기다리면서 창백하게, 간 헐적으로 존재한다. 불현듯 포착한 스테인드글라스 뒤의 햇살. 개울의 토사 속에서 번뜩이는 금빛. 잎새 사이로 속 살거리는 단어들. 시몬 베유는 이렇게 썼다. "부디 내가 사라지기를. 어떤 곳이든 내가 있으면, 나의 호흡과 심장 의 박동으로 하늘과 땅의 고요가 방해받을 터이니."

그것이 바로 내가 찾는 것이다. 세상의 거친 흐름에 한데 융화되고, 압도된 감각을 느끼고, 완전히 빨려 들어 가 이따금 자신을 잊어버릴 기회.

하지만 내 마음도 겨우 움직일까 말까 한 지금으로 서 매혹은 거창한 목표다.

인공 시대의 선돌

　　지금 기분이 어떤지 설명하고 싶을 때 내가 가장 많이 쓰는 어휘는 바로 **당혹감**이다. 내 심리 상태를 완벽하게 포착하는 단어다. 혼란스럽고, 갈피를 잡지 못하며, 기분이 언짢은 상태. 나에게 이 말은 약간의 어긋남이나 절단을, 감정의 주체가 갈기갈기 찢어지고 그 구성 요소들이 이리저리 흩어지고 있는 감각을 암시한다. 어쩌면 당혹감discombobulation을 참수decapitation라는 단어와 혼동하고 있는지도 모르겠다. 당혹감이라는 단어는 언제나 내 머리가 몸으로부터 떨어져 나가는 장면을 상상하게 한다. 아무튼 이 단어야말로 내 느낌을 정확히 말해준다. 아무것도 제자리에 있지 않다는 느낌. 당혹감은 존재의 아주 심각한 상태를 심각하지 않게 나타내는 표현이자, 존재론적 위기를 완곡하게 드러내는 말이다.

　대체 내게 무슨 문제가 있는 건지 모르겠다. 그건 아무것도 아니지만 동시에 모든 것을 아우르는 문제다. 아무런 생각도 에너지도 없이 이상하게 텅 빈 느낌이다. 어디로 가는지 알 수 없는 날들이 그냥 흘러가고 있다. 해야 하는 것들 하나하나가, 어떤 요구의 기미들이 나와 맞서고 있다. 나는 그 모든 것에 분개한다. 조용히 혼자 있고 싶다. 하지만 완전히 혼자가 되면 막상 그 시간에 무엇을 해야 할지 모르겠다. 아마 책을 읽지 않을까 싶지만 실은 잠을 잘 것 같다. 지금 내게는 책을 읽을 만한 집중력이 없다. 사실 어떤 것에도 집중력을 발휘할 수가 없다. 내 뇌는 완전히 나에게서 떨어진 별개의 것처럼 느껴진다. 텅 비었는데 무얼 더 집어넣을 수도 없다. 내 뇌는 내가 의식하고 싶은 것을 끊임없이 의식하지 않으려 하는, 쓸모없는 기관인 듯하다. 어떤 것에도 주의를 기울이지 않는다. 창백한 빛처럼 모든 것을 튕겨버린다.

　시간은 이상하게 흘러가고 있다. 드문드문 떨어져 어두운 구석에 쌓인 눈처럼 이 집 위에 살포시 떨어진 것 같다. 시간은 내가 딱히 설명할 수 없는 방식으로 실재하며 나의 지붕 위에 무겁게 내려앉아 있다. 일상에서 어떤 순간들은 무리를 지어 거의 계속 이어진다. 매일 밤 얼굴을 씻을 때 나는 몇 개월에 걸쳐 계속되는 어떤 순간 동안 세면대 앞에 서 있던 것처럼 느낀다. 시간은 건너뛰었다가 모이기도 해서, 나는 문득 나이가 들 때까지 욕실에 서서 이렇게 몇십 년을 훌쩍 뛰어넘게 되는 것은 아닌지 걱정이 될 때도 있다. 하루 중 또 어떤 시점에는 시간이 너무 더뎌서 세상이 돌아가고 있다는 사실을 믿기가 어려울 정도다. 어떤 것은 분명 멈추어 있는 게 틀림없다.

어쩌면 나도 줄곧 멈춰 있었나 보다. 우울증을 앓고 있는 걸 수도 있지만, 이제껏 겪은 우울증과는 다른 기분이다. 한때 내 무릎에 족쇄를 채운 자기 혐오도, 파괴를 향한 충동도 느껴지지 않는다. 여전히 꽤나 들뜬 상태이고, 사실 이상하게 만족스럽다. 좀 느릴 뿐, 그게 전부다. 나는 그냥 비어 있다. 자극이 너무 적어 기지는 무디어지고 요구받는 일이 없어 민감성이 높아진 것을 보면, 일종의 팬데믹 후유증이 아닐까 추론해본다. 나는 락다운 lockdown이 불러온 사회적 휴전을 좋게 여기기도 했지만 마음이 불편하고 지루하기도 했다. 지금 그 상태에 꼼짝

없이 갇힌 것 같다. 지루하고 불안하고 머릿속은 텅 비어 있지만 몸은 그런 상태의 변화에 저항한다. 정적이 내 뼛속에 자리 잡았고, 어떻게 해야 다시 유동성을 느낄 수 있는지 모르겠다.

나만 이런 것은 아니다. 내가 아는 사람들도 각자 나름대로 이런 이야기를 하고 있다. 그들은 여전히 일을 해나가려고 애쓰는 가운데 팬데믹을 거치며 더 혹독해진 육아 환경에 대해 하소연한다. 스스로 통제할 수 없는 일에 집착하게 만드는 외로움과 고립감에 관해서도 이야기한다. 완경으로 인해 정신이 오락가락한다는 말도 더 자주 한다. 어떤 이들은 그런 것을 '번아웃'이라 부른다. 우리 모두 검게 그을린 유해다. 시커멓게 그을린 뼈 말고는 우리에게 남은 것은 아무것도 없다.

존재의 이런 상태에 나는 일가견이 있다. 자폐가 있는 사람들, 특히 나처럼 어른이 된 후 뒤늦게 자폐 진단을 받은 사람들은 번아웃 상태와 긴밀하게 연관되어 있다. 번아웃은 자기 자신에게 필요한 것이 무엇인지 오랫동안 무시할 때 온다. 번아웃은 피로에 피로가 쌓이고 압도감에 압도감이 더해져 생겨나는 점증적인 병이다. 내 경우에는 매일의 삶 속에서 감각적 고통을 참고 사회적 관계 속에서 끝없이 어긋나는 것을 숨기려고 수년간 애쓰는 사이 번아웃 상태를 오락가락하게 되었다. 번아웃은 매번 다른 형태로 왔다. 가만히 서 있기도 힘들 정도의 극심한 피로감으로, 완전히 무너져서 입을 꾹 닫아버리는 상태로, 또는 점진적으로 증폭되어 모든 것을 집어삼키는 불안감으로. 내가 헤아린 것보다 더 많은 실직으로, 그리고 실직에 수반되는 부작용인 빚, 경제적 안전망을 구축하지 못하는 무능력함, 자존감 상실, 늘 떠나지 않는 수치심으로 왔다. 이제 그 근원을 이해하는 만큼, 번아웃을 세심히 방어하려 한다. 나는 스스로 번아웃을 예방하는 방법을 터득했다고 생각했다. 그러나 아니었다. 번아웃은 다시 왔다. 내가 통제할 수 있는 수준은 그 정도뿐이었다.

　일을 하려고 책상에 앉아 있지만 트위터, 인스타그램, 그리고 뉴스, 트위터, 그리고 뉴스, 인스타그램, 그리고 뉴스, 트위터 그리고 인스타그램, 그리고 트위터, 그리고 트위터, 그리고 인스타그램, 그리고 끝없는 끔찍한 뉴스, 그리고 다시 트위터 사이를 왔다 갔다 하고 있다. 거기서는 모두가 뉴스에 분개하고, 모두가 어느 한 방향을 택해 자신의 노선을 확실히 하려는 듯 보인다. 나에

비해 너무나 견고하고 분명해 보이는 인간 아바타들 사이에서 나는 죄지은 기분으로 시간을 흘려보낼 뿐이다. 그들은 지속적으로 빛을 발산하지만, 나는 그렇지 않다. 공허한 눈으로 그들을 바라보며 어떻게 그렇게 많은 것을 알고 있으며 어떻게 그렇게 확신에 차 있는지 궁금해한다. 나는 글을 써야 하는데 그럴 만한 알맹이를 가지고 있지 않다. 어쨌거나, 무슨 말을 써야 할까?

정오가 되니 무엇이든 해야 했음을 깨닫는다. 좀 더 악착같이 집중하려고 노력해야 했다는 뜻이다. 그러나 이렇게 떠돌아다닌다는 느낌을 해소하기 위해 쓸 수 있는 유일한 방법은 중력감이 돌아올 때까지 쿵쾅대며 땅에 발을 구르는 것이다. 내 책상 위에는 포스트잇 메모가 하나 있다. 지난주 정신이 명료한, 흔치 않은 순간에 적은 그 메모에는 이렇게 적혀 있다. "산책하러 가기." 이 주문에 따라야 한다는 생각이 든다. 보통은 개를 데리고 해변을 거닐지만 오늘은 그런 평범한 길은 성에 차지 않는다. 두 다리로 내 존재의 무게를 느꼈으면 좋겠고, 끝없이 아래로 끌려 내려가는 느낌에는 제동을 걸었으면 좋겠다. 나는 현관에서 출발해서 오래된 풍차와 집들 사이를 지나 시외로 이어지는 언덕을 오른다. 위츠터블의 선돌을 찾아가는 길이다.

직립한 돌 무리는 원 모양 혹은 길게 배열된 형태로 브리튼제도와 브르타뉴 지역에 산재해 있다. 4000년에서 7000년 전 사이인 신석기시대에 만들어진 것으로, 돌 무리를 세운 정확한 목적은 세월에 묻혀 있다. 그러나 위츠터블에 그렇게 오래된 것은 없다. 신비한 과거 문명을 암시하는 기다란 고분도, 거석도, 유적도 없다. 사실, 위츠터블의 선돌은 새로 만들어진 것이다. 이 거대한 여덟 개의 바위는 2020년 11월 마을에 공원 녹지가 새로 조성될 때 함께 세워졌다. 시내 중심의 젠트리피케이션으로 주변의 들판으로까지 스멀스멀 범위를 넓히기 시작한 새 주택과 아파트 사이에서 바위들은 푸르른 공간을 구축하고 있다. 이 바위들은 변화의 상징물이다. 우리가 한때 어부들과 노심초사하는 그 가족들에게 위안을 주었던 교회라는 장소로부터 벗어나 머리를 맞대고 생각을 나눌 중립적인 다른 곳을 찾고 있음을 보여준다. 이 돌들은 어떻게 충족시켜야 할지 알 길이 없는, 우리 안의 일종의 동경을 상징한다.

만약 내가 둥그렇게 모여 있는 이 거대한 선돌 모조품의 의미를 찾지 못한 척한다면 그건 거짓말일 것이다.

이곳의 고유한 풍경도 아닌 이 돌들이 진정으로 의미하는 것은 무엇일까? 무엇을 상징하는 걸까? 나는 이 돌들이 처음 놓였을 때 이곳을 방문했다. 그땐 다소 황량해 보인다고 느꼈다. 돌들은 겨울 벌판에 뿌리를 박고 있었고, 돌을 채석하느라 생긴 조각들이 여전히 나뒹굴고 있었다. 처음에는 콘크리트로 만든 돌인 줄 알았다. 나에게 그 돌들은 우리가 어떻게 물어야 하는지조차 배운 적 없는 질문에 대한 불완전한 대답을 주는 것만 같았다. 지금 우리는 어떻게 경배하고 있는가? 어떻게 해야 우리는 매혹 없는 이 시대의 둔탁한 인식을 넘어, 예전에는 어디에서나 인지하곤 했던 마법으로 다가갈 수 있을까? 나는 그 돌들을 만져보고 싶었고 수천 년에 걸쳐 새겨진 의미가 되살아나길 바랐다. 그러나 돌들은 나를 외면하는 것 같았다. 대신 이렇게 말했다.

당신만의 의미를 만드세요. 우리가 대신해줄 수는 없어요.

예전에 선돌을 만드는 여자와 알고 지낸 적이 있다. 장 로Jean Lowe라는 이름의 여자는 남편이 은퇴하고 아이들이 장성해 집을 떠난 후 아트 스쿨에 등록해 도자기 공예를 배웠다. 꽃병과 컵은 취향이 아니었다. 그녀는 돌을 만들었다. 점토를 본래의 형태로 되돌리고, 불을 이용해 그 매끈한 재료에 야생의 생명력을 불어넣었다.

나는 장의 작품에 대한 글을 청탁받은 젊은 시인으로서 그녀를 만났다. 당시 칠십 대였던 그녀는 메드웨이 강가의 오래된 갈대밭 옆 스튜디오에서 작업을 했는데, 돌들을 이리저리 매만지고 그 울퉁불퉁한 재료에 존재감을 부여하며, 물길과 웅덩이를 만들어 빗물을 모으기도 했다. 그녀는 새들이 웅덩이에서 몸을 씻을 수도 있다며 즐거워했지만 그 웅덩이가 새들의 목욕탕이 아니라는 데에는 단호한 의견을 보였다. 그녀에게 돌들은 사람과 흡사했다. 마치 카르나크(프랑스 브르타뉴 지방에 있는 신석기시대의 긴 열을 이룬 선돌—옮긴이)와 보드민에서 그녀가 보았던 것과 같은 풍경 속에 으스스하면서도 친근하게 서 있는 인물들 같았다. 장은 스스로에 대한 온화한 전복에의 열망을 가지고 있었다. 자신의 기이한 돌들이 말끔한 교외의 정원에 설치되어 이질적인 느낌을 준다는 아이디어를 마음에 들어 했다.

맨 처음 장을 만나러 갔을 때 그녀는 가마에서 갓 나온 돌 하나를 보여주었다. 끄트머리의 벌어진 틈새로 빈 속이 보이는 돌이었다. "점토는 기억을 품고 있지요." 장이 내게 말했다. "얼마나 세심하게 접합하느냐는 중요하지 않아요. 가마에 들어가면 틈새가 발견되기 마련이랍니다." 갈라진 돌을 어떻게 처리할 거냐고 묻자, 장은 그 모양 그대로 놔둘 것이라고 대답했다. 돌들은 스스로 만들어졌고, 다만 그녀의 손을 통해 표정을 찾아가는 것이라는 생각이 들었다. 그녀가 그 어떤 다른 방식으로 작업할 것 같지는 않았다. 돌들은 울퉁불퉁한 굴곡과 갈라진 틈 때문에 아름다웠다.

장처럼 나도 돌에 손을 가져다 대는 것을 좋아한다. 돌을 만드는 장인이 아니라 수집가에 가깝다는 점은 다르지만. 어디를 가든지 조약돌을 호주머니와 가방 속에 넣어 다니곤 한다. 가을이 오면 오래도록 잊혔던 지난해 산책길에서의 유물들을 코트 속에서 발견하게 된다. 하나하나가 저마다 어떤 장소, 어떤 시간, 어떤 사고의 증표인 돌멩이들. 돌멩이들은 집 안 구석구석에 흩어져 있어서 때때로 한데 모아 정원에 내놓는 대대적인 청소를 하게 만들기도 한다. 그렇게 해도 돌멩이들은 다시 돌아온다. 마치 스스로 재생산한다는 생각이 들 정도로.

꼭 알맞은 크기의 꼭 알맞은 돌을 손에 쥐었을 때보다 더 큰 즐거움을 생각해내기는 힘들다. 돌은 마치 조그

만 중력의 집약체라도 되듯이 그 자체로 순수한 무게가
있다. 돌은 언제나 대지와의 접촉을 갈망하는 것처럼 보
이는데, 돌이 지닌 고요한 냉기와 어울릴 법한 토양을 향
해 이끌린다. 이 글을 쓰는 지금, 돌멩이 하나를 집어 손
바닥에 올려놓고 가늠해본다. 나와 돌멩이 사이에는 분
명한 연결고리가 있다. 어떤 밀도의 소통 그리고 열의 교
환이. 잠시, 나는 다시 닻을 내린다.

　　정원에서 검정 조약돌을 집어와 망치로 깨는 것은
지루한 어린 시절을 달래주는 놀이 중 하나였다. 망치로
깬 돌은 고르게 깨지지도 않고 지저분했지만 상당한 비
율로 돌멩이 속에서 정동을 발견할 수 있었다. 정동은 돌
멩이 속에 빈 공간이 생기고 그 내벽에는 반짝이는 결정
들이 뒤덮인 구조였다. 아주 단순하고 평범한 무언가에
숨겨진 아름다움을 찾아내는 기쁨, 이 조그마한 동굴의
최초 목격자가 되는 기쁨을 절대로 그냥 지나칠 수 없었
다. 그 후로 일요일 오후마다 지역 쇼핑센터에서 열리는
광물 축제에 참여하기 시작해 공작석과 사문석, 자수정
과 흑요석, 황철석과 천청석의 표본에 용돈을 썼다. 돌들
그 자체만큼이나 저마다 발음하기 어렵고 혀 위에서 소
금기가 느껴지는 그 이름들이 좋았다. 그것은 내 주변의

누구도 발음하지 않는 언어, 그리고 성찰과 구축의 지식 체계를 선사했다.

나는 화석도 수집하기 시작했다. 암모나이트와 삼엽충류, 해변으로 떠내려온 구릿빛 조개껍데기와 물고기 뼈 같은 것들이다. 우리 가족은 그런 것들을 주우려고 먼 절벽 근처까지 가는 사람들은 아니었기에, 나는 그것들을 사 모았고, 플라스틱 상자에 잘 담아서 검정 다이모 테이프로 라벨을 붙여두었다. 내 돌들은 잘 정돈되어 있었고, 조용하고 고분고분했으며, 내 기분에 따라서 지질 연대나 알파벳순으로 배열되어 상자와 서랍에 고이 보관되었다. 때때로 나는 돌들을 집어 들고는 그 순전한 가치에 대해 생각하고, 알 수 없는 시간의 척도가 담긴 돌들 안으로 나를 데려가려는 나선의 형태들을 만끽했다.

시간이 지나면서 나 자신의 외로움만을 부각하는 이 정적인 친구들을 부끄러워하게 되었다. 나는 돌들을 신문지에 싸서 멀리 치워두었다. 십 대 시절에 유일하게 생각했던 돌들은 버지니아 울프가 우즈강 물속으로 걸어 들어갈 때 호주머니에 들어 있던 돌이었다. 나 자신과 세상 사이의 단절이 지나치게 심해지는 날이 오면 과연 나도 삶의 무게를 떨쳐낼지 궁금해졌을 때 울프의 일화는 내 마음을 사로잡았다. 돌들은 정말 울프에게 마지막 바닥짐의 역할을 했던 것일까, 아니면 다른 어떤 무게가 그녀를 물속에 가라앉게 하고 하류로 떠내려가게 한 걸까? 나는 그 일화 어딘가에 실마리가 있다고 느꼈다. 내 미래를 가리키는 끔찍한 표지판 같은 것이.

요즈음, 돌들은 내가 얼마나 멀리 왔으며, 내가 밑으로 끌려 내려가지 않고 얼마나 많은 무게를 짊어질 수 있는지를 상기시킨다. 나는 대지가 주는 그 단순한 경이로움을 간직하기 위해 호주머니에 돌멩이를 지니고 다닌다. 물론 잠시 하던 일을 멈추고 손가락으로 돌멩이를 만져볼 마음의 준비가 됐을 때에 한해서 말이다. 나는 스테이시스 주변의 해변에서 나만의 암모나이트를 발견했고, 러클버에서 나만의 상어 이빨을 찾았다. 나에게는 보터니만의 백악 절벽에서 나온 산호의 화석도 있고, 페븐시 해변의 사암에서 발견한 무엇의 일부인지 모를 가느다란 조각도 있다. 조각은 굵직한 풀잎 같지만 왠지 낭만적인 감상에 젖는 순간에는 잠자리 날개처럼 보일 때도 있다.

지금은 서재의 서랍 안에 수집품을 보관하고 있다. 이따금, 엉겁결에 내 수집품에 관심을 표한 운 없는 누군가를 붙들고 그것들을 보여주기도 한다. 그러나 대부분 나는 표본 한두 개를 책상 위에 놓아둔다. 언제고 그것을 손바닥에 올려보기 위해서다. 그 순간, 어린 시절 느꼈던 매혹의 파편이 되살아난다. 접점이 생겨나는 것이다.

☾

시내 위쪽에 있는 새로운 마을 공원 녹지에 다다르자, 놀랍게도 그곳은 초원으로 변해 있다. 겨울에는 그저 스산한, 짧은 잔디가 자라는 풀밭이었는데 지금은 엉겅퀴와 민들레뿐 아니라 언덕 꼭대기에서 불어오는 산들바람에 흔들리는 갖가지 수풀로 가득하다. 나비, 귀뚜라미, 벌이 웅웅거리고, 훨훨 나는 황금방울새도 있다. 나를 둘러싼 공기는 살아 있다. 그렇다, 여긴 황무지가 아니다. 어디를 보아도 근방에 있는 집들의 지붕이 시야에 들어오고, 주위의 도로에서 들려오는 차량 소리도 끊이지 않는다. 하지만 수풀이 더 큰 소리로 속삭이고, 저 멀리 어렴풋이 바다가 보인다. 오늘의 바다는 수레국화의 푸른 빛이다. 여기에 나 말고 살아 있는 사람은 아무도 없다.

이 모든 변화 중에서 마지막으로 내 눈길을 끈 것은

바로 돌들이다. 여덟 개의 큰 돌은 원을 그리며 우뚝 서 있다. 가운데 있는 평평한 암석은 제례 제단을 연상시킨다. 돌들은 허리까지 오는 높이로 잿빛 바위를 잘라 만든 것이며, 흰색과 녹색이 섞여 있다. 돌들은 저마다 모양이 다르고(어떤 건 삼각형, 또 어떤 건 거의 사각형이다) 변형된 형태는 마치 무슨 일이 일어나기를 조용히 기다리는 작은 사람들을 닮은 구석이 있다. 그 표면은 갓 깎아낸 느낌이 아직도 남아 있다. 손을 대면 백악가루가 느껴지는데 마치 피부 각질이 벗겨지는 것 같다. 나는 채석장에서의 폭력과 마지못해 대지와 떨어져야 했던 이별을 돌들 안에서 감지한다. 돌들은 다양한 정보를 암호처럼 품은 채, 부드럽게 마모되려면 아직 수년이 더 걸릴 것 같은 모습이다. 그러나 돌들의 발 주위에서는 수풀이 자라기 시작했고, 돌들은 거의 집에 있는 듯 편안해 보인다.

　누군가 여기서 경배를 드렸던 모양이다. 벌써 희미해지고 있는 상징이 돌 위에 그려져 있다. 하나에는 음양이, 또 다른 하나에는 태양이. 나는 휴대폰에 있는 나침반을 사용하여 그 배열이 한여름의 일출 방향을 향하고 있음을 알아낸다. 원형 안에는 불을 피운 잔재가 있다.

새로운 의미, 혹은 낡은 의미의 새로운 버전이 만들어지는 중이다. 돌들은 아직 불가해하지만 나는 누군가 돌들을 보러 온다는 사실이 반갑다. 호기심을 자아내는 이 형상들이 외롭지 않았으면 좋겠다. 나는 중앙의 돌 위에 걸터앉아 물 한 병을 마신다. 그러자 바로 그 순간, 신발을 벗고 싶은 충동이 일어난다. 해변에서는 언제나 신발을 벗는데 여기, 이 보드라운 풀밭에서 그러지 말라는 법은 없지 않을까?

고개를 돌려 나 혼자 있는지 확인하고는 샌들을 벗는다. 땅은 차갑다. 조심조심하며 맨발을 내디딘다. 이곳은 안전하게 느껴진다. 바람에 나부낄 때마다 추상적인 패턴을 만들어내는 수풀을 바라보는 게 즐겁다. 나비가 참 많다. 눈앞에 펼쳐진 겹겹의 생명들과 무한한 섬세함이 가득한 이곳에서 오랜만에 내가 주의를 기울이고 있음을 느낀다. 나는 지금 쉬고 있다는 생각이 든다. 아무것도 안 하는 것과는 다르다. 이렇게 쉬는 것은 활기차고, 선택적이며, 기민한 무언가이자, 드물고 소중한 무언가이다.

바위들은 조금 서투르지만 호의적이다. 그들은 이야기를 들으려고 고개를 내밀고 귀를 쫑긋 세운 채 내 주위

를 감싸고 있다. 이곳에는 온화함이, 어떤 평화로움이 있
다. 나는 여기에 의심과 냉소주의와 불신만을 가지고 왔
는데 기대하지 못한 것을 발견했다. 돌들은 내 의심에 우
아함으로 화답해주었다. 그들은 대답을 갖고 있지 않았
고, 약물처럼 주입할 수 있는 오랜 지혜도 분명히 갖고
있지 않았다. 그러나 우두커니 앉아 있자니 그들이 내게
선물을 주었음을 깨닫는다. 내 번민하는 자아가 느끼는
혼돈을, 돌들에 무늬를 새기고 부드럽게 마모시키며 아
직 그들이 온전히 갖지 못한 생명력을 불어넣는 의식으
로 전환할 장소를 선물하고 있는 것이다. 돌은 마치 점토
처럼 기억을 머금고 있지만 종종 그 이음매를 벌리는 것
은 바로 우리, 인간들이다.

그 중앙 제단에 얼마나 오래 앉아 있었는지 분간이
되지 않을 즈음, 나는 저쪽 들판 한구석에서 어떤 움직임
을 감지했다. 숲 끄트머리에 한 여자의 모습이 보인다.
그녀는 나를 쳐다보지 않으려 하지만, 나는 그녀가 자신
의 차례를 기다리고 있음을 알 수 있다. 어쩌면 그녀는
아직 시대적으로 신성한 의미를 획득하지 못한 이 새로
운 돌들 사이에서 잠시 시간을 보내려는 자신에 대해 나
만큼이나 당황해하는지도 모른다. 나는 샌들을 다시 신

고 지나가면서 그녀에게 고개를 끄덕한다. 우리 둘 다 순
례자라기보다는 그저 보행자인 척, 우리 둘 다 무언가 갈
구하고 있지는 않은 척하면서.

히에로파니의 순간

어릴 적에 점심을 먹고 나면 할머니는 자리에 앉아 오렌지를 드시곤 했고 집에는 평화가 내려앉았다.

특별한 의례가 없는 삶에서 우리에게 이것은 가장 의례에 가까운 습관이었다. 할머니는 오래전에 닳아 해진 양단으로 다시 시트 쿠션을 감싼 녹색 체스터필드 팔걸이의자에 깊숙이 앉아 무릎 위에 네모난 키친타월을 깔았다. 그러고는 손가락 관절을 움직여 과육에서 껍질이 떨어질 때까지 오렌지를 주무른 후 엄지손가락을 과일에 찔러 넣어 요령껏 껍질을 벗겼다.

할머니가 오후의 불빛 속에 경건하게 앉아 노란 과육에 붙은 하얀 껍질을 떼어내고 이따금 씨를 뱉어 가며 오렌지를 먹는 동안 기도에 이르는 모습을 나는 가장 가까이서 지켜보았다. 때때로 할머니는 내게 오렌지 한 쪽을 권하기도 했지만, 언제나 그러지는 않았다. 이것은 그녀의 시간이자 그녀의 즐거움이었고, 나는 할머니의 그런 습관을 잘 이해할 수 없었다. 오렌지는 흔해 빠진 것이었다. 설탕 그릇을 옆에 두고 누군가 살살 꼬드겨야만 마지못해 먹는 그저 그런 평범한 과일이었다. 잘 익은 리치와 딸기는 그 홍조 띤 외투로 나를 설레게 했다. 그러나 오렌지는 매주 상점에서 구입하는 일상적인 식품이었다. 할머니와 달리, 나는 오렌지가 여기저기 널려 있는 것을 풍요로움으로 받아들이지 않았다. 오렌지가 귀하던 시절을 겪어본 적이 없었으니까.

하지만 지금 내 기억 속의 그 순간이 하나의 신성한 공간으로 격상된 것 같다. 창밖의 불빛에 비해 상대적으로 어두운 방의 조명과 방 안에 오렌지 과즙이 흩뿌려지는 광경이 눈에 선하다. 할머니와 나 사이의 고요한 공기를 채우는 시트러스 내음이 난다. 마음속에서 그때로 돌아가는 것을, 다시 그 방에 있다고 상상하는 것이 좋다. 때때로 그저 오렌지의 향기를 맡기 위해 엄지손가락으로 오렌지를 누르곤 한다. 그러면 오렌지는 나를 그때로 데

리고 간다. 그 평화로움, 느긋한 오후의 여유로움, 그리고
사소한 것에 보내는 양질의 관심으로.

　미르체아 엘리아데는 성스러움이 그 작용을 통해 물
체를 변형시키며 우리에게 자신을 드러내는 방식을 기술
하는 용어인 히에로파니hierophany(성스러움을 시현한다는
뜻의 성현聖顯을 말한다—옮긴이)를 창안했다. 숭배의 대
상으로서 나무나 돌이나 빵 조각을 만들 때 우리는 그것
을 히에로파니, 즉 성스러움의 물체로 바꾸어놓는다. 믿
는 이들에게 히에로파니는 환상적인 무엇이 투영된 것이
아니라 절대적 현실이 드러난 것을 의미한다. 히에로파
니는 단지 그 표면적인 모습을 보는 것이 아니라 모든 존
재의 층을 인지하는 경험이다. 고대의 정령 신앙이든 복
잡한 현대의 종교이든, 무엇이든 믿는 사람은 날마다 경
이로움을 볼 수 있는 일종의 초자연적인 열쇠가 주어진
것처럼 고양된 세계에 산다.

　엘리아데는 이렇게 말했다.

　"종교적 경험을 가진 사람들에게 모든 자연은 우주
의 성스러움으로 모습을 드러낼 수 있다. 온전한 우주는
하나의 히에로파니가 될 수 있다."

　1957년에 쓴 글에서 엘리아데는 우리가 사는 세상이

히에로파니를 잃었다고, 모든 것들이 판에 박힌 현실의 일부라고 주장했다. 신적인 신비는 세상에 "고정된 점, 중심"을 부여했고, 그것이 없는 세상은 우리에게 망가진 곳, "산산이 부서진 우주, 그리고 무한히 중립적인 곳들로만 이루어진 무정형의 덩어리"이다. 의미는 빠져나갔고, 우리에게는 심오함의 장소 대신 산업 사회의 요구만이 남아 있다.

그러나 엘리아데의 상상 속에서, 완전히 지워버리기로 한 풍경을 통과하며 정처 없이 떠도는 비극적인 존재들인 인간은, 여전히 삶의 어떤 부분을 신성화하려는 충동을 떨치지 못한다. 일종의 격세유전의 충동이 우리 안에 살아 있다. 장소들을 마법적인 의미로 채우려 하고 그곳들을 신성화된 땅으로 만들려는 충동이. 우리가 태어난 곳, 우리가 자라난 집, 우리가 배우자를 만난 카페 등이 이런 장소일 수 있다. 이런 장소들은 위대한 의미의 원천을 열어젖힌 과거의 거룩한 벽이나 축성된 구역을 대체하는 장소가 된다.

나는 이 점에 관해서 엘리아데에게 전적으로 동의하지는 않는다. 의미를 만들어내는 지금 우리의 행위가 비속적이라고는 생각지 않으며, 순종적이고 형식적인 이전 세대의 종교성이 반드시 더 진실하다고도 생각지 않는다. 하지만 히에로파니 그 자체였던 풍경을 통과해 걸으며 그들이 만지고 지나간 모든 것들에서 심오한 의미를 발견했던 우리 조상들의 통찰력에 내가 압도되었음은 인정한다. 지식을 머리에 따로 저장하지 않고 몸으로 품어내는 방식은 실로 전혀 다른 앎의 방식이며, 그것은 우리가 현재 사고하는 습관보다 근본적으로 더 복잡한 방식이다. 각각의 지형지물이 저마다 가진 신화를 풀어내고, 우리가 일상을 살아가는 동안 대단한 이야기가 펼쳐지며, 실시간으로 초월적인 일이 벌어지는 장소를 지나간다고 상상해보라. 매일의 일상에서도 당신은 심오한 도덕률과 윤리적 문제들을 고민하지 않을 수 없을 것이다. 그런 문제들은 현존하며 피할 수 없기 때문이다.

살아가는 동안 우리는 백만 가지의 다양한 방식으로 이런 생각에 접근하게 되기 마련이다. 이럴 때 우리에게 가장 친숙한 장소야말로 지도가 될 수 있다. 그 장소는 우리 주위에서 구름처럼 뭉게뭉게 피어나며, 우리를 보다 미묘한 의미와의 연계로 이끌어주는 신화와 지혜의 길잡이가 되는 곳이다.

영국이 락다운에 돌입하기 이틀 전 나는 버트와 집 안에 있었다. 버트는 마른기침을 했고 분명 심각한 상태 는 아니었지만 나는 신중하게 대처하고 싶었다. 하지만 그게 전부가 아니었다. 팬데믹은 지독한 악몽이었다. 모 든 것이 가십처럼 느껴졌고 나는 이 순간의 불안정함이 버트를 불안하게 할까봐 걱정했다. 나는 버트가 뉴스에 서 팬데믹에 대해 듣기 전에 내가 먼저 이야기해주고 싶 었다. 버트에게 두려움을 불러일으키지 않는 방식으로 재편해서 말이다. 나는 이 일이 누구에게나 큰일이고 무 서울 수 있지만, 평소 아이들이 거부하는 돌봄의 기회를 주는 방식일 수 있다고 말해주고 싶었다. 학교를 빠지는 것만으로 생명을 지킬 수 있다고도 말해주고 싶었다. 그 런데 그조차 버트에게는 부담으로 느껴지는 듯했다. 무엇 보다도 나는 앞으로 다가올 몇 주간 버트가 즐거움을 빼 앗기고 힘들어할까봐 걱정했고, 그에 따른 대안을 마련 해주고 싶었다. 어쩌면 버트는 미리 충전해둔 재미있는 일들을 배터리처럼 간직할 수 있을지도 몰랐다.

그날은 내 마음속에 유독 특별한 청명함을 수놓았다.

흙

수개월간 이어질 안개 낀 나날이 오기 전 마지막으로 쾌청한 날이었다. 우리는 집에서 가장 가까운 숲으로 차를 달린다. 버트에게 새싹이 움트는 나무들과 버려진 솔방울에 다람쥐들이 남기고 간 이빨 자국을 보여주고 싶다. 길을 돌아 폐철도 터널 가까이로 가면서 박쥐들이 아직 동면 중이라고 이야기해주고 싶다. 세상은 사람이 만든 온갖 구조물이 없더라도 충분히 풍요롭다는 것을 버트가 알았으면 좋겠고, 너무나 운이 좋게도 문간만 나가면 누릴 수 있는 고대의 삼림지대에서 감동받고 위안받는 법을 배웠으면 좋겠다. 언젠가 삶이 고단해지기 시작할 때 그는 자신을 안아주는 숲의 품을 갈망하게 될 것이다. 버트에게 그런 것을 주고 싶다. 나는 힘들여 배웠으므로, 길 가장자리에 자라난 식물들의 이름과 대지가 어떻게 형성되었는지에 대한 감각과 더불어, 자연에게 위안받는 일을 마치 가보처럼 그에게 물려주고 싶다.

그러나 버트는 나무의 싹이나 솔방울, 보이지 않는 곳에서 잠자는 박쥐들에게 관심이 없다. 대신 주차장 옆으로 줄줄이 이어진 깊은 웅덩이에 발을 푹 담그고서 말 그대로 흙탕물이 그의 웰링턴부츠 위로 차오를 때까지 텀벙거리고 있다. 미지의 계절이 그의 앞에서 입을 벌려

하품을 하지만, 그는 곧 찾아올 구속을 인식하지 못한 채 바로 이 순간 누릴 수 있는 즐거움에 매달린다. 그리고 나는 늘 하던 대로, 허둥지둥 버트의 주위를 맴돌며 나중에 차에 다시 타려면 옷을 더럽히지 말라고 당부한다.

이런 장면은 우리 둘 사이에서 계속 되풀이된다. 나는 나무 탁본을 뜨기 위해 자연보호구역을 찾아다니고, 버트는 포켓몬을 잡는 척하며 나무 사이를 뛰어다니느라 그걸 본체만체하고. 내가 다양한 해초들의 이름을 생각해내려고 애쓰는 동안 버트는 머리 주위로 해초를 휘두르다가 바닷속으로 휙 날려버릴 것이다. 최악인 것은, 어딘가 아름다운 곳을 걸으며 하루를 보내고 싶은 나와 달리 버트는 번쩍거리는 디스코 조명과 레이브 음악으로 시끄러운 트램펄린 놀이센터에서, 서로 머리를 부딪힐 위험이 끊이지 않는 곳에서 오후를 보내길 원한다는 점이다.

어린 시절에는 손톱 밑에 늘 때가 끼어 있게 마련이다. 그런데 지금은 손 세정제가 한자리를 차지하고 있다. 우리가 아이들에게 주는 것들 상당수는 피상적 영역에 속한 것들이다. 놀이센터의 반지르르한 플라스틱 바다, 그리고 국한된 용도로 만들어져 몇 분만 가지고 놀면 이 내 즐거움이 사라져버리는 장난감들. 피상적 영역은 그 표면 아래 아무것도 든 것이 없다. 시종일관 판에 박힌 원색이다. 탐험할 것도 탐구할 것도 없고, 수정할 것도 고칠 것도 없다. 오직 재미만을 허용하고 인간의 복잡다단한 온갖 감정은 배제한다. 삐 하는 신호음과 자극적인 폭발음을 발산하며 요란스럽고 시끄럽다. 그 소음은 번쩍거리는 마감 칠을 맞고 튕겨 나온다. 사방은 아이들의 조그만 손에서 묻어난 설탕 잔여물로 끈적거린다. 놀이센터는 어린이에게만 한정되는 비즈니스로서, 어른의 삶으로 나아가는 아이들을 따라갈 수 없다. 그곳은 머지않아 완전히 변방으로 물러나게 되는, 우리 지난날의 당혹스러운 인공물이다.

버트가 나이를 먹어도 숲은 그의 곁에 남을 것이다. 숲은 심오한 영역이다. 끝없는 변화무쌍함과 미묘한 의미를 지닌 장소. 숲은 기력을 앗아가는 것이 아니라 양분을 채워주는 소리로 속삭인다. 단순히 '고약'하다거나 '좋은' 것보다 더 의미 있는 정보가 담긴 향기를 발산하는, 완전히 감각적인 환경이다. 숲은 계절, 날씨, 그리고 서식 동물들의 삶의 주기와 함께 변화하면서, 만날 때마다 매번 다른 모습을 보여준다. 숲에는 역사와 신화, 그 깊은 곳에서부터 무심하게 돌고 도는 이야기가 새겨져 있다. 교외 놀이터의 악의로부터 자유로운 반면, 보험의 손해배상이 적용되지 않는다는 면에서는 위험하다. 숲의 토양을 파보면 여러 층으로 구성된 생명을 발견하게 된다. 균사체의 연약한 망, 동물들의 굴, 나무의 뿌리.

이 공간으로 질문을 들고 오면, 설령 대답은 아닐지라도 응답은 들을 수 있다. 심오한 영역인 숲은 복합성, 여러 갈래로 갈라진 길, 상징적인 의미를 선사한다. 숲은 절충하는 법과 해석을 바꾸는 법을 가르쳐준다. 숲은 당신의 이성을 잠재우고 마법을 믿게 만든다. 숲은 시계 문자판에서 시간을 지우고 작동과 순환, 광대함이라는 더 큰 진실을 드러낸다. 숲은 불가해한 세월을 품은 바위와 함께, 너무나 짧아서 그저 간신히 거기에 존재하는 생명의 표출을 보여준다. 숲은 지질연대의 진행, 점진적인 계절의 변화, 한 해 동안 끊임없이 일어나는 미세한 계절의 움직임을 보여준다. 숲이 얼마나 보여줄지는 우리의 지식, 즉 경험이나 탐구를 통해 습득한 지식에 달려 있다. 숲을 알고 숲의 이름을 부르면 숲은 한층 더 많은 것들을 내보임으로써 당신의 무지를 절감하게 만들 것이다. 심오한 영역은 생명의 작품이다. 그것은 수십 년에 걸쳐 당

신을 이끌고, 당신에게 양분을 주고, 당신을 지탱함으로
써, 마침내 바위와 나무에 비하면 당신의 수명이 덧없이
짧다는 것을 증명할 것이다.

나는 내 아들이 자연스럽게 얻은 권리로, 심오한 영
역에서 살아가기를 원한다. 아이가 심오한 영역을 소유
하거나 그 영역에 담장을 치지 않고 그저 가벼운 발걸음
으로 그곳을 따라 걷는 법을 일찌감치 배우기를 바란다.
이 공유된 공간을 우리의 집단적인 실천과 공동체적 상
상력으로 마음껏 향유하는 법을 배우기를 바란다. 피상
적 영역에 불만을 느끼고 복잡성을 열망하기를 바란다.
이것이 내가 버트를 데리고 숲에 자꾸 오는 이유이고, 내
가 고집을 부리는 이유다. 그에게 이 배움은 절박한 일이
다. 필수적인 일이다.

우리는 이른 봄의 진창을 피해 그 옆으로 계속 걸어
간다. 잎새의 뼈대와 싹이 튼 나무와 카운티를 가로질러
고대의 망을 형성하는 래드폴의 길들에 관해 뜬금없이
이야기한다. 우리는 지나는 길 위로 한껏 불어난 개울을
깡충 뛰어넘고, 나는 버트에게 여름에는 개울 같은 건 아
예 없었다는 것을 기억하는지 묻는다. 버트는 잘 모르겠
다고 하고, 나는 그에게는 대수롭지 않은 일이라는 뜻으

로 받아들인다.

얼마 후, 나는 가르치려 드는 것을 멈추고 대신 그냥 내 관점을 버트와 공유해보려 한다. "여기에 안부 인사를 건네지 않고는 그냥 지나칠 수 없는 나무들이 있단다. 이 아이를 봐!" 나는 몸통을 땋아놓은 것처럼 보이는 굵직한 은빛 자작나무로 다가가 손으로 나무껍질을 어루만진다. "얘는 참 잘 생겼어. 그냥 지나치면 무례하게 군 기분이 든다니까." 버트는 의심의 눈초리로 나를 보지만, 그의 눈에는 유머가 어려 있다. 그 순간, 나는 느낀다. 다른 모든 것들을 무력화하는 무언의 이끌림이 그의 안에서 일어나는 것을.

나 자신도 그런 이끌림을 잘 알고 있지만, 보통 나는 그것을 느끼기까지 버트보다 오래 걸린다. 걸을 때 나는 보통 세 겹으로 이뤄진 경험의 층위를 통과한다. 첫째는 내 피부 표면의 즉각적인 감각 반응이다. 내 피부는 종종 움찔거리고 불편하다. 부츠는 너무 조이고, 양말 속에는 잔가지가 있다. 백팩은 어깨에 똑바로 얹혀 있지 않다. 그런 것들을 바로잡다 보면 내 걷기는 늘 멈춤과 시작을 반복하게 된다. 내가 정말 끝까지 가보고 싶은 건지도 잘 모르겠다. 하지만 계속 걷다 보면 그런 감각은 어느덧 사그라지고 방울방울 피어나는 생각이 그 자리를 차지한다. 움트는 아이디어와 통찰, 마음속에 차오르는 즐거운 재잘거림. 산책 중 내 마음이 풍요로 채워질 때가 바로 이 시점이다. 깃들어 있기에 너무 즐거운 곳이라 내 다리는 결코 멈추려 하지 않는다. 그것은 창조적인 공간이다. 불가해한 방식으로 문제가 해결되고, 알고 있던 진실처럼 해답이 나타나는 장소.

그런데 계속 걷다 보면, 그런 감정도 결국 잦아든다. 어쩌면 저혈당 상태가 온 것일 수도 있고, 팝콘 브레인(강한 자극이 넘쳐나는 디지털 기기의 화면에만 반응할 뿐 다른 사람의 감정이나 느리게 변화하는 진짜 현실에는 무감각해진 뇌를 말한다―옮긴이)이 마침내 탈진한 것일 수도 있지만, 어느 시점에 이르러 완전히 다른 심리 상태에 도달한다. 고즈넉하고 텅 빈 느낌이 드는, 이루 말로 표현할 수 없는 상태다. 이것은 내가 가장 좋아하는 국면으로, 이 열린 상태에서 나는 한동안 아무것도 아니고, 그저 움직이는 일부와 손 안에 든 지도만 가진 존재일 뿐이다. 이때 내 두 발은 가야 할 경로를 알고 있고 내 간섭 따위는 필요치 않다. 여기서는 아무 일도 일어나지 않는다. 아무 일도 일어나지 않을 것 같다. 하지만 덕분에 가장 심오한 통찰을 얻는다. 내가 누구인지 묻는 질문의 근간이 되는 의미와 이해를 180도 바꾸어놓는 통찰. 이 상태에서 나는 열린 문이 된다.

지금 나는 이것을 버트에게서 보고 있는 걸까? 그렇지는 않다. 아직은 아니다. 하지만 나는 이 산책이 버트를 더 깊은 고요 속으로 이끈다는 것을 알 수 있다. 나도 더 고요해진다. 버트는 자신의 주의력에 완전히 몰입해 있다. 그의 평화는 손으로 만져질 듯한 구름처럼 자신의 주위를 감싸고 주변까지 전염시킨다. 흔히 그러하듯 버트는 나보다 먼저 고요에 도달했다. 더 직접적으로, 하지만 조바심은 덜 내면서. 버트에게는 고요로 향하는 지도가 있고 내 도움 없이도 그곳에 무사히 도달한다.

한참 후에 나는 참지 못하고 이렇게 말한다. "네 머릿속 생각에 잠겨 있는 게 좋으니?"

잠깐 멈춤. 버트는 천천히 나에게 고개를 돌린다. 생각에 잠겼던 그가 수면 위로 올라오면서 눈을 깜빡거린다. "어떨 때는 내 마음에서 나뭇가지가 자라는 것 같아." 버트가 말한다.

"그래." 나는 이 접촉의 지점에 기뻐하며 말한다. "그래! 엄마는 그게 어떤 기분인지 잘 알아."

"내 말에 대답할 때마다 나뭇가지가 잘린다는 것도."

《오웰의 장미》에서 리베카 솔닛은 에트루리아 말인 '사에쿨룸saeculum'을 소개한다. 사에쿨룸이란 "그 자리에 있는 가장 나이 든 사람이 살아온 기간으로, 때때로 약 100년쯤으로 계산되는 시간"이다. 이것은 살아 있는 기억이자, 각 시대를 보내며 우리가 경험하는 것들의 범위라 할 수 있다. 솔닛은 "모든 사건에는 그만의 사에쿨룸이 있고, 또 그만의 일몰이 있다"고 말한다.

할머니의 삶과 지금까지의 내 삶 사이에서 나는 이미 100년의 기간을, 나의 사에쿨룸을 알고 있다. 나의 사에쿨룸이 내 주위에 그려진 원이라고 상상해본다. 내 과거와 미래 사이의 연결을 표시하는 원. 나는 버트를 위해 이 공간에 다리를 놓아야 한다고 자주 느낀다. 버트가 상상하기 어려운 과거와 모든 것들이 가능할 것만 같은 멋진 신세계 사이에 길을 놓는 일. 버트에게 우리는 언제나 그의 주변을 둘러싼 온갖 전자장비 없이 살았다고, 우리는 디지털의 도움 없이 잘 지냈다고, 우리는 지루하더라

도 아무것도 안 할 때가 많았다고, 우리는 항상 이런저런
두려움을 안고 살았다고, 우리는 늘 친한 사람들과 떨어
져 지내는 시간이 있었다고, 그리고 학교는 언제나 무지
무지 힘든 곳이었다고 말해주는 것이 의무처럼 여겨진다.
버트만큼이나 손글씨 쓰기를 어려워하던 할머니가 종종
글씨를 잘 못 썼다고 자책하며 자신의 손가락 마디를 자
로 툭툭 치곤 했다는 사실을 버트가 기억하면 좋겠다. 동
시에 생일카드와 쇼핑 목록에 적힌 그 글씨를 내가 사랑
하게 되었다는 사실도. 중요한 건 바로 그것이었다. 내가
오렌지 과육을 껍질에서 떼어낼 때의 그 손가락 관절을
추억하게 된 것처럼.

　하지만 그런 이야기는 버트의 나뭇가지를 잘라버리
게 될 것이다. 내 아들은 자신만의 신성한 영역을 가져야
한다. 나의 간섭 없이, 자신만의 방식으로, 자신만의 히
에로파니를 발견해야 한다. 신성한 장소는 더는 우리에
게 실질적인 장소가 아니며, 하나의 공동체 내에서 공유
되는 일도 드물다. 신성한 장소는 이제 우리 나름의 앎과
나름의 의미를 담아두는 저장소일 따름이다. 마음에서
마음으로 전파되는 곳이 아니다. 그러기에 신성한 장소
를 지키는 일은 우리에게 달려 있다.

맨발에 응답하는 땅

명상하는 법을 배울 때 우선 신발을 벗으라고 배웠다.

하지만 그건 그리 간단하지 않은 일이었다. 나는 남편 H와 함께 해안지구의 임대 주택에 살고 있었다. 맞춤형 스포츠카 제조업으로 부를 축적한 남자가 소유한 집이었다. 임대 대리인의 말에 따르면 집주인은 이스트서식스의 풀이 무성한 목초지에서 봄과 가을을 보내고, 오스트레일리아에서 겨울을 나며, 여름에만 위츠터블에 돌아와 해변이 내려다보이는 뒤뜰에서 일광욕을 하며 시간을 보낸다고 했다. 우리에게는 호재였다. 집주인은 10월에서 5월 사이에는 집을 싼값에 내놓았고 우리는 그저 기쁜 마음으로 이 집에 들어올 수 있었다. 하지만 그 시기에 집이 얼음장처럼 춥다는 사실은 집주인에겐 관심 밖의 일이었다. 건물은 18세기에 지어져 창문은 모두 처음 만들었을 때 그대로였고(이중창이 아니라는 의미이다) 벽난로는 모두 판자로 막혀 있었다. 라디에이터가 있기는 했지만 분명 구리가 귀하던 1970년대에 설치된 것 같았다. 파이프가 통상적인 것들의 4분의 1 크기였다. 보일러에서는 뜨거운 물을 충분히 만들어냈지만 물은 추위를 겨우 면할 만큼만 얇은 라디에이터 안을 찔끔찔끔 흘러가는 정도였다.

그래도 괜찮았다. 우리는 둘 다 추운 집에서 자랐고, 얼마 후에는 담요 몇 장을 겹쳐 덮고서 TV를 보는 것에 익숙해졌다. 게다가 나는 패딩 조끼를 입고 손모아장갑을 낀 채로 일하는 오랜 습관이 있었다. 난방 시스템 상태가 어떻든 간에 한자리에 오래 앉아 있으면 춥게 마련이었다. 그렇지만 추위를 감수할 만큼 전망이 좋았다. 몸을 덥히려고 욕조에 누워 있으면, 창밖으로 불과 몇 미터 떨어진 거리에 있는 바다를 볼 수 있었고, 겨울에는 집 안을 들여다볼 사람 하나 지나다니지 않았다.

하지만 30분을 가만히 앉아 있는 동안 신발을 벗고 있기란 별로 구미가 당기지 않는 일이었다. 이따금 두꺼운 양말을 신고 신발을 벗기는 했지만 그렇더라도 명상을 한 차례 끝낼 즈음에는 발이 얼음덩어리처럼 굳어 있었다. 몇 달이 지나 날씨가 따스해지고 나서야 나는 신발을 벗고 있는 것에 익숙해졌다. 그것은 참으로 작은 요구사항이자 일상의 전환을 나타내는 몸짓이었다. 최소한 내가 실천할 수 있는 행동인 것 같았다. 신발은 바깥세상의 물건이고 현관문을 닫으며 밖으로 나설 때 사용하는 수단 중 하나이다. 신발은 돌멩이와 먼지와 깨진 유리로부터 발을 보호하는 기능, 그 이상의 의미를 지닌다. 집에 오면 신발을 벗어보자. 그렇게 하면 바닥을 깨끗하게 유지할 수 있기도 하지만 이와 더불어 나를 다정하게 대하는 이 공간에 신뢰를 표할 수도 있다. 신발을 벗고 발가락을 벌려보자. 신발을 벗으면 숨겨져 있던 당신의 안쪽을 조금 꺼내 보이게 된다. 구멍 난 양말과 거친 뒤꿈치. 세상에서 받은 영향을 떨쳐버리고 집의 안락함에 존중을 표하자. 명상할 때도 이런 불완전성의 노출이라는 존중을 표해보자.

신발을 벗는 것은 접촉의 행위이기도 하다. 발밑의 땅과 감각적으로 직접 연결되는 것이다. '토양의of the Soil'라는 말의 어원학적 의미에서 볼 때 그것은 **겸허한** 행위

이다. 신발을 벗으면 우리는 땅과 만난다. 우리는 발바닥
의 두꺼운 피부와 그에 응답하는 듯한 땅바닥 사이에 오
가는 정보의 흐름을 느낀다. 만지는 모든 것에서 전류를
느끼는 나는 발을 디딘 곳이라면 어디서든 찌릿한 감각
을 느낄 수 있다. 그러나 인식하기를 멈춰야 한다. 사람
들에게서 받는 전류의 타격은 꽤나 위압적이라서 좀 더
조용한 무생물 세계의 전류에 주의를 돌릴 수 없게 만든
다. 대부분의 시간 동안 나는 무감각하다. 그러나 잠시
멈춰 서서 주의를 기울이면 감각이 그곳에 있다. 요란하
지 않을수록 마법은 더 커진다. 그것을 느끼려면 자기 자
신에게 몰입해야 한다. 그런 작은 감각을 향해 주의를 기
울이는 행위를 선택하는 것이 바로 핵심이다. 보다 조용
한 음성과 미세한 경험에 주목해보려 하는 것이다.

내가 가장 좋아하는 명상은 겹겹이 쌓인 소리의 층
을 한 겹씩 경험하는 명상이다. 어떤 소리를 들을 수 있
는지 자문한 다음, 한동안 그 소리에 온전히 몰두하는 것
으로 시작한다. 오롯이 혼자라고 생각하며 해야 할 일을
잊어버리면 매일의 배경에서 들려오던 소리가 열리고 분
리되며 내 주위로 온갖 행위와 온갖 생명이 밀려든다. 그
모든 소리를 듣고 나면 그 아래에 존재하는 소리가 들리

기 시작하고 인식의 가장자리에서 더 조용한 소리를, 또는 귀에 너무 익어서 인식하기조차 힘든 소리까지 발견하게 된다. 그러면 더 낮은 곳으로 내려가 그 표면의 소리와 그 아래의 소리들을 한데 묶어 거기에 또 다른 소리는 없는지 묻게 된다. 마치 층을 겹겹이 벗겨내어 마침내 그 모든 것들 아래에 숨어 있는 공간을 들추는 것과 같다. 깊숙이 파묻혀 있는 어떤 고요를 들추는 것과 같다. 이런 고요는 항상 거기 있지만 알아채려면 노력이 필요하다. 어떤 사람들은 그 뒤에 존재하는 창조의 소리마저 들린다고 말한다. 나는 아직 그 소리까지 발견하지는 못했지만 과연 나에게도 그런 소리가 들릴지 궁금해한다고 해서 해가 될 것은 없다. 로린 로시가 《비즈냐나 바이라바 탄트라》를 수려하게 번역한 책 《빛의 수트라The Radiance Sutras》에서 서술한 바와 같이 우리 청자들은 "별들이 빛날 때 부르는 노래처럼 / 광대함에 빠져들게" 된다.

우리는 신발을 벗거나, 혹은 귀 기울인다. 우리는 기도의 몸짓으로 두 손을 한데 모으거나, 혹은 한껏 부풀어 오른 우리의 폐를 기억한다. 어쩌면 우리는 땅바닥에 책상다리로 자세를 잡거나, 혹은 춤추거나 걷거나 수영한다. 표면으로부터 도망치고 싶을 때 우리는 몸을 활성화

한다. 그러면 몸은 우리에게 그저 머릿속에 머무르지만
은 않는 정신을 가리키며 또 다른 지성을 보여준다. 우리
의 앎은 우리의 전신에 퍼지고, 근육과 뼈를 통해 전파되
며, 장기를 통해 고동치고, 혈액 속으로 운반된다. 우리
는 그 모든 것에 귀 기울이기 위해 땅에 발을 디딘다.

우리가 아는 모든 것이 언어적인 것은 아니다. 상당
부분이 (때로는 대부분이라고 생각한다) 신체적인, 몸의
영역이다. 나는 버트가 아기일 때 이것을 가장 사무치게
느꼈는데, 장시간의 자동차 여행 중 뒷좌석에 있는 버트
를 향해 손을 뻗으면 그에 반응한 버트가 발로 내 손바닥
을 누르는 것이 느껴졌다. 거기에는 말을 초월한, 말보다
훨씬 더 우리의 마음을 잘 달래주는 소통이 있었다. 버트
를 내 무릎에 앉혀놓고 부드러운 이마에 입을 맞출 때면
우리 사이에서 정보가 교환되어 내 입술을 통해 전송되
고 내 코를 통해 수신되는 것을 알 수 있었다. 어떤 정보
인지는 말로 표현할 수 없다. 우리의 몸은 우리가 물어볼
줄 모르는 질문에 대한 답을 가지고 있다.

이런 것들에 닿기 위해서, 우리 주위의 세상과 연결
되었다는 감각을 유지하고 몸으로 이런 것들을 파악하기
위해서 우리는 피부와 그 주변의 감촉 사이의 단순한 접

촉을 계속 연습하는 수밖에 없다. 우리는 이미 그런 접촉에 동화되었다고 단정짓는 마음에 저항해야 한다. 또한 우리를 가두고 편협하게 하는 고정관념에 저항해야 한다. 하루하루를 경험하고 뭔가 배우기 위해 겸허함을 발견해야 한다.

말은 쉽지만 행동으로 옮기기는 어렵다.

시인 라이너 마리아 릴케는 《기도시집》에서 "당신 열망의 한계점에 다가가라"고 말했다. 그는 이것이 우리가 잉태되어 세상으로 보내질 때 희미하게 들은 말이라고 한다. 이는 식의 속삭임이다. 신은 자주 부재하는 것처럼 여겨지지만 실은 우리 가까이에 있는 신성의 존재를 우리가 느끼길 묵묵히 기다리고 있다.

릴케의 신은 배관을 통해 흐르는 물처럼 우리를 통해 흐르기를 원한다. 우리는 열망을 수행하는 동안 "아름다움과 공포"를 경험하는 극한에서만 오직 신을 만날 수 있다. 우리에게는 이런 말이 들려온다. "불꽃처럼 타올라 / 내가 깃들 수 있는 커다란 그림자를 만들라." "나를 체화하라." 우리가 할 일은 경계를 허물어 경계 없는 상태에 이르고, 자신을 극복하는 것이다. 우리는 수동적인 숭배자들이 아니다. 우리는 배관도 아니다. 우리는 초전도체가 되기를 원한다.

모두가 릴케처럼 신을 믿는 것은 아니지만 명상은 유사한 기능을 수행한다. 뭔가 따라야 할 관행이 생기면 믿음은 중립적인 것이 된다. 신이든, 명상이든, 우리에게 위안을 준다는 점은 같다. 다만 우리 자신을 그것에 온전히 맡기는 것이 어렵다. 우리는 그런 경험을 에둘러 피할 수도 있고, 아무것도 느끼지 않으려 할 수도 있지만, 중요한 건 그게 아니다. 마음을 활짝 열어야 한다. 설레서 뛰는 가슴을 드러내야 한다. 어떤 때는 의도하지 않아도 그런 일이 일어난다. 우연히 빛이 스며들기도 한다. 그러나 중요한 건 활짝 연 가슴을 유지하는 것이고 그로 인해 수반되는 취약성을 지닌 채 살아가는 것이다. 경계를 넘나들 수 있는 유연한 존재로서 삶을 헤쳐나가는 것이다. 그리고 그렇게 살아가면서 자기 자신을 돌보는 것이다.

상처가 치유되고 갈라진 틈이 메워질 수도 있다. 그렇지만, 그런 인생은 이미 너무 고통스러운 삶이다. 때때로 우리는 다시 마음을 닫고, 몸을 사리고, 자신을 방어하는 것밖에 할 수 있는 일이 없다. 대부분 이런 일은 우리가 알지도 못하는 사이에 일어난다.

흙

최근에 나는 땅바닥에 발을 디딘 것을 잊고 살았던 것 같다. 발을 디뎠다고 믿고 있었지만, 실제로는 그러지 않았다. 처음에는 '그래, 매일 하라는 법은 없지'라고 생각했다. 때로는 자기 자신을 좀 너그럽게 봐주기도 해야 한다. 그러나 곧 이틀에 한 번, 혹은 일주일에 한 번도 땅을 밟지 않게 되었다. 몇 개월이 덧없이 흘러갔다. 나는 그동안 신발을 벗지 않았다. 명상도 하지 않았다.

나의 명상 실천은 팬데믹 이전에도 잘 되지 않았다. 처음 명상법을 배울 때 하루에 두 번, 20분 동안 자리에 앉아 명상하기를 빼먹지 말라는 당부를 들었다. 수면 직전이나 직후, 그리고 식후에 바로 하지 않는다는 원칙을 제외하면, 언제든 내가 가능한 때에 명상을 할 수 있었다. 내 직업과 제법 조용한 사회생활을 고려하면 하루에 한 번 명상하는 일이 그리 어려울 것 같지 않았지만 실상은 여의치 않았다. 그 당시 나는 펍 한쪽 구석이나 쇼핑센터의 벤치에서, 그리고 집으로 돌아오는 기차 안에서도 부끄러워하지 않고 명상을 할 만큼 한창 명상에 열심이었는데, 그때도 명상은 조금 숨 막히는 면이 있었다. 하다

보면 분주한 생활 속에서 자연스럽게 할 수 있다는 말을 들었건만 그렇게 유연하게 일상에 녹아들지는 않았다.

버트가 태어난 후에는 명상이 불가능하게 여겨질 때가 많았다. 아이는 아침 일찍 깨고, 일단 아이가 잠에서 깬 후에는 아침 식사를 차려주고 옷 입기를 도와주고 아침 내내 하는 모든 행동을 끝없이 격려해주어야 하며 무엇보다도 계속 주의를 기울여야 한다. 그러니 아침에 아무런 방해를 받지 않고 20분 동안 방 안에 들어가 있을 짬이 날 리가 없다. 그래서 아이를 학교에 내려주고 난 후 명상하는 방법을 택했지만 그러자 당연히 일할 시간이 줄어들었다. 학교가 끝나면 버트의 간식과 저녁 식사를 챙겨주어야 하고, 숙제를 봐주고, 고민을 들어주고, 분 단위로 자세하게 설명하는 지루하기 짝이 없는 컴퓨터 게임 이야기를 들어주어야 하고, 목욕을 시키고, 인터넷 사용 시간을 관리하고, 잠자리에 들게 해야 한다. 아이들이 "잘 자요"라고 인사하고 베개에 머리를 대자마자 잠드는 취침시간은 TV에서나 볼 수 있는 광경이다. 그러고 나면 내가 먹을 음식을 준비해 저녁 식사를 하고, 집 안이 난장판이 되는 사태를 막기 위해 반드시 해야 하는 집안일을 한다. 이제 명상은 영원히 못 하겠구나 하는 생각에 남몰래 부끄러워하며 수년을 보냈다. 나는 충분히 노력하지 않았다. 충분히 엄격하지 못했다. 명상이 나에게 좋다는 것을 알고 있으면서도 스스로를 다잡지 못했다.

오래전에 나는 모든 사회제도가 남자들을 위해 설계된 것은 아닌지 생각했다. 그 제도 아래서 남자들에게는 끼니를 차려주는 사람이 있고, 일터에 가면 아이들과 분리되어 고상한 영적 목표를 추구할 수 있지 않은가 하고 말이다. 나는 명상 수련을 받을 때 내 스승이 아내와 아이들을 떠나 홀로 인도로 가서 마하리시 마헤시 요기에게 사사했다고 말했던 것을 떠올렸다. 그는 인도에서 자신에 대해 많은 것을 알게 되었다고 말했다. 그는 몇 달 동안 동굴에 홀로 앉아 자신의 영혼과 씨름했다. 힘들었지만 궁극적으로 그럴 만한 가치가 있었다. 온 마음을 다해서 명상하지 않았더라면 결코 그런 돌파구를 찾지 못했을 터였다.

내 옆에 있던 여자가 손을 들었다.

"그럼 그때 아내분은 어떻게 지내셨나요?" 그녀가 물었다.

"음, 분명히 힘들었을 겁니다." 그가 대답했다. "하지

만 아내는 그게 저한테 중요한 일이라는 것을 이해해주
었어요."

나는 그때 그 영적 발전의 가부장적인 방식을 인지
하지 못했다는 게 부끄럽다. 남자들은 깨달음을 얻고 여
자들은 남자들이 깨달음을 얻는 동안 남자들을 돌보고,
그러는 사이 여자들은 현실과 타협하며 남아 있는 자투
리 시간을 보잘것없이 보낸다고 무시당하는 방식 말이
다. 나는 수도승의 전통적 가치를 존중하고, 어떤 깨달음
은 진정한 고독을 통해서만 얻을 수 있음을 이해하지만,
그것을 위해서 어쩔 수 없이 일상에 닻을 내리고 있는 여
자들의 지혜를 깎아내리고 '여성성'보다 '남성성'을 더
중요시하는 현실도 명징하게 인식하고 있다.

나는 팬데믹 이전부터 이미 그런 상태였다. 어떤 완
전히 다른 삶을 위해 설정된 틀에 나 자신을 끼워 넣을
수 없음을 이미 알고 있었다. 나는 이미 내 삶을 재정비
하고 절충하여 바쁜 나날 속에 작은 명상을 포함시키고,
다른 이를 돌볼 때 비로소 얻을 수 있는 양질의 주의력을
존중하고, 책에 나와 있는 모든 규칙을 깸으로써, 가능할
때마다 좀 더 오래 명상을 할 수 있는 방법을 찾아낸 상태
였다. 그런데 팬데믹이라는 새로운 변수가 발생했고, 그

와 함께 또 다른 제약과 방해 요소들이 나타났다. 갑자기 모두가 집 안에 머물렀고, 모두가 일을 하려고 안간힘을 썼고, 모두가 스트레스를 받고 두려움에 휩싸였다. H는 집에 있었지만 여전히 최대한의 집중력을 발휘하여 하루 여덟 시간 연속으로 근무해야 했다. 게다가 그는 내 책상을 차지하고 있었다. 나는 그 상황에 적응해야 했다.

내 일을 위해서 나에게 주어진 시간은 이른 아침과 지친 하루의 끝, 그리고 이론상 토요일과 일요일뿐이었다. 얼마 지나지 않아 버트는 우리 세 식구가 늘 함께한다는 확신을 원한다는 것이 분명해졌다. 아이는 식사와 산책, 보드게임, TV로 영화 보기 등 모든 것을 셋이 함께 하길 원했다. 버트는 그런 일상을 통해 지금이 두려워할 만한 비상 상태가 아니라는 느낌을 얻으려는 듯했다. 나는 완전히 이해할 수 있었다. 그 시기에는 엄청나게 많은 일이 끔찍하게 변했고, 명상을 위한 내 시간도 형편없이 줄어들고 말았다. 그 몇 달 동안 나는 H와 그 어느 때보다도 많이 싸웠다. 사나움이 우리 안에서 모습을 드러냈다. 우리는 부족한 자원을 두고 으르렁거렸고, 부족한 자원 중에서 가장 중요한 것이 바로 시간이었다.

우주의 구조를 연구하는 데 오랜 시간을 바친 현자

들조차 이런 상황에서 어떻게 행동해야 하는지는 말해주지 못할 것이다. 나는 내가 알고 있는 사실, 그리고 다른 참을성 많은 이들이 알고 있는 사실을 현자들도 배우길 바란다. 나는 그들이 자신의 내면으로부터 영원히 밀려나는 경험을 하기를 바라고, 자신의 몸과 마음이 언제나 원하는 것에 닿을 수는 없다는 것을 느끼기를 바란다. 그들도 탈진과 좌절과 고립을 겪어보아야 하고, 떠나버리는 게 아니라 진심을 다해 남을 보살피고 또 보살피는 경험을 해보아야 한다. 나는 그들이 남을 돌보기 위해 한밤중에 잠자리에서 일어나면서도 화내지 않고 상냥함을 보일 수 있는 정신적, 육체적 수양에 도달하기 위해 분투하기를 원한다. 나는 그들이 끝없는 영적 유예를 견뎌내기 전까지는, 한발 물러나 영원한 숙고의 시간을 갖기 전까지는, 자신들이 아무것도 모른다는 사실을 깨닫기를 바란다.

주의를 기울이는 능력을 얻으려면 우리는 싸워야 한다. 그것은 저절로 주어지지 않는다. 이 능력이 반드시 필요하다고 느낄 때는 이미 너무 늦어버렸을 수 있다. 내가 번아웃 상태에 이른 이유가 많은 것들을 잃어버렸기 때문이라는 것을 이제서야 이해하기 시작했다. 잃어버린 것들은 하나씩 보면 다 사소한 것들이라 별로 중요해 보이지 않았다. 내 명상 시간을 기꺼이 포기했는데, 그 시간을 요구하는 것은 사치라는 생각이 들었기 때문이다. 책 읽기와 혼자만의 시간과 뜨거운 목욕과 산책을 포기했다. 침묵을, 그리고 동틀 무렵 정원에 서 있기를 포기했다. 그런 시간들을 포기하고 일과 육아로 그 자리를 채웠다. 하지만 그 순간들이 없으면 나에게 남는 것이 아무것도 없음을 깨닫고 놀랐다.

"네가 나를 잃지 않도록 하라." 릴케의 신은 말한다. 이 말에 조금 속았다는 기분이 든다. 나는 우선 상실을 피하는 법을 알아야 한다. 나에게는 매혹을 되찾기 위한 가르침이 필요하다.

어린 시절 밤에 차를 타고 달릴 때면 차창을 통해 보이는 달이 우리를 따라오고 있다고 생각했다. 내 위치에서는 달이 우리를 따라잡으려고 숨을 헐떡이면서 하늘을 따라 우리를 뒤쫓는 것처럼 보였다. 나중에 달이 워낙 커서 어디에나 존재하는 것처럼 보이기 때문이었음을 알았

고, 내가 나 자신에 부여하는 중대한 의미에 비해 나는
참 작은 존재라는 것을 알았다. 하지만 나는 여전히 달에
게 어떤 불변성이 있다고 생각했다. 달은 변함없이 나를
지켜보면서 내가 필요로 하는 것에 주의를 기울이는 것
같았다. 이따금 나는 나를 내려다보는 달의 시선이 필요
하다는 느낌을 받았다.

나이가 들면서 달이 차고 기우는 모습에 더 관심을
갖게 되었고, 마음속으로 달의 모습을 개조하기 시작했
다. 때로는 강력한 힘으로 둥글어지고 때로는 하늘 속으
로 녹아들며 쉬지 않고 영속적으로 그 형태를 바꾸는 달
은 마치 내 모습을 보는 듯했다. 그때쯤 나는 더 이상 내
가 우주의 중심이라고 생각하지 않았고 그래서 달도 내
가 자신을 알아봐주기를 바라는 것처럼 느껴졌다. 달과
나의 관계는 상호적이었다. 내가 밤에 밖으로 나가면 우
리는 서로를 마주했고 그것이 우리가 바라던 전부였다.
나는 달에게 아무것도 물을 수 없었다. 그러나 우리 사이
에는 끊임없는 변화를 견디는 게 어떤 것인지 아는 두 존
재가 정보를 교환하는 것 같은 느낌이 있었다.

최근에 다시 달과 무언의 대화를 시작했다. 나는 모
두가 잠든 밤마다 밖으로 나가, 내 자아를 향한 열망, 일

하지 않고 단지 존재하는 시간을 향한 열망, 공연히 삶을 더 피곤하게 만들지나 않을까 하는 주저함 없이 그냥 다시 순수하게 호기심을 가질 수 있는 권리를 향한 열망을 달에게 전하려고 노력한다. 세상에 실로 많은 고통이 있는 지금 같은 때는 이런 행동이 하찮고도 어리석은 것처럼 느껴지지만, 그 이면에는 내가 몸담은 더 넓은 그물이 있다. 나의 어머니는 외국에 있고 건강이 위태롭다. 남편은 그의 근무시간보다 더 큰일, 즉 그의 통제를 벗어나 불어나고 있는 불행을 방어하고 있다. 아들은 최근에 내게 팬데믹과 락다운 이전의 생활이 기억나지 않는다고 말했다. 이제 그에게는 팬데믹과 락다운이 일상을 이해하는 기본적인 기준이 되고 있다. 이런 상황 속에서 나는 달에게 이렇게 빈다. 내 사람들을 안전하게 지키는 방법을 알려달라고. 내가 할 수 있는 일이 무엇인지 알려달라고.

달은 근사한 친구이지만 그가 해줄 수 있는 것은 많지 않다. 위험은 언제나 목전까지 임박했을 때 해를 끼친다. 실제로 닥쳐야만 해를 끼치는 것이 아니다. 우리는 어깨너머로 위험이 어디까지 왔나 지켜보다가 지쳐버린다. 우리의 몸은 싸울 태세를 단단히 취하지만 막상 그 기세를 발휘하지는 못한다. 대신 그것을 분노와 자기 연민과 절망감으로 바꾼다. 우리는 그것을 노동으로 삼는다. 하지만 우리가 실제로 하는 일은 온몸의 털을 곤두세우고 경계하는 것뿐이다. 우리는 끊임없이, 지칠 만큼 경계한다. 위험이 부주의한 틈을 파고들지 못하게 긴장을 늦추지 않는다. 나는 경계하는 것 이외에 다른 것으로 머릿속의 공간을 채우는 게 어떤 느낌인지 잊어버렸다. 오랜 시간 동안 나는 계속 일에 몰두했고(강의하고, 글을 발표하고, 칼럼을 작성하는 등등) 한동안은 그게 마치 구명보트처럼 느껴졌다. 하지만 그렇게 일하는 것도 점점 어려워졌다. 안개가 내려앉고 기어가 경직되는 것이 느껴졌다. 어느 날 밤 나는 전동칫솔 버튼을 누르고서 겨우 부르르 떨 정도의 배터리만 남아 있는 것을 발견했다. 내부 엔진이 간신히 칫솔을 움직일 수 있을 뿐이었다. 그 순간 처음으로 분명히 알았다. 이것이 나라는 것을. 나는 방전되어 있다. 너무 오랫동안 에너지가 새어 나가고 있었기에, 언제 다시 예전의 모습으로 회복될 수 있을지 알 수 없다.

　　그날 한밤중에 산책을 하면서 나는 예전에 하던 행동을 떠올린다. 나는 조용히 아래층으로 내려가 달에게 인사한다. 정원 의자에 앉아서 슬리퍼를 벗어 던진다. 차가

운 파티오 타일 위를 맨발로 딛고, 땅과 내가 주고받는
찌릿한 감각, 그 즉각적인 상호성을 느낀다. 눈을 감고
마음을 가라앉힌다. 나는 언어를 찾아내야 하는 의무에
서 해방된다. 그 대신 스스로 느껴본다.

거기 앉아서 그 해방감을 몸으로 느끼고 몰입해본다.

달은 계속 나를 바라보고 있다. 나는 어떻게 이런 것
을 잊고 살아왔는지 궁금해진다.

그리고 어떻게 이런 것을 다시 불러올 수 있는지 궁
금해진다.

움트는 아이디어와 통찰,
마음속에 차오르는 즐거운 재잘거림.
산책 중 내 마음이 풍요로 채워질 때가 바로 이 시점이다.
깃들어 있기에 너무 즐거운 곳이라 내 다리는 결코 멈추려 하지 않는다.

그것은 창조적인 공간이다.
불가해한 방식으로 문제가 해결되고
알고 있던 진실처럼 해답이 나타나는 장소.

물

배운 것을 해체하기, 언러닝

어느 늦은 토요일 오후, 바다는 물마루로 짠 퀼트 천 같다. 나는 혼자 있다. 접어둔 타월을 펴니 깃발처럼 옆으로 날린다. 타월이 날아가지 않게 자갈을 올려놓는다. 이런 게 좋다. 이것은 내 대담함, 내 배짱의 증거다. 맨발로 조약돌을 밟으며 걷다가 얕은 물가에서 거의 쓰러질 뻔하고는 웃음을 터뜨린다.

거친 바다에서는 해안에 바짝 붙어 있는 것이 현명하다. 적어도 여기서는 해류의 움직임을 예측할 수 있으니 말이다. 지난여름 어느 화창한 날 먼바다까지 헤엄쳐 갔다가 속수무책으로 떠내려갔을 때 알게 됐다. 그때 나는 다시 해안으로 돌아오려고 필사적으로 몸부림쳤고,

마침내 돌아온 뒤 젖은 수영복 차림으로 덩그러니 버려진 내 가방과 타월을 가지러 당혹스러운 걸음을 옮겼다. 그 짧은 거리가 정말 한없이 멀게 느껴졌다. 그렇게 걷는 와중에 한 남자가 내게 다가왔다.

"아까 당신을 봤어요." 그가 말했다. "힘겨워 보이던데요."

"저는 괜찮았어요." 나는 다소 쏘아붙이듯 대꾸했다. "여기서 늘 수영을 하거든요."

하지만 괜찮지 않았다. 몹시 놀랐고 추웠고 안전한 곳으로 돌아오기 위해 한바탕 발차기를 한 탓에 다리도 아팠다. 무엇보다 그가 나를 보고 있었다는 사실에 화가 났다. 곤경에 처한 수영객을 봤으면서 어째서 구명보트를 부르지 않았느냐고 따져 묻고 싶었다. 하지만 한편으론 그러지 않아서 다행이라고 생각한 것도 사실이었다.

그날 얻은 교훈이 있다면, 파도가 높을 때 수영을 피해야 한다는 것이 아니라 해변에 앉아 맥주를 마시며 사람들 품평을 하는 부류들 앞에서 스스로 놀림거리가 되어서는 안 된다는 것이었다. 다시 지금으로 돌아와서, 돌풍이 부는 날씨에 나는 혼자 바다를 거닐며 오르락내리락하는 거친 물결에 전율을 느낀다. 수영을 할 때는 그저 온몸이 젖은 듯한 날들이 있는가 하면, 수영하는 행위가 나를 흠뻑 적시고 머리와 얼굴로까지 맹공격하는 물이 입안과 콧속으로 밀려드는 날들도 있다.

오늘은 나를 흠뻑 적시는 날이다. 물보라가 끊임없이 얼굴을 때리고 귓가에서 바람이 휘몰아친다. 나는 유리병처럼 수면 위에서 까닥거리며 이쪽저쪽으로 내던져진다. 물결 사이에서 방향을 잡기가 어렵다. 연달아 치는 파도가 나를 빙글빙글 회전시킬 때 나는 그저 눈을 깜빡이며 들어간 물을 빼내고 있다. 마침내 가까스로 시야를 확보하고서, 나는 예기치 않게 해변을 기다란 구획으로 나누는 거대한 목재 구조물 중 하나에 가까이 다가가고 있음을 발견한다. 내 뺨이 거기 부딪히리라는 예감이 들 정도로 가까이 다가가고 있다.

몸을 돌려 서투르게 발로 물을 차보지만 저항하지 못하고 다시 그리로 끌려갈 뿐이다. 지금 물 밖으로 나가야 한다는 것을 알고 있고, 그러려면 우선 제방에서 떨어져야 하는데 그럴 수가 없다. 조수는 물러가고 있고 파도가 나를 앞으로 던져놓기도 하지만, 나는 파도가 도착하기 전에 뒤쪽으로 빨려 들어가기도 한다. 모든 것이 해변과 대각선 방향으로 움직이고 있다. 참 터무니없다.

견고한 땅에서 불과 몇 미터밖에 떨어져 있지 않은데 이렇게 도달하기가 힘들다니. 나는 몸을 돌려 해류에 맞서 헤엄치기 시작하고, 나아가고 있다고 생각한다. 어쩌면 가만히 흘러가는 대로 있어도 될 것 같다. 어쩌면, 그냥 물에 떠 있기만 하면, 부유물처럼 조류를 따라 흘러갈 것도 같다. 모든 나무 몸통이 해변에 이렇게 다다르고, 한 번은 꽃무늬 소파까지 떠내려온 적이 있으니 말이다. 분명 나도 그럴 수 있다.

그러나 무릎에 통증을 느끼고 내 무릎이 목재 구조물에 갈리고 있음을 깨닫는다. 나는 아무 데도 가고 있지 않다. 아무 데도. 그저 바람이 가는 대로 끌려가는 중이다. 내 의지, 달콤하고 단단한 육지와 다시 연결되고 싶은 내 욕망과는 무관하게. 나는 다시 몸을 밀어내고 곧바로 내 어깨가 기둥과 닿는 것을 느낀다. 목구멍에서 심장 박동이 느껴진다. 애쓰느라 숨이 턱턱 막힌다. 이 바다, 이곳은 내 평생의 친구이지만 나보다 훨씬 강하고 거대해서 나라는 존재를 인식하지도 못 하나보다.

안전한 곳으로 헤엄쳐 갈 수 없다면, 기어올라가야 한다. 몸에 반동을 줘 방파제로 올라가본다. 두 손으로 꼭대기를 붙잡고 두 발을 옆에 대고 버티면서 매달린다.

거기서부터 시험 삼아 무릎을 아래로 뻗어보다가 균형을 잡고 피가 흐르는 무릎으로 방파제 위를 기어올라 육지에 다다른다. 자갈 위에 앉아서 머리 위에 타월을 드리운다. 지금 떨고 있는 게 안간힘을 써서 그런 건지 아니면 안도감이 들어서 그런 건지 모르겠다.

그러고 나니, 이상하게도, 생존자가 된 기분은 들지 않는다. 그보다 스스로 곤란을 자초했다는 기분이 든다.

폐를 오그라들게 하는 소독약 냄새가 뜨듯한 공기에 퍼져 있고, 발밑에는 옴폭옴폭 홈이 팬 타일, 칸막이 샤워실에서 들리는 둔탁하게 쿵쿵대는 소리. 수영복, 수영 모자, 고글. 사물함 사용을 위한 1파운드. 신발 속에 양말을 쑤셔 넣고, 코트와 가방을 얹어놓고, 열쇠를 돌리고. 팔목에 찬 고무 밴드. 쏟아져 내리는 물줄기 아래 샤워.

그러고 나서 들어간다. 물은 너무 따뜻하고, 너무 파랗고, 너무 많은 사람으로 가득 차 있다. 하지만 다시 수영하는 법을 배우고자 한다면 제대로 온 게 맞다. 일주일에 한 번, 월요일 오후 6시 반에 나는 웬디의 손에 몸을 맡긴다. 그녀는 내가 수영에 대해 기존에 알고 있던 것들을 완전히 뒤집어엎는다. 알고 보니 애초에 그리 아는 게 많지도 않았다. 나는 늘 수영을 해왔지만 한 번도 제대로 배워본 적이 없었다. 그냥 혼자서 깨쳤던 것 같다. 나에게는 언제나 흡족한 수준의 수영이었다. 나는 수영에 자신이 있었다. 하지만 이제는 어쩌면 잘못된 방식으로 수영을 해왔는지도 모른다는 사실을 인정해야 한다.

발차기가 필요한 경우에 물을 더 세게 차서 곤경에서 빠져나와야 한다고 생각했는데, 지금은 확신이 서지 않는다. 종종 거센 물살과 저온의 충격을 가늠하면서 물가에서 주저하고, 그렇게 머뭇거리다가 아예 물속에 들어가지 않기도 한다. 기본적인 자기 보호일 수 있고, 어쩌면 생존 본능이 좋은 쪽으로 작동하는 것일 수도 있다. 나쁜 게 아니다. 하지만 내가 속한 그룹의 다른 사람들이 열정적으로 수영에 임하는 가운데, 나는 자꾸 참여하지 않아서 혼자 신경이 쓰인다. 그들이 나보다 조금 더 미련한 것인지도 모른다(진짜로, 물가에 혼자 남아 서 있을 때 민망함을 감추려고 나는 이런 말을 되뇌었다). 좀 더 현실적으로 해석하자면 내가 가늠한 것이 살짝 빗나갔든지 아니면 수영 실력이 부족한 것이다. 나는 예측할 수 없는 순간에도 충분히 길을 헤치고 나아갈 수 있다는 것을 믿어야 한다. 이따금 항구를 향해 밀려드는 급작스러운 잠류, 아무런 예고 없이 맹렬히 몰아치는 폭풍우, 항구 어귀를 가로질러 질주하기 전에 지역 펍에서 거나하게 술을 마신 건 아닐까 의심스러운, 여름날 제트 스키를 타는 사람들을 맞닥뜨리는 그런 순간에도 말이다. 그런 순간에도 헤엄을 쳐서 살아남을 수 있다는 자신감이 필요하다.

웬디가 그녀의 강습에 등록한 이유를 묻자 나는 대답한다. "자유형을 못 한다는 게 문제예요."

그녀가 묻는다. "수영장에서 물에 들어가면 어떤 영법으로 수영하는 편인가요?"

"평영이요." 내가 대답한다. "제가 평영은 꽤 잘 해서…." 나는 숙련된 수영 강사 앞에서 무슨 망발인가 싶어, 말을 멈춘다. "제 말은, 그럴 만한 것이, 제가 평영으로는 오랫동안 계속 갈 수 있거든요." 나는 지금 내 능력을 과대평가하지 않았다는 것을 강조하려고 숨까지 헐떡이며 안간힘을 쓰고 있다. "전 머리며 뭐며 다 물 밑으로 두거든요."

웬디가 고개를 끄덕인다. "배영은 할 줄 아세요?"

"오, 네." 나는 말한다. "괜찮게 해요." 그렇게 대답해 놓고 다시 움찔한다. 내가 괜찮게 한다고 말하는 것의 의미는 그녀가 괜찮게 한다고 말할 때의 의미와 다르다. 웬디에게 괜찮게 한다는 것은 아마도 수영 대회에서 시상대 한 자리를 차지할 수 있다는 정도일 것이다. 하지만 나에게 괜찮게 한다는 말은 물에서 떠 있을 수 있다는 뜻이다. 아무래도 나는 상관없다.

"그런데 프런트 크롤을 할 때는 지치기 전까지만 갈 수 있고, 그렇게 하다 보면 죽을 것 같다는, 뭐 그런 거죠."

"오케이, 좋아요." 물러서지 않고 웬디가 말한다. "그럼 우선 평영부터 한번 볼까요." 나는 풀장 안으로 들어가 측면에서부터 앞으로 나아간다. 발차기를 할 때 다리를 돌리지 않는 것을 잊지 않으려 노력하며, 팔을 옆으로 저은 후 제대로 움직이고 있는지 궁금해하며. 저 멀리서 내가 수면 위로 올라오자 웬디가 외친다. "오케이, 이제 배영이요!" 나는 몸을 홱 뒤집고 팔을 풍차처럼 돌리기 시작한다. 머리를 어디에 두어야 할지 확신이 서지 않는다. 어디인지 몰라도, 여기는 아니다. 머리를 너무 깊이 담가서 지금 코에 물이 들어왔다. 그래서 레인을 구분하는 로프 밑에서 옆으로 방향을 바꾼다.

나는 웃으며 몸을 곧게 편다. 하지만 웃음이 멈추지 않는다. 이 상황이 순전히 우스꽝스럽다. 도대체 여기서 뭘 하고 있는 거지? 마지막으로 수영 강습을 받았던 것이 무려 네 살 때였다. 내가 머리를 물속에 넣기를 거부하자, 선생님은 내 위로 물 한 양동이를 뒤집어엎었었고, 엄마는 크게 분노해서 나를 밖으로 끌고 나갔다. 거의 40년 만에 다시 여기에 돌아와 있다. 설명할 수 없는 이유로 나는 할 수 있다고, 숨을 내쉬며 물밑으로 머리를 담글 수 있다고 뽐내고 있지만 다리는 예전과 달리 말을 듣지 않고 팔은 완전한 원을 그리며 돌지 않는다. 너무나 많은 세월에 걸쳐 컴퓨터 앞에 앉아 타이핑을 하면서 어깨를 손상시킨 탓이다.

풀장의 얕은 쪽에 다다르자 웬디가 말한다. "흠, 꽤 즐기는 것처럼 보였어요. 그럼 우리 프런트 크롤을 해볼까요?"

나는 숨을 들이쉰다. 그렇다면 좋아. 산봉우리 모양으로 앞으로 팔을 내밀고 전방을 향해 출발한 다음, 팔로 물을 가른다. 첨벙첨벙 발차기를 하면서 3회에 한 번씩 머리를 옆으로 돌려 호흡을 한다. 나는 다리를 움직이며 수면 위로 발이 튀어나오지 않도록 한다. 도중에 잠기지 않도록 몸도 똑바로 편다. 마음 한구석에서는 내가 반대편에 도달하면 웬디가 박수를 치면서 내 프런트 크롤은 완벽하다고, 교본 그 자체라고 말하며 굳이 이 수업을 들을 필요가 없다고 말할 것이라는 기대감이 있다. 풀에 다시 들어가 힘을 키우세요! 상상 속의 웬디가 말한다. 그러는 동안에는 자신감을 가져요!

하지만 벌써 지쳤다. 아직 4분의 3밖에 못 왔는데. 얼마나 더 가야 하는지 보려고 고개를 들어 올린다. "거의 다 왔어요." 웬디가 말한다. 차라리 미워할 수 있게 그녀가 못돼 먹은 사람이라면 좋았을 텐데. 만약 그녀가 내 머리 위로 물 한 바가지를 끼얹는다면 당당하게 분노를 표출할 수 있을 것이고, 그러면 이 모든 것을 때려치울 수 있을 것이다.

그러나 나는 수심이 깊은 쪽 끝에 이르고 욕심껏 폐로 공기를 들이마신다. 수영모를 벗어 귀에 들어간 물을 빼내고 머리를 흔든다. "좋아요!" 웬디가 말한다. "우리 프런트 크롤로 시작해서, 다음 수업에서는 나머지 두 가지로 넘어갈게요."

20분 후 강습을 마치고 흐물흐물해진 다리로 밖으로 나온다. 그야말로 간신히 수영을 한 기분이다. 나는 부유물을 붙잡고 다리를 차면서 풀장 이쪽저쪽을 첨벙대며 다녔다. 이건 보기보다 힘들다. 나는 일명 수영 부표(모루 모양 부유물)를 허벅지 사이에 낀 채 수면을 따라 나아가려고 노력했다. 또 팔꿈치를 들어 올리라는(아니요, 더 높이, 아니요, 더 높이!) 지시에 따르려고 애썼고, 손가락 끝이 수면에 닿을 때 손목을 펴려고 노력했다. 제대로 해내지 못한 게 분명한데 웬디는 친절해서 그런지 그 점에 대해서는 언급하지 않았다. 나는 몸 전체, 즉 상체, 다리, 팔꿈치, 손목을 전부 잘 조절하려고 했지만 그 과정에서 현재의 나는 실상 몸의 일부만 움직이기에도 벅차다는 것을 깨달았다. 스트로크를 열 번 하면 숨쉬기를 잊었다는 것을 알게 된다. 겨드랑이 뒤쪽 어딘가에서 딱히 설명할 수 없는 통증이 느껴진다. 나는 단지 수영을 하는 사람으로서뿐만 아니라 한 인간으로서도 온몸이 따로 놀고 있다.

"다음 수업 때는 더 힘들 수 있어요." 탈의실을 향해 비틀비틀 걸어가는데 웬디가 기운찬 목소리로 말한다. "대략 5주쯤 지나면 수영하는 법이 다시 몸에 익을 거예요."

나는 손을 들어 올리고 이렇게 말하고 싶다. '이쯤에서 우리 그만해요. 수영에는 틀린 몸이 분명해요.' 하지만 그저 내 에고ego가 하는 소리다. 늘 그렇듯이 평정심을 잃은 것이다. 이런 과정을 거치려면 창피함을 무릅써야 하고, 그것이 바로 지금 나에게 필요한 태도이다. 수영을 더 잘하고 싶다면 당분간 아무 생각도 하지 말아야 한다. 다른 사람의 손에 나를 맡기고 나를 교정하도록 놔 둬야 한다. 아는 것이 많은 내 일부를, 내가 제대로 하고 있다고 여기는 내 일부를, 그리고 모두가 나를 완벽하게 봐주기를 원하는 내 일부를 내려놓아야 한다.

배운 지식을 잊어버리고 새로 시작하는 것(언러닝 unlearning)은 배우는 것(러닝learning) 못지않게 중요한 배움의 과정이다.

이 언러닝이란 것은 참 묘한 작업이다. 나는 초심자가 아니다. 그래서 이미 알고 있다고 생각하는 것을 잊어버리는 일이 오히려 부담스럽다. 단순히 낡은 지식을 새로운 지식으로 대체한다고 생각할 수 있는 문제가 아니다. 사실 나는 수영에 대해 내 몸이 간직하고 있는 이론을 펼쳐놓지 않으려 조심하면서, 내 근육의 기억과 싸우고 있다. 기가 죽은 동시에 결연한 마음으로 나는 매주 수영장에 가고, 매번 내 스트로크는 점점 더 엉망이 된다. 동작을 부분부분 나누어서 하면 가능한데 다 합치면 잘안 된다. 사실 한 가지가 잘 되면 그때마다 나머지는 제대로 되지 않는다.

과연 점진적으로 실력이 늘 수 있는지 잘 모르겠다. 차라리 정신을 놓고 움직이다가 어느 순간 요령을 터득하기를 기다려야 할 것 같다. 수영 강습 시간에도 그런 경우가 종종 보인다. 어느 한 주에는 나처럼 헤매던 사람이 그다음 주에는 어렵지 않게 스트로크를 하고 정확한 동작으로 물을 가르는 것이다. 이따금 나 자신에게서도 이런 모습을 본다. 어쩌다가 몇 초간 내 몸과 마음이 협응하여 새털 같은 가벼움을, 여러 리듬이 하나의 흐름으로 느껴지는 무언가로 맞아떨어지는 감각을 느끼는 것이다. 하지만 이런 느낌은 곧 붕괴된다. 내 여러 가지 리듬이 모두 서로 미세하게 어긋나버린다. 오직 몇 번의 비트가 일제히 맞은 후 다시 흐트러지고 만다.

나의 배움은 흡사 추의 흔들림 같다. 한쪽 끝에서 다른 쪽 끝으로 요동치다가 서서히 안정되기 시작하는 추. 조금씩 조금씩 잘못된 동작이 줄어든다. 나는 어떻게 해야 하는지 깨우치기 시작한다. 그러다가 마침내 영광스러운 어느 주에, 나는 팔다리를 모두 잘 쓰면서 완주를 하고, 웬디가 수영장 가장자리로 고개를 내밀며 말한다. "이제 잘하시네요." 나는 비로소 제대로 수영하게 되었다는 희망에 차서 집으로 온다. 그리고 고민하기 시작한다. 내 목표를 향해 계속 나아가기 위해 어떤 대회 혹은 스폰서가 있는 장거리 수영 프로그램 등 뭔가 원대한 행사에 참가해도 될지 말지를. 그러던 차에, 내 존재 전체가 새로운 전환점에 서 있을 때 모든 것이 멈춘다.

그렇게 시작된 빡빡하고 불안한 팬데믹의 나날에 우리는 바다에 들어가는 것도 허용되지 않는다. 나는 지금 내 배움이 잠시 보류되었음을 스스로 납득시키려고 노력하지만, 머릿속으로는 딴생각을 하고 있다. 수영하고 싶다는 생각이 물밀 듯이 밀려드는 것이다. 마른 땅에 발이 묶여 있으면서도, 내 몸이 이제 겨우 깨치기 시작한 새로운 동작을 하는 상상을 멈출 수가 없다. 나는 거실에 서서 가족들에게 나의 새로운 스트로크를 보여준다. 앞으로 몸을 숙이고, 팔꿈치를 들어 팔뚝이 더 버티지 못할 때까지 올렸다가 머리를 향해 떨어뜨린다. 나는 상상의 물속으로 들어간다. 마찰을 최소화하려면 45도 각도에서 반월판을 어떻게 움직여야 하는지 설명한다. 나는 발차기를 하고 싶어 다리가 근질거리는 것을 느낀다.

나는 조니 미첼의 〈블루〉를 흥얼거리며 시간을 보낸다. "너는 파도를 헤쳐 나갈 수 있어." 밤이면 꿈속에서 수영을 한다. 어떤 때는 꿈속의 나는 희망이 없고, 위험하리만치 전혀 스트로크를 하지 못하며, 내 팔을 돌리는데도 꼭 기어를 돌리는 것만 같다. 그런가 하면 어떤 꿈속에서는 내가 한 척의 요트처럼 물살을 가르고 나아갈 때도 있다. 이럴 때는 온몸이 조화롭게 움직여 효율적이고 매끄러운 스트로크를 구현해낸다. 나는 이런 꿈들에 깊은 인상을 받는다. 내 머릿속 한구석은 배움의 행위에 사로잡혀 있다. 깨어 있는 내 정신은 무의식으로 흐르고, 나는 두려움에서 벗어나 현실에서 달성하려고 안간힘을 쓰고 있는 동작의 패턴을 크게 힘들이지 않고 연습해본다. 나는 파란 풀장, 탁 트인 바다를 향한 갈망, 소멸되는 과거의 지식과 그 자리를 탈환한 현재의 지식으로 가득 차 있다.

그러나 곧 그것도 사그라진다. 그러고 보니 나는 단지 수영만을 언러닝하는 것이 아니다. 내 인생 전체를, 내가 살아온 방식을 언러닝하고 있다. 팬데믹은 혼란스러움과 공포 속에 모든 것을 흐트러트린다. 곰곰이 생각할 시간은 없고, 오직 행동만이 필요하다. 그런 행동은 다음 해, 그다음 해, 그리고 그 이후까지도 여파를 미치는 연속적인 사슬을 형성한다. 한동안 나는 그 이외의 어떤 것도 기억할 수가 없다. 수영 강습과 마찬가지로, 한 형태의 지식이 궁극적으로 다른 지식의 자리를 차지한 것이다. 끝없는 나날 동안, 생존에 급급한 이 생활만이 내가 할 수 있는 전부였다.

그러다가 다시 예전의 친숙한 세계가 돌아오자 나는 서서히, 머뭇거리며, 또 불안정한 상태로 막상 어떻게 살아야 할지 막막해졌다. 언러닝을 너무 충실히 한 탓이었다. 수영장이 다시 문을 열었고 내 친구들은 다시 해변에서 모이기 시작했다. 물속에서 거품을 일으킬 수 있는 시간이 다시 찾아온 것이다.

그런데 이상하게도 나는 다시 물로 돌아가지 못했다. 주저하는 마음이 생겨나 물가에 서 있기만 했다. 어처구니가 없었지만, 그랬다. 물은 더 이상 나의 영역이 아니었다. 한때 내 천성처럼 여겨졌던 물을 향한 열망을 잃어버린 것이었다. 나와 물은 어떻게 하면 서로를 이해할 수 있을지 알지 못한 채 낯선 모습으로 다시 만났다.

나는 또다시 해체된 상태로 여기 있다. 잃어버린 것이 무엇인지 제대로 알지 못하면서도 상실에 대처해야 하는 순간이 있다. 어쨌건 나는 다시 물속으로 돌아갈 방법을 찾아야 한다. 한때 거기에 매혹이 있었음을 알기 때문에, 매혹 없이는 내가 누구인지 알 수 없기 때문에.

양원적 의식과 직관

내가 미약한 존재라는 기분을 느끼고 싶을 때 나는 썰물 때 바다로 간다.

해변 가까이 사는 덕분에, 그리고 조수 간만에 대한 선천적인 감각을 가진 덕분에 가능한 기술이다. 날마다 해변을 걸으면 한 주에 걸쳐 물결이 형태를 바꾸는 방식과 그 패턴을 흡수하게 된다. 때로는 바람결에 육지로 실려온, 혹은 갑작스러운 안개 속에 드러난 해초의 짭조름한 비린내를 맡을 수 있다. 또 때로는 몇 블록 떨어진 곳에서 바닷물이 되돌아오는 소리의 미세한 차이를 느낄 수 있다. 며칠 동안 바다를 떠나 있으면 나는 그 리듬에 대한 감각을 잃어버리고, 방향을 제대로 잡지 못한다. 마치 시계를 잃어버린 듯한 상태가 된다.

나는 바닷가로 나갈 시간을 신중하게 선택한다. 내가 열망하는 것은 육중한 물결이 아니라 바로 그 부재다. 이곳 위츠터블에서 바닷물은 거의 보이지 않을 정도로 먼 데까지 빠져나가고 광활한 갯벌이 그 자리를 차지한다. 많은 이들에게 이때는 하루 중 가장 실망스러운 시간이지만 나에게는 그렇지 않다. 나는 발밑의 땅이 깨진 조개껍데기로 가득한 해변의 하얀 곳에 서서 이스트 키 부두의 가파른 벽을 바라보는 것을 좋아한다. 특히 해저에서 몇 미터쯤 위에 만조 때 만들어진 초록색 선의 흔적을 찾아보는 것이 좋다. 나는 그 선까지 물이 차려면 물의 부피가 얼마나 되어야 할지를 계산해보고 하루에 두 번 찾아오는, 소금기 어린 거대한 바닷물이 사정없이 밀려오는 그 생생한 감각을 음미한다. 그것은 마치 기본적인 시계장치처럼 너무나 조용하고 은근하게 일어나는 일인지라 감지하는 것이 거의 불가능하다. 해변에서 한나절을 보내보면 바다가 우리에게 미치는 여파를, 그 부드러운 힘을 알 수 있다. 나는 해안의 단단한 기슭으로부터 좀 더 멀리 내려가서 곧 바닷물이 범람할 곳으로 발길을 옮기는 것을 좋아한다. 만조와 간조 사이의 구역, 그 최적의 경계 공간으로 말이다. 나는 남아 있는 미량의 바닷물이 내는 소리를 듣는 것이 좋다. 내 머리 위 저 멀리 바다가 있다고 상상하는 것이 좋다.

달의 인력을 내 두 눈으로 목격하고 있음을 기억하는 경우는 정말 드물다. 태양은 조수에 영향을 미치지만 그 힘은 미약하다. 반면 지구에 더 가까운 달은 조수 간만에 중대한 영향력을 행사한다. 지구가 회전함에 따라, 바다는 달을 향해 다가가고, 지구와 달이 가장 가까운 지점에서 만조가 발생한다. 동시에 만조는 지구의 반대편, 달에서 가장 먼 지점에서도 일어난다. 이는 다소 우리 직관과 어긋나는 현상인데, 이때 달은 물을 제 쪽으로 끌어당기기에 충분한 중력을 발휘하지 못해서 조수가 모든 구속으로부터 벗어나 반대 방향에서 불룩하게 부푸는 것이다.

만조는 달이 가까이 있을 때와 멀리 떨어져 있을 때 일어나고, 간조는 그 사이 공간에서 발생한다. 태양은 달의 영향력을 증폭시키는 보조자일 뿐이지만 조수에 대한 우리의 인식에 매우 실질적인 영향력을 행사한다. 우리가 알고 있듯이 하루는 24시간이지만, 달이 지구 주위를 도는 시간은 24시간 15분이다. 이는 우리가 서 있는 곳으로부터 조수가 매일 대략 한 시간씩 변하고, 마치 우리에게서 달아나려는 듯이 아침저녁으로 끊임없이 움직인다는 것을 의미한다.

지구 위를 끝없이 주행하는 두 개의 거대한 물결이 있고, 우리는 하루에 두 번 그 완전한 규모를 목격한다. 하지만 실제로 일어나고 있는 일의 규모를 체감하기는 어렵다. 국지적으로만 목격하기 때문이다. 그래서 우리는 그 물결이 지구 전체, 그리고 그 너머의 우주에까지 이른다는 생각을 하기가 힘들다.

나는 아직도 바다에 다시 들어가보라고 나 자신을 설득 중이다. 나는 단지 습관을 잃어버린 것만은 아니라는 사실을 알아가고 있다. 물은 유혹적이지만 그 불안정성은 그렇지 않다. 그것은, 나 역시 불안정하기 때문이다. 나는 약 10년째 메니에르병을 앓고 있다. 림프액이 속귀에 지나치게 많아서 유발되는 이 병은 몇 개월에 한 번씩 두통을 동반하고 현기증과 메스꺼움을 일으킨다. 그럴 때는 귓속이 꽉 차는 최악의 증상을 줄여주는 알약을 복용하고, 며칠간 휴식을 취해야 한다. 정규직으로 일할 때, 특히 그 증상이 스트레스와 컴퓨터 앞에서의 지나친 업무 시간으로 촉발될 때 이 병은 끝없는 문제를 야기했지만 요즈음은 그저 좀 불편한 정도이다. 나는 이 병을 지니고 사는 삶에 적응했다. 재발하는 증상을 싫어하지만, 그것이 내 생계를 위협하지 않도록 할 수 있는 모든 것을 다 했다. 불치의 만성질환을 가진 사람에게는 이것이 희망할 수 있는 최선의 평화 협정이다.

그러나 최근 코로나19에 걸린 이후로 모든 것이 변한 듯하다. 내 귓속은 영원히 부어 있는 느낌이고, 내 고막은 건물 반대편에서 문 닫는 진동도 느낄 수 있을 정도로 예민함이 절정에 달해 있다. 기압의 파도가 나를 괴롭히고, 쿵쿵대고 변화하고 깜박거린다. 귀울림과 먹먹함이 심하다 보니, 방향 감각도 잃어버린 상태다. 소리가 어디에서 나는지 분간되지 않아서, 종종 버트가 다른 방에서 나를 부른 것으로 착각하다가 바로 내 옆에 있는 그 애를 발견하곤 한다. 말하는 사람의 입 모양을 보지 못하면 제대로 듣지 못하는 순간들도 있다. 내 귀는 한껏 부풀어 있다. 내 머리는 전체가 부풀어 올라 풍선처럼 곧 터질 것 같다. 나는 상냥한 외과 의사가 내 머리에 구멍을 뚫어 쉬익 하고 공기를 빼줄지도 모른다는 환상(메니에르병 환자들에게서 심심치 않게 나타나는 현상이라고

108

들었다)을 품기 시작한다. 이루어질 리 없는 그 환상을
생각하는 것만으로도 위안이 된다.

가장 나쁜 것은 밀려오는 어지럼증이다. 이 병을 수
년간 달고 살다 보니, 이제 그 다양한 양상들을 안다. 어
지럼증은 자주 찾아오지만, 언제나 방이 빙글빙글 도는
느낌인 것은 아니다. 어떤 때는 집이 오히려 나보다 수평
이 더 맞지 않는 것 같고, 모든 가구가 비스듬해 보인다.
이런 상태에서는, 테이블에 컵을 놓으면 미끄러지는 게
보인다. 내 행동은 평소보다 서툴러지고, 나와 같은 사람
들을 위한 보험이 있어야 하는 게 아닌가 싶다. 걱정될
정도로 그릇을 자주 깨고 천으로 된 소품에는 온통 얼룩
이 생기니 말이다. 외출을 하면 사람들은 내가 뭔가 보이
지 않는 힘을 바로잡으려는 듯 측면으로 치우쳐서 비스
듬한 자세로 걷고 있다고 말한다. 등 근육은 내 몸을 지
탱하느라 욱신거리고, 나도 모르는 사이에 힘을 주느라
이를 악물고 있을 때가 많다.

밤이면 메니에르병의 고통이 심하게 엄습해서 내 발
이 어디 있는지도 찾지 못하는 지경으로 바닥에 누워 꼼
짝 못 하는 꿈을 자주 꾼다. 내 머릿속에서 어떻게 이런
꿈을 만들어내는지 신기하다. 술에 취해 신체 기능이 형

편없이 저하된 듯한 그 절대적인 느낌을 구현해내다니. 이런 꿈속에서는 시간이 뒤섞이고 요동치기 마련이라 나는 내가 어디에, 언제, 왜 있는 건지 방향을 잃고 헤맬 때가 많다. 어떤 때는 뇌가 잠들어서 개입하지 못하는 동안 현기증의 힘을 몸이 온전히 느끼고 그것이 꿈으로 나타나는 게 아닌가 싶기도 하다. 어쩌면 내가 점점 더 통제력을 잃고 명료한 정신이 사라지는 끔찍한 미래를 떠올려서, 그저 두려움이 꿈에 반영된 것인지도 모른다. 내가 그렇게 속수무책이라면 어떻게 하나? 그때 나는 대체 어떤 모습일까?

이 병은 물이 너무 많아서 생긴 병이다. 나는 바다에 다시 들어가고 싶지만 바닷물의 수위는 더 이상 적당하지 않고, 근본적으로 너무 축축하다. 바다는 더 이상 일상으로부터의 휴식처가 아니다. 이제는 내 머릿속과 꼭 닮아 있다. 바다를 생각하면 멀미가 일고, 향수병이 생기고, 현기증이 난다. 셋 중 무엇이 더 끔찍한지 가릴 수도 없다. 나는 수영하는 행위가 그립다. 내 몸이 잘 기능한다는, 지구력이 있다는 믿음이 그립다. 하지만 이제는 물에 떠 있는 것이 그다지 즐겁게 느껴지지 않는다. 나에게는 내 몸의 닻을 내릴 수 있는 평평한 수평선이 필요하다.

본능보다는 이제 논리에 입각한 행위가 중요하다. 지금은 합리적으로 취할 수 있는 것을 택해야 한다.

나는 또한 일주일에 몇 번씩 함께 수영했던 여자들의 모임이 그립고, 우리 모두가 함께 느꼈던 용감한 마음가짐이 그립다. 짧은 순간일지라도 강렬하고 즐거운 10분간의 수다, 공동의 고민거리를 나누는 사이 스트레스가 풀리던 그 기분이 그립다. 그 집단적 지혜, 어떤 문제를 꺼냈을 때 이해와 관심이 이어지고, 살아온 경험의 산물로 해결책이 제시되는 그 느낌이 그립다. 나는 물이 나를 감싼 듯한 느낌을 받으면서, 수영하는 사람들과 내가 교대로 서로를 잡아줄 만큼 충분한 효능감을 느낄 수 있던 날들이 그립다.

그러나 무엇보다도 나는 바다에 들어갈 때 생겨나는 숭배의 감정이 그립다. 건조한 성당 의자에 앉아 있는 것보다는 드넓은 대성당으로 걸어 들어가는 듯한 기분, 그래서 그곳에 융화되는 기분이 그립다. 나는 조수의 인력을 느끼는 기분이 그립다. 또 온 세상의, 달과 태양의 인력을 느끼는 기분이 그립고, 내가 은하수를 교차하는 상호 연결 사슬의 일부임을 느끼는 기분이 그립다.

아무튼 나는 내 머릿속을 누르는 압력을 풀어낼 수 있을 것이라는 환상을 계속 품고 있고, 그 연장선상 어딘가에서 내가 실제로 천두술을 꿈꾸고 있음을 깨닫는다.

두개골에 구멍을 뚫어 뇌를 감싸고 있는 두꺼운 막을 드러내 보이는 천두술은 길고 흥미로운 역사를 가지고 있다. 고고학자들은 세계 전역에서 1000년 전의 것으로 추정되는, 부분적으로 치유된 구멍이 뚫린 두개골을 발견했는데 이는 치료의 대상이 그 의술을 받은 후 생존했음을 시사한다. 히포크라테스와 갈레노스 모두 이 방법에 관해 기술했고, 천두술은 유럽에서 르네상스 시대에 이르기까지 정신 질환과 육체 질환 모두를 치료하기 위한 목적으로 계속 시행되었다.

영국 귀족층의 히피 후손들이 주축인 현대의 천두술 추종 집단은 이 방법이 생물학적인 오류를 바로잡을 수 있다고 믿는다. 그들의 주장에 따르면 유년기 말에 두개골 봉합선이 융합되면서 자유로운 활동 능력이 제한되고, 그로 인해 젊음의 활력, 창의성, 열린 사고가 억제된다. 1995년, 제니 개손 하디는 동료의 집도 아래 스스로 천두술을 받은 후 〈인디펜던트〉지에 다음과 같이 썼다. "오랜 세월을 머리가 축 늘어진 꼭두각시 인형으로 살아왔는데 이제 조종자가 내 머리의 줄을 붙잡고 다시 부드 럽게 그 줄을 들어 올리고 있는 것 같았다. 나는 시간이 지나도 사라지거나 줄어들지 않는 명료성과 점점 차오르 는 에너지를 느꼈다." 이 집단에게 천두술은 생체 시계 를 재설정하는 것을 뜻하며 영원한 젊음마저 암시한다. 짐작해볼 수야 있겠지만 과거에 천두술이 행해진 이유에 대해서는 알려진 바가 없다. 어떤 경우에는 두개골의 파 편이 외상성 손상 이후 제거된 것이 분명했지만 일반적 이지는 않았다. 건강한 사람들, 심지어 신분이 높은 남녀 의 뇌에도 구멍이 뚫린 사례들이 있었다. 영적 탐색이나 명료성과 더불어 악령 빙의, 간질, 두통과 관련된 이론이 있다. 고대 사람들은 무언가를 꺼내거나 집어넣기 위해 이런 조악한 수술을 시행했던 걸까?

나는 머리에 구멍을 뚫고 싶은 내 바람이, 어느 정도 는 두 가지 이유 때문이 아닐까 싶다. 압력을 방출하고 점점 더 내 정신을 뿌옇게 흐리는 듯한 지독한 안개를 걷 어내고 싶은 마음과 현재 내 손이 닿지 않는 것처럼 보이 는 무언가가 흘러 들어갈 수 있는 창을 열고 싶다는 욕 구다. 문자 그대로의 의미는 아니다. 나는 그렇게 허술한 머리뼈 수술 같은 건 할 생각이 없다. 그러나 그런 욕구의 배후에 있는 충동을, 머리, 정신, 두뇌 사이의 그 연결을, 울부짖는 군중처럼 생각이 머리에 꽉 차 있는 감각을 이해한다. 감각을 해방시킬 방법을 찾아낼 수만 있다면, 그것은 아직 들을 수 없는 가냘픈 목소리를 위한 공간을 마련하는 것처럼 보일 것이다.

심리학자 줄리언 제인스는 인류에게 환청은 원래 자연스러운 것이라고 보았다. 대다수 과학자들이 인류가 의식을 경험하는 방식은 예전에도 지금과 같았다고 가정한 반면, 제인스는 우리 선조들의 정신체계는 우리와 매우 다르다고 생각했다. 1976년에 출간된 그의 책《의식의 기원》에서 제인스는 우리의 의식적 사고와 감정을 돌아보는 자아성찰 능력이 인류 역사상 상대적으로 최근인 기원전 2000년 무렵에 생겨났다고 주장한다. 그에 따르면 그전까지 인류의 의식은 양원적bicameral으로, 두 개의 방으로 되어 있었다. 그는 이렇게 말한다. "한때 인간의 본성은 '신'이라 불리며 지시하는 부분과 '인간'이라 불리며 지시에 따르는 부분, 이렇게 둘로 나뉘어 있었다." 인류는 현재와 같은 방식으로 의식하지 않았으며 개념, 생각, 감정을 분리할 수 없었고, 그런 것들을 우리 스스로 만들어낸다고는 생각은 하지 못했다. 대신 인류는 생각을 일련의 환청으로 경험했고, 이를 신의 음성이라 믿었다. 이 음성은 인류에게 무엇을 해야 하는지 말했고 인류는 그 지침에 따라 살았다. 《일리아드》와 《길가메시 서사시》의 시대에 인류는 모두 목소리를 듣는 자들이었다.

제인스는 인간 의식의 본질이 우리가 사용하는 언어에서 나오고, 인간이 자율적인 자아의 언어를 발전시킨 것은 불과 4000년 전이라고 단언한다. 뇌는 '유연한' 기관으로, 우리가 뇌를 어떻게 사용하기를 원하느냐에 따라 그 신경 연결 통로가 변화하며, 우리가 우리 자신을 어떻게 정립하는지에 따라 뇌가 계발되는 방식이 좌우된다. 은유적인 언어를 사용하기 시작하면서 인류는 새로운 운영체계를 장착하게 되었다. 새로운 운영체계에 따라 인류는 외부의 소리를 통해 세상을 인식하는 데서 벗어났고, 안정적인 한 인간으로서 주체성을 확보한 '나'라는 존재를 무의식적으로 인지할 수 있었다. 우리는 스스로 통제할 수 있는 우리 자신의 인생 이야기를 만들기 시작했고, 더는 신의 음성을 듣지 않았다.

제인스가 말하는 신은 결코 객관적인 현실이 아니다. 그는 초자연적인 존재에 대해서 말하는 것이 아니라, 좀 더 권위적인 존재가 명령하는 음성처럼 여겨지는, 뇌의 한쪽에서 다른 쪽으로 메시지를 보내는 체계에 대해 말하고 있다. 이런 의미에서의 신은 우리의 자치 기구의 집행 부문과 실행 부문 사이의 소통의 모드를 말한다. 그때는 관계가 대면적이었기 때문에 기도를 할 필요가 없었다. 사실상 매일이 신과 인간의 관계로 이어졌으므로 따로 간구할 필요가 없었다고 제인스는 말한다.

물론 이는 뇌 정밀검사가 아닌 면밀한 고전 문헌 정독을 통해 정립한 만큼 논란의 여지가 있는 이론이다. 인간으로서의 가장 기본적 조건인 정신이 안정적인 현상이 아니라고 생각하면 불안감이 고개를 들고, 따라서 이 이론을 이해하려면 완전히 다른 방식으로 생각해야 하는 비약적인 사고의 전환이 필요하다. 하지만 양원적 정신은 나 자신에 관한 잘 들어맞지 않는 설명보다는 더 일리 있는 측면이 있다. 나는 의식적인 생각 속에 아무런 맥락 없이 감정을 느끼고 통찰을 얻을 때가 자주 있고, 그러면 그것이 대체 어디서 비롯된 것인지 거꾸로 추적하는 과정을 거쳐야 한다. 직관이란 어쩌면 이런 것이다. 논리로 따지기는 어렵지만 강력한 설득력이 있고 전적으로 옳을 때도 많은 그 본능적인 느낌. 한 번도 의식적으로 책이나 소설을 구상해본 적이 없고 종종 꿈속에서 대략적인 영감을 얻었던 작가로서 나는 이 이론에 공감한다. 나는 그런 구상을 떠올린 나의 일부에 접근할 수 없다. 그저 어딘가에서 뚝 떨어진 청사진을 받고 그것을 구현하기 위해 분주하게 움직일 따름이다. 고대의 기도를 직접적인 대면이자 계속적인 대화로 해석하는 제인스의 설명에 나는 일종의 동경을 품고 있다. 나의 일부는 여전히 이런 것을 추구하고 있다는 생각이 든다. 선조들이 그랬듯이 내가 얻는 지혜가 나의 정신보다 더 위대한 정신에서 나온다고 믿는 것이 편안하게 느껴진다.

시선을 어디에도 고정하지 않은 채 소파에서 몸을 떼지 않고 있는 동안, 나는 오랫동안 생각했다. 그 음성, 그 대화의 부재에 대해서. 나는 내가 멈춰 서 있다는 느낌이 최근에 잃어버린 무언가, 내 삶에 존재해왔으나 지금은 부재하는 무언가로 인한 것이 분명하다고 판단했다. 나는 그것이 무엇인지 파악하고 되찾는 일이 간단하리라 생각했다.

그러나 지금 생각을 거듭해보니 내가 아직 모르는, 그러나 필요하다는 것만은 알고 있는 무언가를 찾아 헤매며 그 주변만 더듬고 있음을 깨닫는다. 그것은 사용되지 않은 본능, 나처럼 길든 가축 안에 잠들어 있는 야성의 부름과도 같은 면이 있다. 어쩌면 나는 지난 10년간 이 지구에 일어난 모든 변화에 동화되려고 고군분투했지만 단지 일차원적으로 살고 있었을 뿐이라는 생각이, 어쩔 수 없이 뇌리를 때린다. 그저 집에 틀어박혀 있는 것이 문제가 아니다. 그것을 넘어서, 두려움에 가득 차서 위축되어 있고 지나치게 이성적으로 존재하려는 그 자체가 문제인 것이다. 내가 일궈온 이 삶은 너무 작다. 그래서 충분히 받아들이지 못한다. 충분한 생각을, 충분한 믿음을, 마법과도 같은 풍성한 존재와의 충분한 대면을. 나는 그것을 부정하고, 의도적으로 합리적인 것을 향해가고, 직접 눈으로 확인할 수 있는 경험에만 매달리는 데 집착해왔다. 모든 것을 박탈당한 지금에서야 이것이 얼마나 어리석은 짓인지 알겠다.

이런 삶을 더는 원하지 않는다. 줄리언 제인스가 언급한 고대인들이 그랬던 것처럼, 신과 이야기할 수 있으면 좋겠다. 우선은 신을 믿을 수 있으면 좋겠다. 나는 무엇인가가 내 안에 잠입하기를 원하고, 온갖 것들 이면의 마법을 감지하는, 이 겸연쩍은 인간 본연의 감각을 떠받치고 있는 어떤 댐을 원하며, 내가 다가오기를 언제나 기다리고 있던 지성의 꿈틀거림을 원한다. 길들고 해석된 현대의 것이 아니라 내 선조들이 느꼈던 날것의, 근원적인 경외를 느끼고 싶다. 꽉 닫힌 뇌를 비집어 열고 빛과 공기와 신비가 그 안에 물밀 듯이 밀려들게 하고 싶다. 이 변화의 시간이 나를 변화시키기를 원한다. 그 위력, 전 세계를 휩쓸고 다니는 그 거대한 물결을 흡수하고 싶다. 고요함이 드러내는 것을, 모든 것들이 고요해졌을 때만 들리는 작은 목소리의 속삭임을 간직하고 싶다.

우리는 일상 전반에 무의미하게 주어지는 일들을 쳐내는 데 급급해 우리 주위에서 펼쳐지는 거대한 천상의 드라마에 무심해진 망각의 동물이다. 그리고 기억하려 하는, 내가 여기에 있다.

나는 또다시 해체된 상태로 여기 있다.
잃어버린 것이 무엇인지 제대로 알지 못하면서도
상실에 대처해야 하는 순간이 있다.

내가 더 잘 안다고 생각하는 내 일부를,
내가 올바로 하고 있다고 여기는 내 일부를,
모두가 나를 완벽한 인간으로 봐주길 원하는 내 일부를 내려놓아야 한다.
배운 지식을 잊어버리고 새로 시작하는 언러닝unlearning은
러닝learning 못지않게 중요한 배움의 과정이다.
내 인생 전체를, 내가 살아온 방식을 언러닝한다.

흑태자 샘의 순례자

일요일 이른 아침, 하블다운의 버스 정류장에 서 있는데 교회 종이 울려온다. 버스를 타려는 건 아니다. 아주 소소한 순례길에 나를 데려가고 싶어 하는 친구 클레어를 기다리고 있다.

성 니콜라스 병원은 1084년에 캔터베리 외곽에 설립되었다. 나병(현재는 한센병이라 불리는)을 앓는 사람들이 사회의 가장자리에서 함께 살 수 있는, 수도원과 거의 비슷한 장소로서 아마도 영국 최초의 병원이었을 것이다. 한센병 환자들은 구걸을 하거나 그들의 후원자들의 영혼을 위해 기도함으로써 자활하며 살아갔다. 입지 선정은 대개 주요 도시 외곽의 교차로에 세워진 다른 나환자 병원과 비슷하게 이루어졌지만, 여기에는 한 가지 다른 조건이 있었던 것 같다. 바로 치유 효과가 있다고 여겨지는 천연의 샘이다.

샘이 먼저 생겨나고 병원이 그 후에 건립된 것인지, 아니면 병원이 그 장점을 활용하기 위해 샘을 끌어들인 것인지는 분명하지 않다. 어느 쪽이든 그 샘은 나병을 낫게 해주는 곳으로 알려졌고, 왕위 계승자인 우드스톡의 흑태자 에드워드가 그 샘물을 마시고 나병을 고치자 샘의 명성은 더욱 높아졌다. 에드워드는 죽음이 임박했을 때 그 샘물을 한 번 더 마셨지만(세평에 따르면 이번에는 매독을 치료하기 위해) 소용이 없었다. 그럼에도 샘에는 그의 별칭이 붙었고 지금은 흑태자 샘이라는 이름으로 불린다.

병을 치유하는 샘은 영국 전역에 놀랍도록 많이 흩어져 있다. 역사가 제임스 래투에 따르면 내가 나고 자란 켄트 카운티에만 무려 200여 개의 샘이 있다. 하지만 상당수는 잊힌 상태이다. 버려졌거나, 무성하게 자라난 풀에 덮였거나, 매립되었거나, 또는 황폐화되어서 이 샘들은 땅속에 보이지 않게 자리한 채 서서히 수 세기를 이어온 그 의례적 의미를 잃어가고 있다. 흑태자 샘은 지역 주민들 사이에서만 알려져 있지만 그래도 최소한 온전히

존재는 하고 있다. 흑태자 샘은 현재 실버타운 단지 한
편에 자리하고 있고, 그 주위의 풀은 세심하게 정돈되어
있다. 만약 다른 곳에 있었더라면 아마도 꾸준히 밀려드
는 방문객들을 맞았을지도 모르겠다. 그러나 이곳 캔터
베리에서는 유유자적한 중세의 위엄을 느낄 수 있다.

　혼자 왔다면 과연 이 샘을 찾을 수 있었을지 잘 모르
겠다. 샘은 가시로 뒤덮인 굵직한 가지를 가진 거대한 들
장미 장막에 싸여 있다. 클레어가 장미나무 가지를 밀치
자 아치형의 회색 석회석이 드러나고, 풍파에 닳은 그 쐐
기돌에는 흑태자를 나타내는 세 개의 깃털 모양 휘장이
새겨져 있다. 약 30센티미터 깊이의 검은 물과 지면 사
이에는 몇 개의 돌층계가 있고, 수면 위에는 하트 모양의
장미 꽃잎들이 떠 있다. 샘물이 바닥에서부터 솟아오를
때면 이따금 천천히 물거품이 일어난다.

　참 특별한 광경이다. 사람들이 찾아와 치유의 희망
이 깃든 오랜 세월과 만나온 이 장소. 샘의 둘레는 속돌
처럼 닳아 있고, 조각된 중앙부 장식은 비록 다른 곳에서
빌려왔다 해도 공교롭게 잘 들어맞는다. 이곳에는 누군
가 찾아와 경배해주기를 오랜 시간 동안 참을성 있게 기
다려온 듯한 분위기가 감도는데 바로 그 앞에 내가 어찌

할 바를 모르고 어색하게 서 있다. 이곳은 마법과 같은 기운으로 들끓고 있지만 나는 종교도 없고 문화적으로도 익숙지 않아 이 주변에서 어떻게 행동해야 하는지 전혀 알 수 없다. 예전에는 세대에 걸쳐 전해 내려오는 일련의 관례가 있었으나 그런 것은 깨어진 지 오래다. 내가 이어받은 것은 망각뿐이다.

"여기에 오면 너는 뭘 해?" 나는 클레어에게 묻는다.

"나는 층계를 내려가." 그녀가 말한다. "그리고 여기서 시간을 보내는 거지, 뭐."

그녀는 몸을 수그려 검은딸기나무 아래를 지나서는 물 쪽으로 터벅터벅 내려가고 나는 공연히 먼 데를 쳐다본다. 내가 보고 있기에는 너무 사적인 순간이지 않을까? 아니, 쳐다보고 있어야 우리가 이런 장소와 어떻게 교감해야 하는지 배울 수 있는 것일까? 시선을 돌려 장미꽃송이 가운데마다 보이는 금빛 별 모양을 유심히 들여다보고 샘물 옆에 서 있는 자작나무 고목의 구불구불한 몸통을 두 손으로 쓰다듬는다. 클레어가 돌아오고, 이제 내 차례다. 신발을 벗은 다음 들장미 아래로 지나가려고 몸을 수그린다. 그렇게 했는데도 장미나무 가지가 내 등에 걸려서는 입고 있던 우비를 잡아당긴다.

물

"들장미는 수호신이야!" 클레어가 말한다. "오랜 세
월 동안 이 샘을 보살펴온 수호신."

나는 고개를 들어 장미를 본다. 이제 장미는 내 머리
위로 아치형을 그리고 있다. "너의 샘물을 보러 가도 될
까?" 나는 묻는다. 장미가 뭐라고 대답할지는 모르겠지만,
나는 내 외투를 맡겨두기로 한다. 나의 착한 행동을 보
장해줄 저당물을 내놓으라고 할 경우에 대비해서. 샘물
로 가는 짧은 길은 축축하고, 모르타르 틈새 사이에는 공
작고사리가 자라나 있다. 그 길에서 겨우 몇 발짝 떨어진
곳에서 나는 사뭇 다른 종류의 공간을 발견한다. 외부 세
계의 소리가 잠잠해지고, 내 발소리가 물과 돌에 반향하
는 공간. 그 변환은 즉각적이고 명확하다. 인간의 의도
가 겹겹이 깃든 이곳, 여기가 히에로파니다. 샘물은 내가
완전히 이해하지 못하는 방식으로 암호화된 의미들을 카
세트테이프처럼 재생한다. 고요함 속에, 물과 나만 있고,
우리는 아무것도 할 것 없이 그저 서로를 헤아려 짐작할
뿐이다.

발가락으로 샘물 가장자리를 건드리고 물에 떠 있는
꽃잎에 손가락을 뻗는다. 이 물을 맛보지 않을 수 없다.
깨끗하고 광물성이 약간 느껴지는 물. 그리고 이마 위에

물을 찍어 바른다. 난 뭘 하는 것일까, 혹시 일종의 세례
의식? 나도 모르겠다. 옛날에 순례자들이 이 우묵한 샘
에서 자유롭게 물을 떠 마셨으리라 짐작하지만, 내 현대
적 감수성은 병에 든 생수와 수돗물만이 믿을 만하다고
주의를 준다. 나는 좀 부끄러운 기분이 든다. 역시나 믿
음이 부족한 것 같아서. 역시나 경배에 완전히 진심이지
못해서.

　얼마 전에 다른 방문객들이 다녀간 듯하다. 두 개의
돌 틈에 조가비가 끼어 있고, 흔들리는 물 밑바닥에 파랗
고 반짝거리는 것이 보인다. 나는 청바지를 접어 올리고
물가로 발을 딛는다. 더럽혀지지 않은 샘물의 차가움이
느껴진다. 나는 물속에 손을 집어넣어 파란 유리로 커팅
된 보석 한 알을 건진다. 손바닥을 다 채울 정도로 큼지
막한 원석이다. 이 보석에 담긴 소원을 방해하고 싶지 않
아서, 도로 물속에 넣어 가라앉게 둔다. 샘물과 그에 연
관된 의식은 아직 생명력을 가지고 있다.

　나는 어떻게 하면 신과 이야기할 수 있는지 늘 궁금
했다. 별다른 맥락 없이, 내 불안정한 인식 속에 이런 생
각이 들었다. 살면서 나는 나보다 더 지혜롭고, 덜 좌절

하고, 덜 두려워하는 의식과 접촉이 필요한 순간을 경험
했다. 나는 내 이야기를 할 때 누군가 듣고 있다는 확신
을 느낄 수 있기를 원한다. 하지만 믿음 그 자체를 갖는
것은 주저한다. 때로는 내가 믿고 있음을 믿을 때가 있는
가 하면, 때로는 그런 믿음에 동화되는 것 자체가 부담스
럽다. 나는 그런 태도가 어리석다고 느낀다. 어떻게 해야
할지 모르겠다. 천천히 그리고 은근하게 내 안에 잠입한
그것, 그것은 무엇에 대한 신념인가? 그 무언가가 거기
있다. 모든 생명에 스며들어 있는 광대하고 지혜롭고 아
름다운 그 무언가. 일상의 이면에 실재하며, 주의를 기울
이는 그 무언가. 정적 속에서, 다이얼의 낮은 끝쪽에 존재
하는 의식의 주파수. 발견되기를 기다리는 경험의 층. 그
것은 프로이드를 당혹스럽게 한 '대양감oceanic feeling'으로,
정신분석학의 아버지는 경험한 적이 없으나 어떤 이들은
경험했던 '한계나 경계가 없는 느낌'이다. 프로이드는 그
것을 분명 신의 존재를 느끼게 하는 개념이 아닌, 진화된
정신의 기능일 것이라고 생각했다. 나는 대양감을 종교
적 원천으로 여기는 본래의 개념에 대한 그의 불만에 공
감하지만, 동의할 수는 없다. 나는 수년간 그 느낌을 억
누르려고 애쓰고 있었다. 나는 자연의 세계에서 인간적

인 즐거움을 추구하고 있다고 나 자신에게 계속 이야기 했지만, 그것은 그다지 진실처럼 느껴지지 않았다. 서서히 그 느낌은 확장되어 내 안의 반란이 되었다. 열렬하고, 끈질기고, 불온한 느낌. 그 느낌은 소리치고 깃발을 흔들며 나의 벽을 넘어 불어났다. 나는 그것을 꺼뜨릴 수 없었다.

내가 믿는 것이 무엇인지 이해해보려고 노력할 때 나는 마치 놀이에 빠진 어린아이와 같다. 거기에는 견고함이 없다. 감각은 내 주변 시야에 모여들지만 직접 보려고 시선을 돌리면 사라진다. 그것은 나의 천착하는 태도, 체계화하거나 분석하려는 그 어떤 시도도 감당하지 못한다. 그것은 또 다른 종류의 믿음이자 느낌이다. 신념이 필요하지만 나는 언제나 신념이 부족하다.

명상 연습은 유연한 수용성을 길러준다. 명상을 통해 고요함과 적막 속에서 까다로운 생각을 받아들이고, 서둘러 반응하기 전에 그 생각을 소화하는 법을 배웠다. 그러나 이제 내 삶의 모든 요소가 수동적으로 느껴지다 보니, 이 역시 수동적으로 느껴진다. 나는 이야기해야 한다. 나는 우리를 물고 잽싸게 도망가는 벌레처럼 내 머릿속을 스쳐 지나가는 사소하고 암울한 생각들을 저장할

곳이 필요하다. 그것들을 완전히 불태워 없앨 수 있는 곳
이라면 좋겠지만, 그럴 수 없다면 적어도 벌레 물린 상
처에 연고를 발라줄 수 있는 그런 곳 말이다. 나는 기도
하는 법을 배우고 싶지만 어떻게 기도해야 하는지 모른
다. 두 손을 모으고 싶지만 그게 무엇을 의미하는지 모르
겠다. 나는 중개자를 원하지 않는다. 전례를 원하지 않는
다. 나는 내가 인지할 수 없는 존재, 어떤 언어로 말을 건
네야 할지도 모르는 존재와 담백하게 직접 이야기하고
싶다.

그 후로 몇 주 동안, 클레어가 예언하듯 말했던 대로
그 샘은 내 마음속에 자리를 잡는다. 마치 나를 상호 교
감으로 이끄는 듯하다. 그 울퉁불퉁한 돌 아치와 샘으로
내려가는 계단으로 나를 초대한다. 하지만 샘은 또한 초
대가 끝나는 곳이기도 해서 지극히 수수께끼 같기도 하
다. 일단 그곳에 있으면 당신은 오롯이 혼자가 된다. 샘은
무엇을 하라는 단서도, 전례도, 의식도 제공하지 않는다.
그 충계 밑바닥에서 당신은 의미를 만들어내고 싶은 열
망을 마주해야 한다. 물은 오직 당신의 번민 어린 얼굴을
비춘다. 그 샘을 채우는 것은 바로 당신이다.

나는 종종 의식ritual이란 우리에게 머리보다 손으로 무언가 할 일을 주는 것이라고 생각한다. 일련의 행위를 수행하여 우리가 다시 우리의 뿌리로 돌아가게 하는 것이다. 의식은 숭배와 다르다. 이해가 아닌 본능의 문제이자, 순간의 의미를 엮어내게 하는 몸짓이다. 그것은 닦달하지 않고, 단순하며, 거의 수동적이다. 층계를 따라가라, 그러면 층계는 당신에게 필요한 것이 무엇인지 알려줄 것이다.

이 시점에, 의식이야말로 나에게 필요한 것이다. 너무나 많은 계절을 피어나지 못한 봉오리 상태로 부자연스럽게 움츠리고 있던 세상이 내 주위에서 펼쳐지고 있고, 모두가 다소 안심하며 밖으로 쏟아져 나오고 있는데, 나는 여전히 긴장을 풀지 못하고 있다. 나는 그동안 너무도 그리웠던 현실의 사람들에, 그 경이롭고 두려우며 압도적인 사람들의 소음에 매혹된다. 하지만 내 머리는 그것을 다루는 법을 잊어버린 듯하다. 밖으로 나가서 온 세상을 다시 들이마시고 싶은 마음이 굴뚝같은데도 자꾸만 멈칫거리며 침묵 속에 잠긴다.

바야흐로 래머스 데이가 다가오고 있다. 래머스 데이는 여름이 절정을 지나는 무렵인 8월 1일로, 한 해의 첫 수확 축제일이다. 들판에서는 곡식이 익고, 추위가 찾아오기 전 아직 따뜻한 몇 달간 과일 수확 작업이 시작되는 순간을 나타낸다. 래머스Lammas라는 이름은 빵 미사Loaf Mass를 뜻하는 앵글로색슨어에서 유래되었는데, 어떤 방식으로 축제를 즐겼는지는(혹은 애당초 축제를 즐겼는지 아닌지는 모르므로 달력에 표시만 되어 있던 것일 수도 있다) 정확하게 알려진 바 없으나, 햇밀로 빵을 굽고 구운 빵을 교회에 가져가 축성받는 일은 여전히 이어지는 전통이다.

문득 래머스 빵은 치유의 작업이라는 생각이 든다. 한 시간 남짓 손으로 반죽을 하는 일은 래머스 데이만의 고유한 의식이다. 래머스 빵은 땋아서 빚을 수도 있고 사람이나 동물 모양으로 빚을 수도 있지만, 나는 밀 볏단 모양의 빵을 만들기로 정하고, 약간의 버터로 풍미가 더해진 단단한 반죽을 만든다. 이어서 반죽을 치대고, 부풀어 오르게 한 후, 다시 손으로 두드린 다음 반으로 나눈다. 먼저 나는 빵의 베이스를 얇게 썬 버섯 모양으로 만든다. 그런 다음 작은 조각들로 나누어 가느다란 밀 줄기와 어뢰처럼 생긴 밀 이삭 형태로 빚는다. 중간에 띠 모양을 둘러주고 나니, 놀랍도록 보기가 좋다. 마치 내 불안이 손으로 치대는 행위를 통해서 반죽의 구조 속에 흡수되어버린 것만 같다. 이 작업을 하는 동안 내 몸의 다른 부분에 생각할 틈이 생긴 덕분에 뇌에 가해지는 압력이 완화된 듯하다. 나는 다가오는 몇 주 내에 빵을 꽤 많이 만들어야겠다고 진지하게 생각해본다. 나는 전통적으로 밀줄기 사이에 숨어 있는 쥐 모양(마치 밀을 얼른 수확하지 않으면 누가 먹게 될지를 상기시키는 모양)을 빵 반죽에다가 추가하고서 빵을 굽는다. 오븐에서 나온 빵은 의기양양한 금빛 자태로 등장하고, 그야말로 간만에 내 최고의 작품을 보는 기분이 든다.

　다음 날 아침, 나는 샘에서 클레어를 다시 만난다. 우리는 이 시간을 위해 나름대로 준비를 해왔다. 나는 주방 옆 울타리 위로 자란 포도나무에서 베어온 가지들과 가든 민트 한 다발을 가져왔고, 클레어는 라벤더와 다마스크 장미, 그리고 그녀의 나무에서 딴 설익은 작은 배 한 움큼을 가져왔다. 이번엔 현명하게도 가시에 걸리지 않도록 덩굴장미에 프랑스 국화를 바친 덕분에 등에 셔츠를 걸친 채 샘으로 걸어 내려갈 수 있었다. 우리는 샘의 돌 위에 포도나무 가지와 꽃을 놓아두고 물 위에 허브를 띄운다. 벽돌 사이에 굴 껍데기를 끼워 넣고 풀밭에서 발견한 까마귀의 깃털들을 굴 껍데기로 눌러둔다. 나는 각각의 것들이 무엇을 의미하는지에 대해 이야기를 지어 낼 수도 있지만, 그것은 진실이 아니다. 우리는 우리가 구할 수 있는 것들을 샘에 바친다. 모든 것을 마치고 나니, 기억에 남는 일이 되리라는 느낌이 든다.

우리는 잔디에 앉아서 빵을 쪼개고, 보온병에 든 뜨거운 커피에 빵을 적셔 먹는다. 그리고 각자 교대로 샘으로 가 시간을 보낸다. 샘물은 민트와 장미에서 피어오르는, 막바지에 다다른 여름 내음을 머금고 있다. 낡은 돌은 나뭇잎으로 옷을 두르고 자랑스러운 기색을 보인다. 나는 새들이 발견하기를 바라는 마음으로 돌로 된 아치에다가 래머스 빵 한 조각을 놓아둔다. 새들과 우리 사이에서 샘은 다시 활기를 띤다. 우리는 이 장소를 그 오랜 의미와 연결하고 우리 자신의 새로운 의미를 찾으며 매혹을 엮었다. 그리 많은 것이 필요하지는 않았다. 그저 의욕적인 손으로 하는 단순한 작업, 듣는 행동, 그리고 눈에 보이지 않게 된 장소를 보겠다는 사명감만 있으면 되었다.

물속에 발을 담그고 서서, 나는 샘물에 아무것도 요청할 필요가 없음을 깨닫는다. 축복이나 소원도, 혹은 스스로 찾을 수 없는 지식도. 나는 그저 히에로파니의 잔재를 간직한 장소와 접촉하고, 무슨 말을 해야 할지 알지 못한 채 이곳에 온 수많은 길 잃은 영혼들과 나 사이의 연대를 느끼면 된다. 어떤 기도보다는, 이곳을 돌보고, 보이지 않는 열망의 연속성을 향한 몸짓이 내게는 필요했던 것이었다. 샘이 품고 있는 미스터리는 계시나 기적이 아니고, 수백 년을 가로지르는 미지의 흐름이자, 이해하기를 원하는 마음의 연결이다.

이 순간, 내게 신과 이야기하는 데에는 믿음보다는 연습이 필요하다는 생각이 든다. 믿는 것보다는 하는 것, 말없이, 손과 발을 통해 몸이 지닌 엄청난 집중력을 쏟음으로써 보답받는 헌신의 행위 말이다.

모름, 지켜보기, 실천

한 무리의 여자들과 하틀랜드 키에 맨발로 서 있다. 나는 그녀들을 잘 모르지만 왜인지 친숙하다. 우리는 드라이 로브와 타월로 직조한 판초를 입고 알록달록한 수영모와 고글을 쓴, 하나의 부족이다. 우리는 고갯짓으로 인사를 하고 구조견을 향한 공통의 애정(나의 구조견은 해변으로의 출입이 허용되지 않아 절벽 위에 샐쭉하게 서 있다)에 대해, 그리고 내일 날씨가 변할 가능성에 관해 이야기한다. 물결은 멀리서부터 흘러들어오며 짙푸른 빛이고, 그 위에는 구름 한 점 없는 하늘이 있다. 내 친구 제니는 우리 뒤에서 막 옷 갈아입기를 마쳤다.

나는 긴장이 된다. 체면이 깎일 것 같다. 하틀랜드

해안은 해저면에서 솟아오른, 길 잃은 생명체의 척추처럼 생긴 검은 현무암 노두로 들쭉날쭉하다. 나는 언제나 이곳이 수영하기에는 위험하다고 생각했는데, 아닐 수도 있다는 확신이 든다. 내 고향 바다와 마찬가지로 여기도 항구로 밀려들어오는 해류가 없다. 오늘처럼 바람 없이 잠잠한 날에는 만을 에워싼 바닷물은 안전하고 예측 가능하다. 차가운 사파이어 빛의 예사로운 대서양이지만 그보다 조금 온순한 바다라고나 할까. 그럼에도 나는 이렇게 탁 트인 물에 익숙하지 않다. 나는 힘을 잃었고, 자신감도 잃었다는 것을 분명히 알고 있다. 나는 명상을 통해 균형감각을 되찾고 어지럼증을 늘 달고 살지는 않게 되었지만, 탁 트인 바다는 나처럼 불안정한 사람에게 실로 거대하게 느껴진다. 나는 바다를 신뢰하지 않고, 나 자신도 신뢰하지 않는다. 나는 작년 동안 10년은 늙은 기분이다. 제니는 자신이 내 엄마라 해도 좋을 만큼 나이가 들었다고 유쾌하게 말하기를 즐기지만 마음의 연약성은 나의 절반밖에 되지 않는 듯하다. 제니는 네오프렌 양말을 당겨 신고 땋은 머리 가닥이 머리 위에 단단히 고정되어 있는지 점검하고 있다. "우리는 라이프 록Life Rock까지 헤엄쳐 갈 거야." 그녀는 만 한가운데에 삐죽 솟은 현무

암 봉우리를 가리키며 말한다.

"저기 데스 록Death Rock도 있나요?" 나는 긴장을 숨기려고 묻는다. 라이프 록은 나에게서 참 멀리 떨어져 있으면서도 발칙스럽게 뾰족하다. 올가미 같은 지질과 숨겨진 곳으로 가득한, 유명한 난파선 해안이다.

"오, 아주 많을 것 같은데." 제니가 말한다.

내가 해안에 왔을 때는 이미 조수가 빠져나간 상태였다. 우리는 소라게와 버려진 소라껍데기를 주우러 다녔다. 진주층에서 광이 나는 그 조그만 체커판 무늬 원뿔을. 버트가 라이프 록을 기어올라 정상에 서 있을 때, 나는 그가 떨어지는 상상은 하지 않는 척했다. 버트가 우리를 내려다볼 수 있는 호텔 테라스에서 안전하게 칩을 먹고 있는 지금에서야 비로소 오늘 아침에 버트가 기어오른 그 지질학적 형태가 눈에 들어온다. 하루 종일 태양열을 흡수한 라이프 록은 다시 그 열을 발산하면서 따뜻한 수면층을 만들어내고 있다.

우리는 나란히 평영으로 헤엄치면서 몇 달 만에 회포를 푸는 중이다. 다른 사람들은 앞질러 나아가지만 우리는 일정한 속도를 유지하고 있다. 제니는 마음껏 속도를 내지 못하게 해서 미안하다고 말한다. 그녀의 말은 절

대 사실이 아니기에 나는 극구 아니라고 말한다. 목적지
에 다다를 수 있다는 확신은 없지만 그래도 나는 온 힘을
다해볼 작정이다. 그동안 제니가 그리웠다. 우리는 매일
보던 친구는 아니고 수영할 때만 함께하는 동지였는데
그녀가 하틀랜드로 멀리 이사를 가자 나는 내 수영 모임
에 균열이 생겼다는 느낌을 받았다. 우리 모두 락다운의
불확실성에 내던져지기 전의 일이었다. 물론 이제는 원
상복구 이상의 수준인 것 같다. 우리 모두 기존의 습관에
서 벗어나 한 단계 이상 수준이 올라갔으니 말이다.

바다는 내게 익숙한 수심보다 훨씬 더 깊지만 아주
맑아서 물속이 훤히 들여다보인다. 한번은 겨울에 하틀
랜드 키에 서서 해변으로 몰아치는 사나운 파도를 보았
는데, 오늘 해수면은 대체로 잠잠하다. 대신 물밑으로
는 너울이 있어, 커다란 높낮이가 있는 움직임이 우리를
부드럽게 들었다 놓았다 한다. 예상했던 것보다 훨씬 더
한가롭고 뭐든지 가능할 것만 같은 바다. 우리 앞에 다
른 사람들이 수영하고 있는 모습을 보니 안심이 된다. 나
를 보는 사람들이 많으니 안전한 느낌이다. 우리는 그들
이 라이프 록의 V 자 모양 해협으로 사라지는 것을 보
고, 곧 그곳에 합류하여 주름진 돌에 닿을 정도로 가까워

진다. 그 사이에는 일종의 풀이 형성되어 있어서 수영객들의 몸이 너울에 앞뒤로 말리며 깐닥대고 있다. 너울의 효과는 여기서 더욱 두드러져서 강력하지만 무해하다. 그 극적인 공간에 들어가 이쪽저쪽으로 밀려다니는 것에는 어딘지 어린아이 같은 데가 있다. 아마도 여기서 내가 가장 나이가 적은 사람인 듯하지만, 우리는 모두 마음껏 놀고 있다. 바다의 온화한 모습에, 오늘은 그 권위를 휘두르지 않기로 한 바다의 선택에 무한한 신뢰를 보내면서 말이다. 지금, 바다는 우리를 안아주는 요람이다.

우리는 절벽을 지나 만의 먼 쪽으로 다시 헤엄쳐 간다. 제니는 만을 구성하는 V 자 모형의 사암이 3억 년도 더 전에 형성되었다고 알려준다. 육지를 그렇게 접을 수 있는 거대한 힘과 영겁의 시간을 거쳐온 놀라운 지형에 대해 생각하니, 나는 한없이 작은 존재라는 느낌이 든다. 바로 여기에 지질학적으로 오래된 연대에서 수영하고 있는 우리가 있다. 바다가 우리에게 그 힘의 한 조각을 내보이는 것을 보고 나서, 우리는 그에 대한 응답으로 우리의 힘과 의지와 순수하게 넘쳐흐르는 즐거움을 표출했다.

그날 밤, 침대에 누워서도 그 너울이 내 안에서 오르락내리락하는 것을 느꼈다.

내 마음 한구석에는 늘 집단에 대해 미심쩍어 하는 감정이 있다. 나는 천성이 고독한 동물이다. 나는 내 방식대로, 내가 원하는 때에 뭔가를 하는 것이 좋다. 나는 정해진 시간표와 주의를 집중하라는 요구와 동호회에 참여하는 어른들 사이에서 늘 일어나게 마련인 일종의 정치에 반발심이 있다. 나는 조직적인 오락을 싫어한다. 대체로, 나는 몇몇 가까운 친구들과 그때그때 약속을 잡고 노는 것을 선호한다. 하지만 점점 더 무리의 일부가 되고 싶다는 생각이 강렬해진다. 성찰하고 숙고할 수 있고, 타인들이 존재의 난해한 문제를 풀어나가는 방법에 대해 들을 수도 있는, 그런 무리의 일부. 무엇보다도, 나는 그들이 내게 책임을 지우고, 계속 나아가게 해주고, 좋은 일을 하도록 격려해주었으면 좋겠다. 영적인 믿음을 혼자서 간직하는 것은 외롭다. 나는 나를 당황하게 하고 도전하게 하는 집단의 일부가 되고 싶다.

이 말이 모순적이라는 것을 나는 알지만, 어떤 모임은 나 같은 사람들을 받아들일 정도로 느슨할 수도 있다고 믿는다. 참여하는 태도가 미덥지 못하고 앞에 나서기를 주저하는 그런 사람들까지도 포용할 정도로. 그러나 어디서부터 시작해야 할지 잘 모르겠다. 나는 단지 집단적으로 깊은 신심에 빠지는 기분, 함께 조용히 주의 집중하는 사람들이 만들어내는 그 고유한 분위기를 느끼고 싶어서 이런저런 회중에 끼어보려는 생각을 자주 했다. 그러나 내게 꼭 어울릴 만한 곳을 이제껏 찾지 못했다. 나는 지역 내 퀘이커 교도들의 모임 일정을 기웃거려 보기도 했고, 전국 곳곳의 여러 불교 교단에 대해서도 거의 스토커에 가까울 정도로 깊은 관심을 가지고 있다. 작년에 나는 지역 이교도 집단에 들어오라는 초대를 받고 심각하게 고민을 했다. 그러나 늘 그러했듯, 마지막 단계를 넘지 못했다. 정말로 나가서, 정말로 모임에 참여하는 단계 말이다. 어떤 곳도 나와 잘 맞는 것 같지 않다. 분명 내가 이미 알고 있는 교회들보다 더 나은 곳이 없는 듯하다. 어디를 선택하든, 나는 온전히 헌신하지는 못할 것이고, 여러 상념에 잠겨서 잠자코 다른 이들을 구경하고 있을 것 같다. 기껏해야 머뭇거리는 존재로 그 자리에 있을 것이다. 나는 그들의 종교를 '내게 가장 잘 맞는다'는 정도로 축소함으로써 이 근사한 커뮤니티를 욕되게 하고 싶지 않다. 이건 투표를 할 만한 정당을 고르는 것과는 다르다. 훨씬 더 민감하고, 훨씬 더 사적인 일이다.

　나는 또한 내 시간과 장소와 연관성이 없는 전통을

훔치거나, 그 본질을 왜곡하고 부분적으로만 이해하게
될까봐 염려스럽기도 하다. 우리가 얼마나 자주 그런 짓
을 하는지 알고 있기 때문이다. 복잡한 종교적 전통 중에
서 위안을 주는 부분, 보통은 우리에게 모든 것이 다 괜
찮다고 말하는 측면만을 취하고 그에 따르는 의무, 특히
신중한 자기 성찰을 요구하는 의무는 간과하는 짓을. 우
리의 영적 믿음을 취사선택해야 하는 데에는 매우 합당
한 이유가 있다. 종교는 그것을 섬기는 사람들의 세속적
인 편견에 물드는 경향이 있고, 종교 안에 담긴 아름다
운 보석 같은 생각들을 찾아내기 위해 이런 것을 면밀하
게 걸러낼 가치가 있기 때문이다. 그러나 나처럼 그저 옥
석을 가려내려 하는 사람들에게는 최악의 행동마저 합리
화하는 위험이 존재한다. 나는 종종 신이 만든 그대로 살
아가는 것이 우리의 운명임을 시사하는 인터넷 밈meme을
보게 되는데, 그럴 때면 마음이 심히 불편하다. 모든 이
치를 명쾌하게 일러주는 신성한 목소리가 내 귓가에 들
려오는 것은 아니지만, 나는, 우리가 어떤 신의 모습을
상상하든, 신이 우리 누구도 인종차별주의자가 되도록
계획하지는 않았으리라 확신한다. 우리 모두에게는 해야
할 일이 있다. 자기수용이라는 진통제로 우리를 달래는

영적 수행은 그저 우리의 자아도취를 보호하는 붕대이다. 다양한 생각을 자유롭게 표현할 수 있는 모임에서는 우리에게 책임의식을 요구한다.

　나는 신이 한 사람이 아니라 시간을 초월한 우리 모두의 집합이라고 생각하려 한다. 그렇게 생각하면 우리의 사명은 더 명확해진다. 우리는 지엽적으로 자신만을 지킬 것이 아니라, 더 광범위하게 인류라는 범주를 바라보아야 할 의무가 있다. 그것이 바로 내가 열망하는 것이다. 유대감, 예측할 수 없는 방향으로 나를 변화시킬 가능성, 그리고 언젠가 내가 더 나아질 수 있다는 가능성.

　젠 피스메이커 오더Zen Peacemaker Order·ZPO는 인생에서 가장 암울한 순간에 관여하는 불교인 단체이다. 이 기관은 구성원들이 모든 사람의 상호 연결에 대해 생각할 뿐아니라 그것을 경험하고 변화를 이끌어내도록 유도하는 영적 체계를 고안한 버니 글래스먼이 1994년에 처음 창안했다. 젠 피스메이커 오더는 '모름' '지켜보기' '실천'이라는 3대 교의에 바탕을 두고 있다. 믿음 혹은 참여도에 관계없이, 누구나 젠 피스메이커 오더의 구성원이 될 수 있다. 여기에 소속되고 싶은 사람은 그저 참여할 의지만 있으면 된다.

나는 그 세 가지 교의 때문에 ZPO에 관심을 가지게 되었다. 그 교의는 확실성이 아닌 탐구를 바탕으로 하고 앎을 통한 변화를 촉구한다. '모름'은 출발점으로, 수행자들에게 그들의 선입관과 고정관념을 버리도록 격려한다. 로시 웬디 에교쿠 나카오는 '모름'이 "번득이는 열림 혹은 그 순간의 존재로의 갑작스러운 전환"을 경험하는 것이라 설명한다. 이는 우리가 정치적 관점, 선입관, 의견 등의 무거운 짐을 내려놓고 지금, 여기를 직접 관찰할 수 있도록 해준다.

다음으로 '지켜보기'는 눈앞에 펼쳐진 세상을 호기심과 열정을 가지고 인식하겠다는 약속이다. 젠 피스메이커 구성원들에게 이는 우리가 마음 뒤편에 밀어 넣어 두려 하는 삶의 일부에 대한 관심을 의미한다. 마지막은 '실천'이다. 젠 피스메이커 구성원들은 단순히 앉아서 손 놓고 지켜보는 사람들이 아니라 시간을 갖고 상황에 참여하고 반응하는 사람들이다. 반응의 성격은 정해져 있지 않다. 어떤 경우에는 바라보는 것으로 충분할 수 있고 그 밖에 달리 할 수 있는 일이 없을 수도 있다. 그런가 하면 또 어떤 경우에는 크든 작든 즉각적인 행동이 요구될 수도 있다. 어느 쪽이든 우리는 상황을 직선적으로 바라볼 것이 아니라 계속해서 '모름'의 상태로 돌아가려고 노력해야 한다. 매번 상황을 바라볼 때마다 우리는 진정한 현실의 본질을 더 잘 이해할 수 있다.

젠 피스메이커 오더는 일명 '지켜보기 위한 도피'라는 프로그램으로 잘 알려져 있다. 구성원들이 집단 트라우마의 장소에서 일주일을 보내는 프로그램으로, 가장 유명한 장소로는 아우슈비츠 수용소를 꼽을 수 있고, 예루살렘, 전 세계 도시의 노숙자들 사이, 그리고 사우스다코타주의 북미 원주민 라코타 지역사회 등이 있다. 버니 글래스먼은 이 도피의 경험을 '떨어짐'이라는 단어로 묘사했다. 참가자들은 고통스러운 진실로 가득한 장소에 자신들을 밀어 넣음으로써 기존에 가지고 있던 편견과 선입관을 떨쳐낼 수 있다. 프로그램에 참가하여 수치스럽거나 비극적인 가족사를 이야기하는 참가자들에게 이런 장소들이 개인적으로 중요한 의미를 갖는 경우도 흔히 있다. 이 도피 경험은 우리가 느끼는 인류애를 통해 사람들을 다시 연결시킨다. 다른 이들이 겪은 끔찍한 일들을 몸소 느끼게 되기 때문이다. 또 이 도피 경험은 대량의 인구가 고통받은 장소에 머물면서 잠들지 못하는 영혼들을 달래기 위한 의식을 치르며 끝난다는 면에서, 치유의 행위이기도 하다.

팬데믹으로 대면 체험이 당분간 어쩔 수 없이 중단되었지만, 나는 그 대신 온라인 도피 프로그램에 참여할 기회를 얻게 되었다. 일주일간 미국 내 인종 문제에 대해 '심층 탐험'을 하는 프로그램이었다. 금요일 오후에 나는 내가 참석하는 것이 혹시라도 방해가 되거나 부적절한 것은 아닐지 걱정하면서 줌ZOOM에 접속했다. 그러나 프로그램이 시작되자, 나는 생각지도 못한 다른 문제에 봉착할 수도 있음을 깨달았다. 손상된 집중력으로 장장 세 시간 동안 자리를 지켜야 한다고 생각하니 불안감이 스멀스멀 피어올랐다. 그렇게 오래 가만히 앉아서 이야기를 들을 수 있을지 의심스러웠다. 프로그램의 시작과 함께, 불편하더라도 당분간 자리에 앉아 집중해달라는 요청에도 불구하고, 나는 화면을 보면서도 두 손을 계속 움직이며 근질거리는 느낌을 받기 시작했다. 집안일을 제쳐두고 시간을 보내고 있다는 데 죄의식도 느꼈다. 게으르고 비생산적인 사람이 된 기분이 들었다. 나는 내 모습이 보이지 않게 빈 화면을 켜놓고 노트북 컴퓨터를 주방에 가져가 프로그램을 들으면서 요리를 해도 될지 고민했다.

하지만 그렇게 한다면 여기 참여하는 것도 요즈음 삶이 돌아가는 방식과 마찬가지가 되어버릴 터였다. 동시다발적으로 유입되는 여러 정보를 대충 듣고 흘리는 방식 말이다. 이 활동을 숭배의 행위로 삼으려면, 이 디지털 화면을 응시하고 있는 사람들과 연결되려면, 나는 온전히 프로그램에 집중할 필요가 있었다. 숨을 곳 하나 없는 교회에서 대체 다른 사람들은 어쩜 그렇게 잘 앉아 있는지 모르겠다. 딱딱한 의자는 공상하는 것조차 허락하지 않는다. 온 신경을 집중해서 예배를 드리는 수밖에 없다. 비록 여기서는 못마땅한 시선들이 내게 눈치를 주거나 하지는 않았지만, 나는 집중해야 했다. 복도에 있는 서랍에서 성냥을 꺼내 와서 책상 위에 놓고 불을 붙인 다음, 손을 놀리지 않기 위해 모니터 옆에 있던 둥근 돌을 들어 손에 쥐었다. 그 무게와 중력이 가만히 앉아 있는 데 도움이 되었다.

그 주말에 우리 참여자들은 다양한 사람들의 목소리로 여러 가지 인종차별 경험담을 들었고, 노예제도와 흑인들에게 가해진 폭압과 경찰이 과잉으로 진압한 끔찍한 역사에 대해 논의하기에 이르렀다. 가만히 앉아 있는 것은 더 힘들어졌다. 마치 주먹이 날아오기를 수동적으로 기다리는 기분이라고 할까. 하지만 그 정적인 상태에서 내가 발견한 것이 있었다. 지켜보는 행위는 내가 이미 알고 있다고 생각했던 문제에 대한 의식을 변화시킨다는 것. 질문하거나 위로하거나 해결하거나 사과할 수 없는 상황에서, 나에게는 마음속에 생겨난 생각들을 얼렁뚱땅 무시하고 넘겨버릴 재간이 없었다. 나는 인종차별의 현실에 새삼 한 발짝 더 들어와야 했고, 이번에 그 어느 때보다도 더 많은 이야기를 경청했다. 지켜보기를 통해 과거의 사건들은 더욱더 복잡하게 보였고, 현재는 더욱더 절박한 변화가 필요하다는 생각이 들었다. 나는 정말 외면하고 싶지 않았다. 그럴 수 없었다.

매번 모임이 끝날 무렵이면, 우리는 소그룹으로 나뉘어 젠 피스메이커 오더의 실습에서 주요한 부분인 '평의회의 길' 활동을 했다. 미국 원주민들의 전통에서 영감을 받은 '평의회의 길'은 지켜보기의 경험을 심화하기 위한 성찰적인 회의이다. 한 번에 한 사람만 발언하고, 발언자는 모두 진심에서 우러나온 의견을 말하되, 즉석에서 사람들과 공유하고 싶은 의견을 가능한 간결하게 이야기해야 한다.

나머지 사람들은 분석하거나 토의하지 않고 그저 듣

기만 한다. 찬성하는 말도 해서는 안 된다. 말하는 사람
은 최대한 진실하게 말하고 듣는 사람은 주의를 기울여
들을 뿐이다.

　소그룹에서 한 이야기를 발설하지 않는 것도 절대적
인 규칙이다. 그런 이유로 나에게 그 회의 활동은 날마다
참 반가운 마무리였고, 얽히고설킨 감정을 정돈하고 다
른 이들의 있는 그대로의 반응을 듣는 데 도움이 되었다.
대부분의 시간 동안 우리는 우리 입에서 말이 생성되어
나오기를 기다리며 침묵 속에 앉아 있었다. 나는 조국인
영국의 사례보다도 미국의 백인 우월주의의 사례를 더
잘 알고 있다는 사실을 되돌아보게 되었다. 나는 내 조국
에도 이 '지켜보기'를 적용해야 할 책임이 있었다. 나는
아무것도 모르는 상태로, 적어도 거의 모르는 상태로 다
시 돌아갔다. 나는 숙고의 공간을 말로 채우려고 애쓰지
않고, 기꺼이 각자의 감정을 신뢰하며 갈등과 의심도 받
아들이는 커뮤니티의 잔잔한 공감에 감동받았다. 그런
생태계를 조성하는 일원이 된다는 것은 드물고도 아름
다운 일이었다. 셋째 날, 우리는 모임을 시작하기 전에
자기 보호를 마음에 새기고 우리 안에서 일어날 이런 지
식의 물리적 착륙에 주의를 기울이라는 당부를 들었다.

나는 그래야 한다는 것이 좀 부끄러웠다. 순간순간 나는 지켜보는 능력이 고갈되는 것을 느꼈다. 특히 내 아들 또래의 흑인 아이들이 살해당하는 모습, 그 린치를 지켜보도록 백인 아이들이 불려 오는 모습을 볼 때 그랬다. 그 두 가지 장면은 모두 여러 세대에 걸쳐 재현되고 있는 참혹한 폭력의 행위로서 내게 큰 충격을 주었다. 그러나 이상하게도 몇몇 발언자가 용서와 희망을 언급했을 때도 나는 똑같이 그 자리에 있기가 힘들었다. 내가 이해할 수 있는 한도를 넘어선 것이었다. 나는 구원의 가능성에 대해 배워야 할 것이 얼마나 많이 남아 있는지를 알게 되었다.

우리는 모름과 지켜보기의 과정을 두루 살펴보았다. 일주일간의 여정은 실천을 향한 발걸음으로 마무리되었다. 우리는 불교 경전 속 굶주린 혼령들의 배를 상징적으로 채워주기 위해 노래하고 염불을 외는 '감로수의 문' 의식에 참여했다. 혼령들은 급사했거나 폭력적으로 죽음을 맞은, 혹은 그들의 후손에게 잊힌 사람들의 영혼이다. 그들은 조그만 입과 커다란 위를 가지고 있어서 영원히 배가 고프다. 중국에서는 전통적으로 추수 때 그들에게 음식과 음료를 제공한다. 여기서 우리는 좀 더 상징적으로 접근한다. 크리슈나 다스의 노래 〈배고픈 영혼들에게 외치다〉의 노랫말을 따라 부르며 우리는 "둥글게 모여 이 식사를 나눠요 / 당신의 기쁨과 슬픔 / 그것을 내 것으로 만들어요"라며 그들을 초대한다.

나에게 이 혼령들은 진짜이면서 진짜가 아니다. 우리가 기꺼이 견고한 형태를 부여하는 투영체이다. 오래전 고초를 겪었던 사람들을 위해 내가 할 수 있는 일은 현실성을 따지지 않는 순수한 배려를 표하는 것이다. 솔직히 이런 것이 그들에게 도움이 되리라고 믿지는 않지만, 내 안에 살아 있는 그들의 일부에는 도움이 된다. 내 고삐 풀린 양심을 달래고 모든 게 괜찮다고 나 자신에게 이야기하는 것이 아니라, 우리의 상호 연결을 확신하는 행위인 것이다. 그것은 보살피려는 마음을 가꾸고, 모임 전에 집합적으로 공유된 약속을 만들고, 그것이 미래의 내 행동을 변화시킨다. 내가 지켜보고, 또 반대로 남들이 나를 지켜보고, 그러는 사이 내가 가진 선의가 더 진심으로 느껴진다.

그러나 젠 피스메이커 오더와 보낸 일주일이 내게 일으킨 가장 직관적인 변화가 있다면 바로 기도하거나, 인사하거나, 존경을 표하거나, 성찰의 순간을 보낼 때 두

손을 한데 모으게 된 것이다. 그 프로그램에서 내가 흡수
한 어떤 것보다도 더 내 인생에 깊이 스며든 변화이다.
이 자세는 내가 학교 다닐 때 배운 기도의 자세와는 사뭇
다르다. 그 자세는 유연하고 민첩하게 몸으로 만든 고리
를 닫는 방식이다. 두 발을 바닥에 내려놓듯이, 손을 모
으는 접촉은 내적인 동시에 외적이다. 그것은 여러 방향
으로 흐르는 기류를 연결한다. 나는 그 자세를 취해도 좋
다는 것을 깨닫는다. 내 두 손으로 원하는 것을 만들어도
좋다. 그 자세는 오롯이 내 마음이고, 내가 기도하는 이
마음을 함께 공유한 사람들이 이를 이해해줄 것이라 믿
는다.

　　나에게는 생각하면 절로 웃음이 나서 이따금 음미하
려고 꺼내보곤 하는 어린 시절의 추억이 있다. 할아버지
와 함께 바다에서 수영하던 기억이다. 할아버지는 무릎
높이의 얕은 물에 서서, 커다란 손으로 나를 들어 올려
물결 속에 머리부터 던져 넣었다. 나는 물의 힘에 떠밀려
어디로 올라가야 할지 분간이 안 될 때까지 가라앉았다
가 다시 바닥에 발을 디디고 물 위로 올라와 할아버지에
게로 달려갔다. 그렇게 계속해서, 우리는 아무 말 없이,

물

지치지도 않고 영원히 흐르지 않을 것만 같은 더없이 행복한 시간을 함께 보내곤 했다.

몇 년 후 할아버지에게 이 일을 이야기하자, 그는 항상 물이 두려웠지만 물을 향한 나의 지칠 줄 모르는 욕망을 채워주기 위해 기꺼이 그렇게 했노라고 말씀하셨다. 혹사당한 두 팔이 욱신거리는 가운데 몸을 떨며 서 있으면 내가 돌아와 한 번 더 물장구치기를 원하고, 한 번 더 물놀이에 흠뻑 빠져들 기회를 갈망하던 순간을 할아버지는 기억하고 계셨다. 그는 거절하고 싶지 않아서 한 번도 그만하자는 말을 하지 않았다. 나는 할아버지가 두려움을 느꼈으리라고는 상상도 못 했지만, 만약 그런 두려움을 표현하셨다면 아마 나는 그만하자고 말했을 거다. 그때나 지금이나, 그는 내게 모든 것을 주셨다. 물에 대한 단순한 믿음, 미지의 것을 향해가는 짜릿함, 경이로움은 피부를 통해 퍼져 나갈 수 있다는 깨달음. 그러나 무엇보다도 할아버지는 내게 다른 이의 손에 안기는 기분이 어떤 것인지, 불확실성에 던져지더라도 다시 그 손이 나를 잡아줄 것임을 아는 기분이 어떤 것인지를 알게 해주셨다. 젠 피스메이커 구성원들의 모임 역시 그랬다.

내가 물속에 계속 들어가고 싶어 하는 데에는 여러

가지 이유가 있지만 그중 가장 큰 이유는 이것이다. 충분히 존중을 표하기만 하면, 이처럼 완벽하게 나를 먼 끝까지 데리고 갔다가 다시 안전하게 원래 있던 곳으로 데려다주는 다른 무엇도 상상할 수 없기 때문이다. 내가 아는한, 물 말고는 그런 것이 없다. 하지만 나는 아직 수영 강습을 다시 시작하지 못했다. 어쩌면 이미 물속에 들어가지 않고도 잘 지내는 법을 배웠기 때문일 수 있고, 또 어쩌면 요즈음 수면 위에 있을 때 내 귀의 상태가 더 좋기때문일 수도 있다. 그러나 무엇보다도 물에 들어가지 않고 1년을 보낸 후 나는 좀 더 넓은 시야를 갖게 되었다. 수영장은 내게 너무 한정적이었다. 수영장에는 흐름이없다. 나는 물을 건너기 위해 수영하거나 단지 더 많이가기 위해 수영하는 것이 아니라 모든 것들, 모든 곳들에언제나 나를 연결시켜줄 무언가의 한가운데로 들어가기위해 수영을 한다.

학교에서 물의 순환에 대해 배울 때 수증기에서 비, 강, 바다로 이어지는 구조는 단순 명료해 보였다. 그런데요즈음 들어서야 그 안에 담긴 의미를 이해하기 시작했다. 물은 견디고, 액체에서 기체로 바뀌는 상태에서 승화하고, 염분이 섞이고, 정화되고, 토양으로 침투한다. 물과 우리 몸 사이에는 자연스러운 소통이 일어나고, 둘은 끝없이 강렬한 교류를 나눈다.

나는 그저 그 관계를 탐험하고, 우리 모두 몰입한 공간에서 놀기를 원했다. 불안정해서 물에 떠 있을 수 없었던 시간 동안 물을 만나는 다른 방법을 찾기 시작했다. 샘에서 물을 맛본 후, 내가 걸어 다니는 모든 장소와 수영하는 모든 장소에서 개울과 호수의 물을 마셔보기 시작했다. 연약한 내 21세기형 위장을 어지럽힐 수 있는 것들, 박테리아, 바이러스, 화학 잔류물로부터 나를 보호해 줄 휴대용 정수 필터도 구입했다. 평소 가지고 다니던 물병보다 더 작고, 훨씬 더 가볍다. 목이 마르면, 개울에 멈춰 서서, 컵을 담그고, 필터를 넣고는, 그 특별한 장소에서 갈증을 해소한다. 각각의 장소마다 물맛이 미묘하게 다르지만 비교하기는 힘들다. 내가 아는 것이 있다면, 안전을 위해 염소 처리된, 집에서 가져온 물, 하루 종일 내 가방 안에서 미지근하고 텁텁해진 물과는 맛이 다르다는 것이다. 시냇물은 섬세하다. 투명한 맛이 난다. 그 물을 마시면 발밑의 깊은 바위층과 머리 위의 구름을 흡수하는 기분이 든다. 하지만 나는 할아버지와 같은 바다에 들어가 있을 때의, 지난날, 그 시간들을 삼키기도 한다.

그때나 지금이나 물은 매한가지다. 전 세계를 거치며 흐르는 같은 바닷물이다. 바다는 그저 우리 모두가 연결되는 수많은 방법 가운데 하나이다.

일단 그곳에 있으면 당신은 오롯이 혼자가 된다.
샘은 무엇을 하라는 단서도, 전례도, 의식도 제공하지 않는다.
그 층계 밑바닥에서 의미를 만들어내고 싶은 열망을 마주해야 한다.
물은 오직 당신의 번민 어린 얼굴만 비춘다.
그 샘을 채우는 것은 바로 당신이다.

이 순간, 신과 이야기하는 데에는
믿음보다는 연습이 필요하다는 생각이 든다.
믿는 것보다는 하는 것, 말없이, 손과 발을 통해
몸의 엄청난 집중력을 쏟음으로써 보답받는 헌신의 행위 말이다.

불

수만의 별이 떨어지는 밤

1833년 11월 13일 새벽, 깨어 있던 이들은 근사한 광경을 목격했다.《뉴욕 이브닝 포스트》에 따르면 마치 "천국의 망토로부터 미 동부 지역 위로 불줄기들이 비처럼 쏟아지는" 듯했다. 무수한 별똥별이 빼곡하게 쏟아져 내려 "행성과 별들이 떨어지는 것처럼, 하늘 전체가 함께 움직이는 것처럼 보였다."

전깃불이 아직 사용되지 않던 시절에 밤에 깨어 있던 이들이 하늘을 가로지르는 유성을 보는 일은 드물지 않았지만 이건 좀 달랐다. 검은 그릇 같은 하늘이 순식간에 불꽃으로 가득 찼고, 한 번에 1000개씩, 별똥별들은 모두 천상에서 내려온 우산살 같은 은빛 선을 그리며 떨어져 내렸다. 그 전에는 그 누구도 둥근 활처럼 생긴 하늘을 그렇게 명료하게 묘사한 적이 없었다. 마치 커튼이 걷히면서 누구나 알고 있지만 진정 이해하는 사람은 없었던 진실이 드러나는 듯했다. 지구는 광대한 우주에 떠 있는 공이고, 그 안에 사는 우리는 이 거대한 행성의 드라마를 지켜보는 한낱 조그만 관중일 뿐이라는 진실을.

쏟아지는 빛이 워낙 강렬하고 손에 잡힐 듯이 가까운 나머지 하늘을 지켜본 사람들은 그들의 집에 불이 붙지는 않을지 염려했다. 별들은 어떤 어둡고 추상적인 공간에서 떨어지는 것이 아니라 그 광경을 바라보고, 몸을 움츠리고, 기도하는 사람들의 머리 바로 위에서 떨어지고 있었다. 그중에서도 커다란 불꽃은 번개처럼 번쩍거렸고 금성처럼 크고 밝았다. 그 불꽃이 심지어 금성보다도 커서 달을 가릴 정도라고 말하는 사람들도 있었다.

불꽃이 타닥타닥거리거나 쉬익쉬익 소리를 냈다는 말이 있는가 하면, 고요한 불꽃놀이처럼 폭발했다는 말도 있었다. 불꽃이 프리즘의 색깔로 빛났다고 생각하는 사람들도 많았다. 아무튼 유성을 지켜본 모두가 그 강렬함을 경험했지만, 누구도 정확한 형태를 특정할 수는 없었다.

　새벽 다섯 시경에 이르러 별들은 서서히 흐려졌고, 태양이 떠오르자 다 함께 사라졌다.《필라델피아 크로니클》에는 다음과 같은 문장이 실렸다. "일찍 일어나는 이들은 아침 식사 때까지 침대에 누워 있는 이들을 안타까워할 이유를 거의 매일 발견한다. 하지만 오늘만큼 그들이 의기양양한 것을 본 적이 없다."

　논평가들은 저마다 그 춥고도 맑았던 밤에 일어난 일을 분석하는 데 시간을 할애했다. 노바스코샤주에서 플로리다주까지, 아마추어 천문학자들과 신문 기자들은 그들이 본 것을 묘사하기에 알맞은 단어를 물색하고 과학적 정확성만큼이나 적절한 시어를 찾아내기에 바빴다. 《볼티모어 패트리엇》은 그 순간을 "인간의 눈동자 속에서 빛날 수 있는 가장 근사하고 놀라운 광경"이라 표현했고, 별의 숫자가 "폭풍 속에서 눈송이나 빗방울을 보는 것만큼이나 많았다"고 했다. 자메이카의 킹스톤에 소재한 《커머셜 어드버타이저》의 편집자에게 그 별들은 "바다에서 튀어 올라 뛰노는 돌고래 떼"를 연상시켰다. 그 광경을 본 사람들은 그 시간 동안 보았던 불꽃의 수를 헤아리느라 애를 먹었는데, 그중에서 가장 믿을 만한 추측을 한 사람은 물리학자 조지프 헨리였다. 그는 초당 20점의 빛이 하늘에 나타났다고 추산했고, 이는 시간당 7만 2000점에 해당했다. 불꽃의 숫자가 더 많았다고 믿는 사람들도 있었다.

다음 날 《뉴욕 이브닝 포스트》는 다소 거만한 논조로 "대기 현상이… 무지한 사람들의 마음속에 막연한 공포를 불러일으켰다"고 쓰면서 "그날 아침 장터에 나온 지방민들의 숫자가 이례적으로 적었다"고 언급했다. 어떤 이들에게 공포는 막연함 그 이상이었다. 발행 부수가 상당한 규모인 노스캐롤라이나주의 농업 전문 주간지 《디 올드 컨트리맨》은 불과 유황이 넘실거리는 사설을 실었다. "우리는 수요일 아침에 보았던 '쏟아지는 불'이 여섯째 인印이 떼어질 때(구약성경에서 천체의 대재앙이 닥치는 시기를 말한다―옮긴이) 지구인들에게 찾아올 크고 두려운 날을 알리는 자비로운 징조임을 선언한다! 지구에서 일어나는 많은 일은 우리가 예언 속의 '후일'에 살고 있음을 확신하게 한다."

예언은 그렇다 치고, 당시에는 아직 과학자들도 천상에서 펼쳐지는 그런 장면이 어디서 비롯되는 것인지 규명해내지 못했다. 천문학자들에게 유성이란 분명 문자 그대로 떨어지는 별은 아니었으나, 그 실체는 여전히 모호한 채로 남아 있었다. 단순히 '대기 현상'을 의미하던 유성은 아직 견고한 형태의 과학적 이론을 갖추지 못한 상태였고, 무언가 우주에서 떨어지는 것이라기보다는 번 개나 북극광의 발생과 더 큰 연관성이 있을 것이라 여겨 졌다.

천문학자들이 매년 11월마다 찾아오는 레오니드 유성우의 진정한 본질을 이해하고 33년 주기로 더 많은 별 이 떨어지는 이유를 알아내는 데에는 수십 년이 걸릴 터 였다. 그러나 이 별똥별 폭풍이 우주의 거대한 규모를 새 삼 실감하게 하였든, 과학적 방법을 모색해야 한다는 경 각심을 불러일으켰든, 아니면 막강한 신의 위력에 대한 새로운 경외감을 심어주었든 간에, 지붕 위에 비처럼 별 이 떨어지고, 모든 것들이 연결되어 있다는 사실과 우주 의 신비로운 작동 기제에 대한 경이로움을 느끼게 하는 이 사건에는 마음을 빼앗는 매혹이 있었다.

향수鄕愁는 남의 이야기인 줄로만 알았던 내게 어느 날 밤 심한 향수가 찾아들었다.

불

한 친구의 연극 개막에 참석하기 위해, 우리는 그레이브젠드로 차를 달렸다. 그러면서 내가 어릴 적에 잘 알던 온갖 장소를 지났다. 어머니가 일하던 카페가 있는 에코 광장, 내가 자주 놀던 우드랜즈 공원, 비막이 판자가 설치된 상점들과 그리스 신전처럼 커다란 마켓 홀이 있는 하이 스트리트. 그때는 다 거대해 보였고 순행하는 우주의 질서에 활기를 더하는 곳들이었는데, 지금은 작고 소박해 보였다. 어디나 그랬다. 그날 밤, 마치 사라지지 않고 남아 있던 마법처럼, 히에로파니처럼, 나에게 향수가 밀려왔다. 나는 강가에 내려가 그 넓고 검은 물이 시내를 통과해 흐르는 것을 지켜보았다. 맞은편 강변을 따라 조금 더 멀리 있는 굴뚝의 빨간 불빛을 보았다.

연극의 인터미션 시간에 지인인 한 남성과 이야기를 나누며 나도 한때 여기에 살았다고 말했다. "여기가 내 고향이에요." 굳이 말해야 할 중요한 이야기는 아니었지만 나는 언제나처럼 여기가 사랑받기에 충분한 곳이라는 말을 전하고 싶었다.

"가족들이 아직 여기 있나요?" 그가 물었다.

나는 잠시 내 가족이라고 할 만한 사람들을 하나하나 머릿속으로 그려보았다. 누군가는 죽었고, 누군가는 떠났고. "아니요." 나는 새롭게 알게 된 이 사실에 새삼 놀라며 대답했다. "아니요, 없는 것 같아요."

그 마지막 연결고리가 끊겼다는 것을 나는 알지 못하고 있었다. 어쩌면 향수를 불러일으키는 것은, 내가 계속 있고 싶은 곳은 아니지만 멀리서 바라보면 완벽한 장소에 대한 동경이 아닐까. 아니, 어쩌면 완벽할 수도 있는이라는 말이, 우리가 예전에 누렸던 영광을 그대로 간직하고 있는 장소에는 더 어울릴 법한 표현이겠다. 만약 내 마음대로 발길을 옮겼다면 나는 오래된 아미 앤드 네이비 백화점으로 향했을 것이다. 입구에 들어서면 풍겨오는 향수 냄새와 여자화장실의 반점 무늬 표면재, 특히나 변함없는 여자들의 헤어스타일과 머릿수건과 벨트가 달린 우비. 나는 뿌연 담배 연기 속에 〈고스트 버스터즈〉와 〈E.T.〉를 상영하는 낡은 극장을 떠올리고, 무엇보다도 토요일 아침마다 어머니가 일했던 카페의 우유 탄내, 인조 가죽으로 된 메뉴판, 그리고 누구에게나 그랬듯 내라임 밀크셰이크 주문을 위해 에이프런에 손을 넣어 메모장을 꺼내던 어머니의 모습을 떠올린다.

집으로 돌아오는 길, 나는 H에게 고속도로로 돌아가는 길에 내 할아버지의 옛집을 지나가달라고 부탁한다.

순식간에 지나치면서 보니, 아치형 대문으로 이어지는 비탈진 잔디가 있고, 여전히 흰색 페인트칠이 되어 있다. 새로운 집주인도 할머니가 그랬던 것처럼 계단에 광을 내는지 궁금하다. 하지만 그중에서도 제일 선명한 기억은 그 계단 위에 서서 길을 따라 좀 떨어진 거리에 있는 집에 불이 난 것을 보던 일이다. 이웃들은 모두 밖으로 나와서, 좀 더 잘 보려고 눈 주위에 손을 대고, 얼마 없는 정보를 얻기 위해 울타리 너머로 서로를 불렀다. 그들은 낡은 제철소에서 불이 났다고 생각했지만 소방차들을 눈으로 직접 확인할 수는 없었다. 모두가 거기서 지켜보고, 짐작하고, 불길이 얼마나 높이 치솟고 있는지에 대해, 그리고 얼마나 급작스럽게 이 모든 일이 일어났는지에 대해 놀라워했다. 다행히 사람들은 무사했다. 건물만 불타고 있었다. 날씨가 온화한 밤, 마을에서 가장 오래된 목조 건물에 불이 난 것이었다. 별다른 사건이 없는 조용한 동네에서 그 광경은 우리 모두를 어둠 속으로 불러낼 만큼 꽤나 볼만했다.

집으로 돌아와서 나는 그날의 화재를 인터넷으로 검색해본다. 그날 밤에 남은 기록이 있는지, 그래서 혹시라도 잠옷을 입고 맨발로 서 있던 내 모습이 남아 있지

는 않을까 해서 말이다. 하지만 아무것도 없다. 켄트 북
서부의 작은 마을에 대한 온갖 정보 가운데 그 화재에 대
한 것은 단 하나도 없다. 이제는 그날 거기 있었던 누구
와도 연락이 되지 않으니, 우리에게 뭔가 오래 기억될 중
요한 사건이 발생했다는, 묘한 집단의식을 추억하는 사
람이 나밖에 없다는 기분이 든다. 문득 체슬라브 밀로즈
의 시 〈마주침〉이 떠오른다. 새벽에 마차를 타고 시골길
을 지나다가 일행 한 사람이 마차 앞으로 달려가는 토끼
를 손으로 가리킨, 오래전 어느 단순한 한때를 회상하는
시이다. 시인은 말한다. "오 내 사랑, 그것들은 어디에 있
는가, 어디로 가고 있는가 / 한순간의 손짓, 휙 지나가는
움직임, 바스락거리는 자갈 소리는? / 슬픔이 아닌 경이
로움에 나는 묻는다."

여름날이면 나방을 잡는 것이 내 일이다. 불 켜진 전
구와 창문이 열려 있는 곳 근처에는 늘 내가 있다. 불빛
을 향해 달려가기로 작정하고 퍼덕거리는 그 작은 형체
주위로 손을 동그랗게 모은다. H와 버트는 나방을 무서
워한다. 너무 재빠르고 저돌적이라서. 나는 나방이 공격
적이라고 생각지 않는다. 나방에게 우리는 인식하기에도

벅찬 크기라서, 우리가 눈에 들어오지 않을 거라고 생각한다. 나는 나방을 신문지로 내리치지 않는다. 주방 식탁 위로 기어올라가 의자 등받이를 붙잡고 균형을 유지하면서 나방을 잡아 밖으로 내보낸다. 하지만 참 생색나지 않는 짓이다. 나방은 유리창에 부딪혀가면서 곧 다시 되돌아오니 말이다. 욕망과 가능성 사이에 가로막힌 이 보이지 않는 장벽이라니, 나방에게는 분명 당혹스러운 일일 것이다.

우리는 알고 보면 나방을 닮았다. 작고, 좌절하고, 우리의 중량감을 떨치기를 바라지만 기껏해야 세상을 간지럽힐 뿐이고. 우리는 촛불과 큰불에 똑같이 이끌리는 나방과 마찬가지로, 우리의 시야에 들어오는 가장 찬란한 물체에 매료된다. 우리는 위험을 감지하지만 눈을 떼지 못한다. 사실 우리는 그 주위를 끝없이 맴돌고, 마침내 그것이 우리를 소모할 때까지 가까이, 더 가까이 다가간다. 하늘이 내려앉을지도 모른다는 생각이 들 때도 우리는 계속 바라본다. 이런 각성, 이런 공포 어린 기민한 주의력은 우리에게 본능적인 것이다.

불은 매혹의 어두운 면이다. 그 어둡게 이글거리는 요술로부터 우리는 시선을 돌릴 수 없다. 불은 우리에게

무의미로부터 삶을 지키는
매혹의 힘

✦

기형도 시의 풍경처럼 버려진 석면 공장과 낙오된 사람들, 녹슨 금속 철조망 너머 미끈한 개구리알과 사나운 새들이 뒤섞여 진창을 이루는 도시와 자연의 경계에 서서 캐서린 메이는 묻는다. "이곳을 아름답다고 할 수 있을까?" 그가 아홉 살 무렵 던졌던 이 질문은 번아웃과 무력감 속에 사는 몇십 년 후의 지금, 하나의 응답처럼 떠오른다.

무서운 속도로 쏟아지는 뉴스와 소셜미디어 피드를 쫓아가지 못해 '죄짓는' 기분마저 들게 하는 시대에 아득한 시간의 풍화를 견뎌온 무성한 수풀과 야생의 황야. 성스러운 샘 앞에서 지금껏 배운 것을 내려놓고 나만의 의례를 만드는 일은 순전한 매혹으로 충만했던 어린 시절 삶의 감각을 다시 일깨워준다.

내셔널지오그래픽의 매끈한 자연 풍광 속으로 들어가지 않아도 괜찮다. 퇴근길 길가에 쓰레기봉투 터진 것들 주위에 숨죽인 몇 갈래 강아지풀이나 발화하지 않은 존재들이 가로수 아래 무성한 수풀처럼 뒤엉킨 것들, 보도블럭 틈에 낀 도시의 우울이 눈물바람에 구겨진 텍스처들에서 부서지지 않는 매혹의 힘을 본다. 주위의 작은 것들에서 지구와 연결되어 있다는 황홀의 기쁨을 느끼고 그 힘으로 공허 속에서 자기 삶을 지켜내는 일, 그것이 인챈트먼트다.

《인챈트먼트》 캐서린 메이 지음, 이유진 옮김　　　　디플롯

자연 속에 도사리고 있는 야생의 위험을, 모두 삼키고 파괴하는 힘을 보여준다. 불은 무례하고, 전염될 수 있으며, 우리가 속수무책인 사이 이 집에서 저 집으로 번져나갈 수 있다. 불은 동그랗게 모은 손 안에 든 나방처럼 우리의 손바닥을 핥는다.

불을 발견하기 전까지 인류는 이 지구가 가진 잠재력을 온전히 이해하지 못했다. 획일적인 행복만이 바람직한 경험이라고 여기기도 한다. 우리는 종종 고통 없이 일생을 살 수 있다는 믿음을 갖는다. 그러나 이는 그 자체로 미몽이다. 불은 우리의 통제력의 한계 속에서, 인간이 가진 감정의 모든 범위를 건드리면서, 우리를 다시 생명의 순환과 맞닿게 한다. 불은 우리에게 혹독한 교훈을 가르쳐주고 유약한 환상을 불태운다. 불이 없으면 우리는 그저 표면적 존재, 얄팍한 영역만을 경험할 뿐이다. 다시 온전해지기 위해 우리는 불에 동화되어야 한다.

책을 태우고 미지로

아직도 책을 읽을 수가 없다. 독서는 내 전부이자 나를 서 있게 하는 토대였는데, 요즈음 독서를 하지 못한다. 이 사실은 내가 발설할 수 없는 추한 비밀이고, 저자에 대한 신의를 저버리는 추한 행위다. 나는 책을 읽고 싶지 않다. 읽을 수 없다. 문자로 된 페이지에 주의를 집중할 수 없고 어떤 단어도 받아들일 수 없다. 나는 책의 한 챕터 전체를 읽어낼 수가 없다. 도통 접근할 수 없는 내면의 성역으로 조용히 다시 들어가지 않는 한 불가능하다. 나는 가만히 앉아 있을 수가 없다. 집중할 수 없다. 분명히 치료약이 필요한 일종의 질병이 아니겠는가?

무엇보다도 나쁜 건 이런 당황스러운 불능 상태가

특히 소설을 읽을 때 심하게 나타난다는 점이다. 비소설의 경우에는 단편적인 부분들을 훑어볼 수 있고 기사도 군데군데 읽어볼 수 있다. 그러나 소설은 안 된다. 소설을 읽을 때는 집중이 되지 않는다. 일어나지 않은 이야기, 존재하지 않는 사람들의 내밀한 삶에 전혀 관심이 가지 않는다. 나는 무관심에 잠식되어 있다. 책이 문제가 아니라 내가 문제라는 것을 안다. 하지만 이 냉소, 이 외면의 마음은 생생하게 실재한다. 그냥 넘겨버릴 수가 없다.

책을 읽을 수 없는 상태는 나를 아는 사람들에게 보일 수 없는 은밀한 비밀이자 도피하려는 존재의 상태이다. 이 상태로 엉망이 된 기분이다. 익숙한 세계가 나의 통제를 벗어나 빠져나가는 느낌. 책 읽기 대신 다른 소일거리를 찾은 것도 아니다. 독서에 대한 애정이 넷플릭스로 넘어간 것도 아니다. 그냥 읽지 않는다. 내 마음을 정박해두던 곳에 틈이 생겼다.

나는 다른 사람들도 이 질병을 앓고 있음을 알아채기 시작했다. 능청스레 내 잃어버린 열정에 다시 불을 지필 방법이 있으면 추천해달라고 물어보고 다녔지만, 방법을 아는 사람은 아무도 없는 듯했다. 문학계의 내 친구들, 보통 어떤 책에 대해 흥분을 감추지 못하고 열광적으

로 이야기하던 독자들도 아무런 반응을 하지 않는다. "최
근에 읽은 것 중에 좋았던 책이 뭐야?" 나는 묻는다. 그
들은 어깨를 으쓱한다. 대충 얼버무린다. 이런저런 책들
이 괜찮았지만 엄청 마음에 들었던 건 아니라고 말한다.
그러면서 내게 그런 책이 있으면 추천해달라고 되묻는
다. 나는 그럴 수가 없다.

　이런 무의미한 대화가 영원히 되풀이될 것 같다는
생각이 든다. 그 이면에는 실존적 권태, 염증, 두려움, 락
다운, 감당할 수 있는 한계를 넘어선 인간의 마음이 있
다. 너무 오랫동안 텅 빈 채로 지낸 탓에 다시 연료를 충
전할 동기를 잃어버린 것이다. 너무 오랫동안 불안하게
뉴스를 찾아보며 시간을 보낸 탓에 이제는 목적 없이 기
계적으로 뉴스를 보는 상태로 고정되어버린 것이다. 이
것이 바로 지금 우리가 읽기를 할 때 겪는 문제이다. 어
떤 것을 살펴보는 게 아니라 그저 멍하니 보고만 있는 것
이다. 보는 것을 멈추면 뭔가 끔찍한 일이 생길 것만 같
고, 보고 있으면 왠지 생각하는 대로 일이 이루어질 것 같
다. 본다는 행위가 예전에는 스스로 보호하는 것처럼 느
껴졌다면, 이제는 좀 우울한 방향으로 변해버렸다. 이제
우리는 확인하지 않으면, 어깨너머로 끊임없이 바라보지

않으면, 재앙이 닥칠지도 모른다고 생각한다. 끔찍한 재앙을 막으려면 영원히 경계를 유지하는 수밖에 없다.

내가 읽는 법을 어떻게 배웠는지에 대한 기억을 되돌아보면, 손가락으로 커다란 활자를 짚어 내려가던 어린 시절보다는 대학에서의 첫 주가 떠오른다. 그때 나는 학과장과 만나기로 약속이 되어 있었다. 나는 새로운 인생을 축하하는 의미에서 생일 선물로 받은 새 자전거를 타고 시내 외곽에서 대학으로 향했다. 움직여서라기보다는 낯선 길을 찾아가느라 당황해서 이마에 맺힌 땀을 닦으며, 나는 자물쇠를 채우고 비가 올 경우에 대비해 안장에 비닐봉지를 씌우는 새롭고도 익숙지 않은 의례를 거쳤다. 그러고는 더듬거리며 수위실에 이름을 대고 두 개의 사각형 안뜰을 지나 1층 사무실로 들어섰다.

내 눈에 비친 사무실은 놀라웠다. 사무실이 그렇게 아름다울 것이라고는 생각도 못했다. 프랑스풍의 문이 있는 데다가 그 너머로 햇살이 내리쬐는, 등나무로 뒤덮인 테라스가 내다보일 줄이야. 문을 열어준 여성은 다정하고 친절했지만, 그와 동시에 내가 한 번도 경험하지 못한 노골적인 총명함으로 빛났다. 이야기를 나누기 시작하자 그녀는 지적인 작업에 대한 진지함과 순전한 열의를 뿜어냈고 그 모습이 내 눈에는 마치 이국적인 새처럼 희귀하고 매혹적으로 비쳤다. 내가 그녀처럼 되고 싶다는 생각을 하게 될 줄은 미처 몰랐다.

그러나 무엇보다도 그 방에서 가장 놀라웠던 것은 수많은 책이었다. 그곳이 도서관은 아니니 어쩌면 그 책들이 대출된 것일지도 모른다는 생각이 들었다. 대학이 많은 책들을 소장하고 있어서 캠퍼스의 모든 학과에 책을 배포했고, 교수들도 분명 그 정책에 환영했을 것이라고 나는 추측했다. 하지만 아니었다. 그건 말이 되지 않았다. 이미 나는 책 제목들이 모두 그녀의 연구 관심사인 사회 정치, 경제, 페미니즘에 관련된 것들임을 알아보았다. 나는 질문하지 않을 수 없었다.

"이 책들은 다 교수님 것인가요?"

그녀는 잠시 그 책들을 온화하게 응시했다. "네, 그래요." 그녀가 답했다.

"다 내 책이에요."

"이 책들을 다 읽으셨어요?"

"물론이죠." 그녀가 대답했다. "가지고만 있으면 아무 소용이 없죠."

그 책장에는 은하계의 온갖 지식이 꽂혀 있었다. 사실 그곳만이 아니었다. 은하계의 온갖 지식은 단과대 도서관, 학과 도서관에도 있었고, 저작권이 있는 책이라면 무엇이든 소장하게 되어 있는 거대한 대학 도서관에도 있었다. 전에도 도서관에 가본 적은 있었지만, 이런 곳들은 처음이었다. 모든 것이 펼쳐진 채, 나를 기다리고 있었다. 나는 그 모든 것에 동화되고 싶었다. 언젠가 나도 이런 책장을 소유하고 싶었다.

그러나 결과적으로 나는 그것들을 전부 내 것으로 받아들이지 못했다. 내가 가진 독서 기술, 문자와 단어를 읽어들이는 방법으로는 역부족이었다. 문학책을 읽고 매년 연말에 시험지를 채우기 위해 교과서를 흡수하던, 이전의 내 읽기는 독서의 가장 얕은 일면에 불과했다. 여기에는 엄정하고, 복잡하며, 헤아릴 수 없는, 완전히 다른 종류의 독서가 있었다. 책장에 놓인, 기다란 색인 카드로 배치되고, 검색되며, 읽히고 이해되어야 하는 책들. 내게는 불가능한 영역이었다. 모든 책이 거의 난공불락이었기 때문이었다. 책장마다 텍스트가 워낙 촘촘하게 차 있어서 나에게는 지식의 블랙홀, 정보의 집약체처럼 느껴졌으니까. 단락 하나하나, 문장 하나하나가 내 이해를 돕

기 위해 산더미 같은 지식을 이고 있었다. 나는 간신히
거기 침투할 수 있었다.

나는 이 도서관, 저 도서관에 앉아 페이지를 펴고는
단어들이 열의에 찬 내 눈에 맞고 튕겨 나가는 것을 느꼈
다. 내가 빗물이라면, 단어들은 방수복을 입은 듯했다.
그곳에 있던 나는 누구였을까? 이런 종류의 앎이 존재한
다는 것조차 몰랐던, 그것들을 모두 받아들이기가 어려
울 수도 있다고는 생각조차 하지 못했던 나는 누구였을
까. 어리석다는 기분이 들어서 나는 어리석은 일을 했다.
바로 강의에 출석하기를 그만둔 것이다. 독서 목록을 작
성하는 것도 그만두었다. 나는 눈에 띄지만 않는다면 과
제와 감독을 피하는 것이 그리 어렵지 않다는 것을 알았
다. 향수병에 걸린 탓도 있었다. 나는 이곳과 맞지 않는
게 분명했다. 아무도 실망시키지 않으면서 수동적으로
이곳을 떠날 수 있을지도 모르겠다고 생각했다.

하지만 어느 시점에 이르자 학생기록부 어딘가에서
내가 결석한 티가 나기 시작했을 것이다. 내가 바란 만큼
눈에 안 띄기는 힘든 일이었다. 그렇게 되자 나는 평소
수준의 양심을 되찾았다. 전혀 태연하지 않았기 때문에
태연한 체할 수 없었다. 내 불완전함이 명백히 드러나는

그 어떤 것도 차마 제출할 수 없었기에 과제도 전혀 하지 않았다.

곧 다시 책으로 가득한 그 방에 조금 더 후줄근한 모습으로 불려갔다. 학과장은 내 쪽으로 의자를 돌렸고, 그 바람에 그녀의 발치에 흩어져 있던, 살펴보지 않아 아무 표기가 없는 에세이 더미들이 구겨졌다.

"그래서, 다 잘 되어가고 있어요?"

그녀가 물었다. 함축적인 질문이었다. 대답하고 싶지 않아서 대신 마음속에 가장 먼저 떠오른 생각을 입 밖으로 냈다. "이번 주에 제가 가는 곳마다 불이 나 있었어요."

그건 사실이었다. 혹은 사실로 느끼기에 충분했다. 토요일 오후에 쇼핑을 하며 시간을 보냈는데, 나중에 뉴스로 그 상점 중 하나에서 불이 났다는 소식을 접했다. 다음 날에는 점심을 먹고 시내에서 차를 타고 나오는 길에 들판에서 연기가 피어오르는 것을 보았고, 나중에 그것이 수 시간 동안 교통 정체를 일으킨 공공기물 파손 행위였다는 이야기를 들었다. 그리고, 흠, 성취하고자 열심히 임했던 모든 것들을 거의 불태우고서, 여기 내가 있었다. 그러니 불이 났다는 이야기는 분명히 언급할 만한 가치가 있었다.

불

나는 갑자기 화제를 바꾸거나 경솔한 말을 한다고 혼이 나곤 했는데 교수님은 그러지 않았다. 그녀는 잠시 생각하더니 말했다. "그런 일이 생길 때는 주의를 기울여야 해요. 시사하는 바가 있을 수 있으니까요."

그래서 나는 그렇게 했다, 그때나 지금이나. 날 때부터 파괴적인 운명을 가지고 태어나 내가 지나간 자리에는 새까맣게 타버린 땅의 흔적이 남게 마련이라고 여겼던 것은 이제 과거의 이야기이지만, 아무튼 나는 불타는 것, 불길이 치솟는 것, 다 타서 없어지는 것과 어딘가 연관이 있다. 연료의 순환, 대화재의 순환, 그리고 그을린 땅의 순환을 뒤로하고 여기 내가 있다. 불이 유발하는 상실, 즉 자아의 완벽한 붕괴는 언제나 고통스럽지만 거기에는 남몰래 좋아하는 면도 있다. 결국 맨땅은 새로운 불 쏘시개를 불러들인다는 것. 잃을 것이 아무것도 없는 자가 되려면 먼저 모든 것을 잃어야 한다는 것.

불을 불러들이는 재능을 알게 되자 나는 모든 것을 다시 시작할 수 있었다. 검지손가락으로 한 줄 한 줄 글자들을 짚어서 내 눈을 고정시켰다. 어릴 적에 했던 대로 음절을 천천히 읊었고, 때로는 큰 소리로 중얼대기도 했다. 이해하기 위해서 하나의 구절을 수차례 반복해서 읽었다. 힘들었다. 나는 뒤처져 있었고 다른 이들을 따라잡기 위해 이탈했던 길로 다시 돌아오느라 분투하고 있었다. 그 나이에, 나는 모르는 법을 아직 몰랐다. 그저 뭐든지 아는 체하는 법만 알고 있었다. 그런데 내가 실수할 수도 있음을 인정하자 위안이 되었다. 이런 겸손한 마음은 불에 끼얹은 물과 같았다. 나는 처음부터 다시 시작했고 놀랍게도 그것을 즐길 수 있었다.

어쩌면 나는 지금의 번아웃을 두려워해서는 안 된다. 그것은 내가 다시 만들어질 준비가 되었음을 보여줄 뿐이다. 나는 어떻게 내 인생에서 이처럼 큰 기쁨, 책을 가지고 조용히 앉아서 그 안의 말들을 들이마시는 행위가 무겁고 두려운 의무로 변하도록 놔두었던 것일까? 언젠가부터 나는 본래 나를 끌어당겼던 유희의 감각을 잃어버렸다. 그러니 내 독서가 파업에 들어간 것도 놀랄 일이 아니다.

나는 늘 미래의 내가 교수님처럼 수많은 책을 가지고 있을 것이고, 그 책들을 다 읽고 이해했을 것이라고 생각했다. 그건 내가 뭔가 번듯한 사람이 되었음을 증명하는 성취일 것이리라. 하지만 지금은 당시의 교수가 보여준 것이 그런 것이 아님을 안다. 그녀는 내게 정적인 지식 자체가 아닌 알아가는 행위, 평생에 걸쳐 탐구하는 자세를 보여주었다. 나는 과거에 내가 이룬 성과들의 둥지에 알을 품는 암탉처럼 앉아 있고 싶지는 않다. 무언가를 만들어내는 불확실한 행위 속으로 계속 깊숙이 들어가고 싶고, 미지의 세계가 내 앞에 펼쳐지는 것을 보고 싶고, 그것을 탐험하는 일에 몰두하고 싶다.

그래서 예전에 그랬듯이 나는 다시 시작한다. 상실은 고통스럽고 혼란스러운 것이지만, 이 상실에 감사하는 법을 배웠다. 그것이 다시 나를 작아지게 한다. 다가오는 세계는 아직 읽지 않은 백만 페이지에 적혀 있어 조바심이 나도록 궁금하고, 그 안에 있는 나는 아무것도 아니고, 아무도 아닌, 새로움일 뿐이다.

우리는 종종 고통 없이 일생을 살 수 있다는 믿음을 갖는다.
그러나 이는 그 자체로 미몽이다.

불은 우리의 통제력의 한계 속에서,
인간이 가진 감정의 모든 범위를 건드리면서,
우리를 다시 생명의 순환과 맞닿게 한다.

불은 우리에게 흑독한 교훈을 가르쳐주고 유약한 환상을 불태운다.
불이 없으면 우리는 그저 표면적 존재, 얄팍한 영역만을 경험할 뿐이다.
다시 온전해지기 위해 우리는 불에 동화되어야 한다.

어른들의 심층놀이

내가 여섯 살 때 사람들은 모두 비디오레코더와 TV에서 녹화된 비디오테이프 더미를 가지고 있었다. 그러나 나는 없었다. 나는 조부모님 댁에 살고 있는데 할머니, 할아버지는 아직도 TV를 임대하고 있기 때문이다. 할머니, 할아버지가 고른 TV는 심지어 화면을 가리는 미닫이문이 달린 나무 캐비닛처럼 생긴 것이라 집에 TV가 없는 것처럼 숨길 수도 있을 정도였다. 그러니 비디오테이프는 말할 필요도 없다.

학교 친구들은 모두 디즈니 영화에 나오는 대사를 척척 인용하고 〈더 워터 베이비〉에 나오는 모든 노랫말을 알고 있는데, 나는 그렇지 않아서 그들 사이에 낄 수

가 없다. 대신에 내가 가진 것은 〈스토리텔러〉 두 권이
다. 〈스토리텔러〉는 수록 동화를 큰 소리로 낭독한 테이
프가 함께 딸린 어린이 잡지로, 컬러 일러스트가 실려 있
고, 내게는 별 감흥을 주지 못하지만 유명인들을 낭독자
로 기용한다. 이 두 권이 내 욕망을 다 채워주지는 못한
다. 남들은 바인더와 테이프를 넣어두는 플라스틱 수트
케이스를 포함한 온전한 세트를 가지고 있는 듯한데, 우
리 집에서는 그런 식의 지출이 불가능하다. 그래도 나는
오로지 하나의 이야기에 몰두해 있기 때문에 그 두 권이
면 충분하다.

　이 이야기는 〈스토리텔러〉 26호에 실린 첫 번째 작
품이다. 계속해서 테이프를 되감아 듣고 있는 나 같은 독
자가 있으니 그 이야기는 운이 좋은 편이다. 모든 녹음
내용은 거슬리는 알림 음악으로 시작되고, 그 뒤에 또렷
한 목소리로 제목이 나온다. "고블린 생쥐." 이어서 플루
트가 5음 음계를 연주한다. 페이지가 넘어갈 때마다 소
리가 난다. 이야기는 농부의 아들로 태어난 소년에 관한
내용이다. 소년은 육체노동을 하기에 몸이 약해서, 그의
아버지는 소년을 동네 사원에 보내 승려가 되게 한다. 소
년은 총명하고 학구열도 높지만 한 가지 단점이 있다. 어

딜 가든지 고양이 그림 그리기를 멈추지 못한다는 점이다. 소년은 사원의 모든 벽면에 고양이를 그리다가 그만 쫓겨나게 되고 수도원장에게 다음과 같은 충고를 듣는다. "밤에는 넓은 장소를 피하라. 자신을 낮추어라."

이 이야기는 일본의 동화로 15세기 예술가인 셋슈 도요의 전설로 전해진다. 이 이야기를 서구에 전한 이는 미국 출신으로 일본에 귀화하고 그곳에서 결혼한 유명 일본 민속품 수집가 라프카디오 헌이었다. 1898년에 출간된 그의 작품집 《일본 전래동화집》에는 〈고양이를 그린 소년〉이라는 이야기가 수록되어 있었다. 환상적인 요소들의 대비가 두드러진 것으로 보아, 틀림없이 원전에 지극히 충실한 이야기는 아니다. 그렇더라도 조용하고 별난 데가 있어서 어른들의 성미를 돋우는 특이한 집착을 보이는 아이들에게는 제법 인상적인 동화가 아닐 수 없다.

소년은 수도원을 나서서 멀리 떠돌다가 어느 외딴 사원에 이끌린다. 사원의 휘영청 밝은 등불은 청소부가 되어서라도 그곳에 합류하고 싶다는 소망을 품게 한다. 하지만 소년은 그 등불이 그 고장에서는 순진한 여행자들을 꾀어 죽음에 이르게 하는 악마의 불빛으로 알려져 있다는 것을 알지 못한다. 사원은 오랫동안 버려진 상태로, 용감한 무사들도 죽이는 악마의 쥐만이 머물고 있다.

사원이 비어 있는 것을 본 소년은 오랜 습관을 이기지 못하고 붓을 꺼내어 사원의 이곳저곳에 고양이를 잔뜩 그려놓는다. 그러고 나서 여독으로 지친 소년은 졸음을 참지 못하고 잠들려는 순간 수도원장의 말을 떠올린다. 그는 잠들기 전에 용케 캐비닛으로 기어들어가고, 문을 닫고는 그대로 잠든다. 소년은 한밤중에 벽을 긁어대고 쉭쉭대며 비명을 지르는 소리에 깨어난다. 밖에서 벌어지는 소란으로 사원의 벽이 흔들린다. 마침내 사방이 고요해지지만 소년은 동이 트고 나서야 용기를 내어 밖으로 나온다. 소년은 온통 피를 흘린 채 쓰러져 있는 거대한 쥐의 시체를 발견한다. 그런데 그가 그린 고양이들이 변해 있다. 여전히 사원의 벽에 느슨한 붓놀림으로 그려진 모습이지만 입가에는 피가 묻어 있다.

전해 내려오는 이야기에서 소년은 수도원장이 된다. 그러나 라프카디오 헌의 이야기에서는 예술가가 된다. 시대에 따라 선망의 직업도 달라지게 마련이다. 어느 쪽이든 간에, 자신에게 합당한 지위를 획득하기 위해서 소년은 커다란 사원에서 조그만 공간을 선택하며, 겸양의 행동을 해야 한다. 반항적인 소년이지만 그는 스승의 말

불

을 귀담아듣고 그 과정에서 자구책을 찾는다. 그러나 나는 그것이 이 이야기에서 찾을 수 있는 유일한 겸양의 행위라고 생각하지 않는다. 소년이 진정 자신을 낮춘 행동은 고양이들에게 굴복한 것이다. 고양이를 그리고 싶어하는 그의 욕망은 자연적이다. 억제되어서는 안 되는 자연의 힘인 것이다. 그의 예술은 세속적인 권위, 건물을 향한 인간의 허영과는 관계없이, 봄처럼 그에게서 피어난다. 고양이를 그리는 것은 그저 그에게 주어진 일이기에, 그는 여기서 매개체 이상으로 보이지 않는다. 그는 붓이다. 그는 잉크다. 고양이들은 스스로 창조하고 있다. 그리고 때가 왔을 때 그를 구원한다.

〈고양이를 그린 소년〉은 특정한 종류의 불을 묘사한다. 필요한 불, 우리 안에서 깨끗하게 타는 불, 너무 쉽게 간과되는 불. 이는 분명 또 다른 매혹의 공간이다.

☾

차로 가면 집에서 금방인 홀리 힐에서 개를 산책시키기 시작했다. 산을 오르는 것이 그 무엇보다도 내 마음에 안정을 준다는 사실을 발견한다. 강어귀 너머 멀리 보이는 풍경을 감상할 수 있고, 숲 여기저기의 온갖 나무에 버섯들이 돋아나서는 잎새들 사이로 오밀조밀 솟아오르는 모습도 마음에 든다. 때때로 나는 그린엘프컵 버섯의 존재를 암시하는 청록빛으로 물든 숲을 발견하기도 했다. 산은 갈 곳 잃은 나의 집중력을 빨아들이는 볼거리로 가득하다.

그러나 최근에 나는 다른 무언가를 찾고 있다. 몇몇 친구들이 내게 언덕 꼭대기에 폐허가 된 장식용 건축물이 있다고 말해주었는데, 내 지도에도 그 장식용 건축물이 '타워'라는 명칭으로 표시되어 있다. 언덕 꼭대기에서 타워를 찾는 것은 단순한 목표이다. 하지만 이상하게도 그 타워를 찾을 수가 없다. 이제껏 여러 번 찾아보았는데도 말이다. 처음에 버트를 데리고 갔을 때는 여섯 번 정도 언덕을 빙빙 돌다가 우연히 누군가의 땅으로 넘어갔었다. 한번은 혼자 가서 모든 작은 길을 따라가보았고 거의 숲 전체를 다 돌아다녔지만 아무것도 없었다. 그곳을 잘 아는 지인이 준 약도를 출력하기도 했지만 여전히 혼란스럽다. 마치 타워가 나 말고 다른 사람들 앞에만 나타나면서 일부러 내 눈을 피하는 것처럼 느껴진다. 바바 야가 (슬라브 지역의 민담에 등장하는 마녀를 말한다─옮긴이)

의 오두막처럼 닭다리가 달려 있어서 켄트 전원 지역의
다른 쪽으로 성큼성큼 걸어갔는지도 모를 일이다. 어쨌
거나 타워를 찾는 일은 달성해야 할 하나의 퀘스트로 여
겨지기 시작했다.

　요즈음 나는 여러 지명에 담긴 의미를 찾아보고 있
다. 시간을 거슬러 과거를 들여다보며 잊힌 의미를 찾아
내는 일에 대한 흥미는 나이가 들어갈수록 우리 안에서
깨어나는 듯하다. 시작은 내가 휴가를 보내는 데번의 다
트강River Dart과 어린 시절에 살던 집 근처의 다렌트강River
Darent이 모두 '떡갈나무가 자라는 강'이라는 의미의 켈트
어 이름에서 파생되었다는 것을 알게 되면서부터였다.
그 짧은 이름 안에 참 많은 의미가 내포되어 있다. 고대
에 지형을 이해하던 방식, 논란의 여지가 있는 문화사
(켄트에 켈트족이 있었느냐 여부에 대해 모두가 동의하지
는 않는다), 그리고 내가 잘 알고 사랑하는 이 두 장소 사
이의 연결고리까지. 소설책에 집중할 수 없는 시기에, 이
는 책에서 얻을 수 있는 것과 같은 종류의 정보, 서로에
게 이야기를 건네는 흡족스러운 생각의 연결망을 펼쳐놓
는다. 나는 또 다른 방식으로 책을 읽는 기분을 느낀다.

　좀처럼 보이지 않는 타워에서 가장 가까운 마을 헌힐

도 비슷한 재미를 준다. '헌Hern'의 어원은 왜가리라는 뜻의 '헤론heron'으로, 근처의 습지와 연관이 있다. 헌은 또한 회색을 뜻하는 고대 영어에서 파생되었을 수도 있다. 어느 쪽이든 '헌'이라는 지명은 이곳이 한때 습하고 황량한 지역이었음을 가리킨다. 하지만 헌은 뿔 달린 신 케르눈노스의 일면으로 생각되는, 수사슴 뿔을 가진 망령인 사냥꾼 헌을 연상시키기도 한다. 이 고대의 신은 켈틱 유럽 전역의 유물에 등장한다. 반인반록인 그는 생식력과 풍요를 상징하지만 한편으로는 진정한 야생, 죽음과 창조가 뒤얽힌 어두운 미지의 장소, 인간의 마음과 늘 다른 자연의 계략과도 교신한다.

　이 모든 것이 하나의 이름 안에 담겨 있다. 케르눈노스는 뿔 또는 사슴뿔을 뜻하는 갈리아어 '카르논karnon'에서 나온 이름이다. 카르논이 케르눈노스가 된다. 케르눈노스는 헌이 된다. 헌은 숲의 섬뜩한 고독 속에서 시간을 보내는 사람들에게 분명 실재한다. 야생과의 접촉을 위해 반드시 거친 자연 속을 걸을 필요는 없다. 만약 전해오는 이야기를 안다면, 대지의 신화를 이해한다면, 반려견과 함께 햇살 아래를 거니는 것만으로 고대 지하의 신들의 숲으로 들어갈 수 있다.

불

클리퍼드 기어츠는 1973년에 출간한 에세이 《심층놀이Deep Play》에서 깊은 몰입의 다층적인 속성을 포착한다. 기어츠에게 '심층놀이'는 놀이 참여자들이 보통 돈을 걸고서, 그리고 "자긍심, 명예, 위엄, 존경"이라는 모든 문제를 걸고서, 감당하기에 버거울 정도로 몰입하는 놀이다. 표면적으로는 단순한 취미 활동이지만 실상은 참여자들이 살아가는 세계의 상징적인 축소판이다. 이렇게 이해할 때, 심층놀이는 마초적인 경험(발리의 닭싸움에 대한 기어츠의 인류학 텍스트에서 나온다)이고, 근심 걱정에 찌든 매일의 일상 속에서 남성들이 열정의 불을 지피며 사회의 계층 체계와 기대에서 벗어나는 통로로 기능한다.

나는 기어츠가 놓친 것이 있다고 생각한다. 그는 심층놀이라는 용어를 만들어냈지만 그 경계를 지나치게 견고하게 설정했다. 나는 심층놀이가 어디에서나 무한한 방식으로 발현되고 있는 것을 발견한다. 나에게 심층놀이는 어른들의 삶에서 좀처럼 기대하기 힘들고 어린아이들에게서도 발견하기 힘든 양질의 몰입이다. 우리는 그것을 그저 발랄하고 어리석은 놀이 그 자체로 오인하고, 아이들이 아직 보다 심각한 일에 관심을 돌리지 않을 정도로 어리다는 사실을 알려주는 사치스러운 신호라고 여긴다. 그러나 놀이는 진지하다. 놀이는 절대적이다. 놀이는 외부 세계에 신경 쓰지 않고 자신에게만 집중하게 하는 어떤 대상에 대한 완전한 몰입이다. 느낌 그 자체가 되고 잠재적 감정이 되는 자신의 관심사에 몰두하는 것이다. 놀이는 참여하지 않은 사람들에게는 보이지 않는, 참여자가 선택한 공간으로 사라지는 것이다. 순수한 흐름을 추구하는 것이고 새로운 생각, 새로운 자아를 실험할 수 있는 모래상자와 같은 것이다. 삶을 상징하는 하나의 형태이자, 하나의 현실을 또 다른 현실과 뒤바꾸고 그 의미를 캐내는 방식이다. 놀이는 매혹의 한 형태이다.

　나는 언제나 어른들의 놀이 방식에 매료된다. 통념에 따르면, 머리가 희끗희끗해지면서 우리는 마음도 늙고, 놀이에서 멀어지게 된다. 그러나 그것은 우리가 특정한 종류의 놀이만을 놀이라고 인식하고서, 장난을 치고 솜이 든 인형을 모으는 등, 보통 어린아이들이 하는 행동을 계속하는 어른들만이 놀이를 즐기는 어른이라 여기기 때문이다. 이 모든 것이 시사하는 바는 즐거움을 나타내

는 우리의 어휘가 그만큼 한정적이라는 사실이다. 어린
애 같다는 말은 원색적이고, 정신없고, 시끄럽다는 뜻으
로, 어른스럽다는 말은 초월적이며, 어둡고 침침하다는
뜻으로 사용되기도 한다. 이런 말들은 놀이할 수 있는 방
식의 일부만을 나타낼 뿐이다. 그러나 심층놀이는 모든
정체성을 투입하는, 크고 몰입감 강하고 무해한 과정이
다. 나의 놀이는 내게는 근원적인 것이지만, 남들이 바라
볼 때는 메마르고 따분해 보이는 면이 있다.

　나의 놀이에는 늘 언어가 있었다. 다른 자폐 아동들
과 마찬가지로, 나는 이것이 제대로 된 놀이가 아니라고
생각하면서 자랐다. 내게 밖으로 나가라고, 인형을 예쁘
게 꾸며주라고, 뛰어놀라고 권유하던 내 주위 어른들의
눈에 내 놀이는 전혀 노는 게 아니었다. 나는 뛰어다니고
싶지 않았다. 나는 글을 쓰고 싶었다.

　나는 아홉 살 때부터 시인이 될 거라고 사람들에게
말하고 다녔는데, 글을 쓴 것은 그보다도 전이었다. 나에
게는 손님용 침실에 있는 화장대 아래에 앉아서 종이 위
에 필기체를 흉내 낸 글씨를 쓰고 또 쓰던 기억이 남아
있다. 그때 나는 아직 글자를 알지 못했지만, 사물을 한
데 연결하고 싶은 열망만은 존재했다. 나는 어느 여름의

휴일에 엄마의 쓰지 않는 타자기 앞에 앉아서 학기 마지
막 날 학교에서 보여준 영화를 바탕으로 시간 여행 소극
을 신나게 써댔던 것을 기억한다. 그런데 내 삶의 어떤
까마득한 순간에 그 연극이 보다 진지한 형태로 변모한
시점이 있었다. 사람들은 내게 커서 무엇이 되고 싶은지
물어보았고, 나는 시인이 되고 싶다고 말했다.

처음에는 귀엽다는 반응이었다. "응? 시인이라고?"
어른들은 그렇게 말하며 눈썹을 치켜뜨곤 했다. 그들이
나를 놀린다는 것을 알았지만 그래도 다들 충분히 상냥
했다. 모두가 사춘기 이전 어린이의 허풍을 귀여워했다.
사랑스럽고 순진무구하다고. 어른들은 곧 삶이 그 꿈을
앗아갈 것이라고 짐작한다. 열세 살에 이르자, 나의 문학
적 야망은 혐오 비슷한 감정을 유발했다. "나는 시인이
되고 싶다"는 문장에 내 또래 십 대들은 어이없다는 듯한
웃음을 터뜨렸고, 어른들은 노골적인 불신을 드러냈다.
문학 작품들 속에는 나에 대한 패러디가 넘쳐났다. 재능
은 없으면서 거만한 태도를 지닌 허세에 젖은 청소년들
말이다. 내 꿈은 우스꽝스러운 희망에 불과했고, 진짜 현
실 세계를, 그리고 세상이 어떻게 돌아가는지를 정확히
볼 줄 모르는 시각을 드러내는 창피한 증거일 뿐이었다.

불

학교 진로상담 선생님은 말했다. "너는 똑똑한 아이야. 혹시 교도소에서 일하는 것에 대해 생각해본 적 있니?"

이때를 계기로 사람들이 나를 이해해주는 좀 더 친절한 세상으로 나아갈 때까지 기다리면서 남몰래 꿈을 키우기로 결심했다고 말하고 싶지만, 사실 나는 글쓰기를 그만두었다. 나는 청록색 잉크로 쓴 시가 가득한(그렇다, 지금은 청록색 잉크로 쓴 일을 후회하고 있다) 내 예쁜 공책들을 모두 꺼내서, 거미가 파리를 꽁꽁 싸매듯이 공책 주위에 테이프를 감았다. 그 공책들은 수치스러운 물건들이었기에 아무도 그것을 읽지 못하게 하고 싶었다. 나는 공책들을 그 상태로 책장에 꽂아두었다. 그러면서 과연 내가 테이프를 잘라내고 시를 꺼내 볼 날이 다시 오게 될지 궁금해했다. 나는 그렇게 하지 않았다. 한참 뒤에, 나와 공책과의 유대가 충분히 끊겼다는 느낌이 들었을 때 공책들을 버렸다. 주방 쓰레기통 속 기름진 버터 포장지와 채소 껍질 밑 깊숙한 곳에 공책들을 파묻었다. 그다음 월요일에 쓰레기 수거인이 와서 그것들을 가져갔을 때 느꼈던 안도감을 아직도 기억하고 있다. 공책들은 영영 떠나갔다. 완벽한 살해에 성공한 것이다.

하지만 공책들은 망령처럼 나를 떠나지 않았다. 어

느 고요한 순간이면, 공책들은 내 옆에 서서 내가 쓴 단어들을 주절거렸다. 나는 지극히 주의를 기울여 단어 하나하나 골랐던 것을, 정교하고 꼼꼼하게 글을 썼던 것을 쓰라리게 후회했다. 고통스럽도록 모든 것이 기억 속에 남아 있었기 때문이었다. 그것들이 내게 너무 지대한 영향력을 행사하고 있다는 사실이 부끄러웠다. 그 글에서 부디 내 어리석고, 미성숙하고, 엉뚱한 십 대 감성이 포착되지 않았기를 바랐다. 그것들이 이제는 필요 없기를 바랐다. 다른 사람들에게 글을 보여주겠다는 생각을 했던 것, 그래서 비록 희미해졌을망정 그 시들이 여전히 집단의 기억 속에 존재할지도 모른다는 것이 싫었다. 학교를 졸업하면 마침내 그 잔재를 떨쳐버릴 수 있을 것이라 생각했고, 가장 좋아하던 과목인 영문학을 대학에서는 공부하지 않으리라 결심했다. 내가 누구든, 글 쓰는 행위와는 관계없는 사람이었다. 나는 아니었다.

하지만 글을 쓰는 사람이 아니라면, 나는 과연 무엇이었을까? 아무것도 아니라는 기분이 들었다. 나는 기발한 개념과 관찰한 것들을 한데 모아서, 어떻게 하면 내 목소리가 페이지 위에서 들리게 할 수 있을지 궁리하면서, 내 머릿속에서 이야기를 짜내고 있는 자신을 발견했다.

그러나 나는 그런 자신을 바로잡기로 했다. 글 쓰는 일은 우연히 만났던 지나간 꿈이며 낡은 습관일 뿐이고, 그보다 더 매력적인 새로운 관심사를 찾아야겠다고 마음을 다잡았다. 하지만 그러지 못했다. 동아리 소개 주간에 나는 도자기 수업과 요가에 등록했으나, 회원 모집일에는 학생 신문사 사무실로 들어서고 있었다. 편집자의 소개 말을 반쯤 들었을 때, 나는 생각했다. **제길, 캐서린, 도대체 뭐가 문제야? 너, 는, 작, 가, 가, 아, 니, 야.** 나는 사과를 하고 그 자리를 떠났다. 대학을 졸업한 후 나는 원하지 않았던 직업을 전전하면서 비틀거리며 나아갔다. 내가 했던 모든 일이 이야기를 토해내는 것만 같았다. 나는 이야기를 멈출 수 없었다. 매일 런던을 오가는 통근 열차에서 나는 사람들 한 사람 한 사람의 캐릭터 스케치를 쓰고 싶은 열망에 사로잡혔다. 화장하면서 얼굴을 펴는 여자, 헤드폰에서 흘러나오는 소리에 자꾸 웃음을 터뜨리는 남자. 잠시 영안실에서 임시직으로 일했던 경험 덕분에 어렵지 않게 유령 이야기를 지어내기도 했다. 나는 여호와의 증인이었던 한 동료가 교회의 다른 신자들이 그녀의 결혼생활에 참견하는 것을 무시해버리는 방법에도 깊은 인상을 받았다. 그녀가 임신에 실패하자 그들은 성

관계가 충분지 않은 것 아니냐며 염려했다고 한다. 어느 날 그녀는 우리가 모두 조용히 바게트를 오물거리고 있을 때 두 뺨을 붉힌 채 목소리를 높여 이렇게 외쳤다. "나는 내가 섹시하게 느껴지는 순간을 좋아한다고!!" 그때 일어난 그 상황에 대해 쓰지 않기란 여간 힘든 일이 아니었다.

글쓰기는 내가 어떤 구덩이를 파놓든 간에 거기서 빠져나와 계속 내게로 돌아왔다. 창가에 어른거렸고, 내 문을 두드렸다. 나는 그것을 죽일 수 없었다. 특효약 같은 것도 없고 주문을 걸 수도 없었다. 글쓰기는 나름의 계획이 있었고, 저항은 소용이 없었다.

결국 타협할 수밖에 없었다. 나는 말을 건넸다. 자, 이제 협상을 해보자. '내가 너한테 좀 빠진다 치면, 그러니까 너를 취미로 삼아서 일기를 쓰고 괴상한 이야기를 지어서 친구들에게 보여주면, 너는 그쯤에서 만족해야 해. 나는 작가가 되려고 노력하는 황당한 행동은 하지 않을 생각이니까. 나는 책을 많이 읽지 않았어. 대학에서 문학을 공부하지도 않았고, 그러니 나는 자격이 없어. 하지만 그냥 취미 삼아 글을 쓰기는 할 거야. 내가 그렇게 하면, 너도 잠잠히 있어야 해.'

불

글쓰기는 수그러들 것인지 아닌지를 딱히 알려주지 않았지만, 나는 내가 말한 대로 실행했다. 먼저 이케아에 가서 작은 탁자를 하나 샀다. 벽에 나사로 고정시키고 평평하게 접어놓으면 아무도 내가 거기 앉아서 창작에 몰두하고 있었다는 것을 알 수 없을 만한 탁자. 나는 이 탁자 위에 파란 히아신스와 두꺼운 표지의 직물 양장본 공책을 놓았다. 뽀족한 연필 세 자루도 나란히 놓아두었다. 그리고 이 제단 앞으로 의자를 당겨 앉아 뭔가 의미 있는 것을 쓰라고 나 자신을 독려했다.

한 시간 후, H가 들어와서는 가게에서 사다 줄 것이 있는지를 물었고, 나는 그에게 글을 쓰려고 노력하는 동안에는 나를 내버려두고 나가라고 소리를 질렀다. '노력하는'이라는 표현을 쓴 데에는 이유가 있었다. 그가 놀란 표정으로 방문을 닫자, 나는 두 팔로 공책을 황급히 가렸다는 사실을 깨달았는데, 공책에 나의 심오한 생각들이 빼곡히 적혀 있어서가 아니라 아마추어가 그린 것 같은 히아신스 스케치로 가득했기 때문이었다.

글 쓰는 삶을 내내 거부하며 지내는 사이, 나는 글쓰기란 가지 말아야 할 금지된 길이라는 생각을 기본 전제로 삼았다. 그런데 임시로 마련한 서재에서 시간을 보내면서 새삼 많은 것들을 깨닫게 되었다. 어린 시절의 재능이 반드시 어른이 된 후까지 이어지지는 않는다는 것, 재능은 계속 수련하지 않으면 사라져버린다는 것, 그리고 아무리 심오한 생각도 종이 위에 옮겨놓으면 부끄러울 정도로 미천해 보인다는 것. 무엇보다도 놀이와 등지고 살면 어떤 일이 벌어지는지를 배웠다. 우리가 가졌던 가장 아름다운 관심의 범주가 우리 안에서 퇴색하고, 씁쓸함과 좌절감의 잔재만 남는다. 놀이가 없으면, 성인으로서의 우리의 자아는 자라나지 않고 질식해버린다. 그러고 나면 수개월 수년에 걸쳐 연결되고, 그 자체의 신비로운 사명을 발전시키며, 존재의 사소한 문제들을 탐색하는 심층놀이를 다시 발견하기란 어렵다.

고양이를 그렸던 소년은 권위자의 반대에 부딪혔음에도 그의 놀이를 버릴 수 없었다. 내 생각에 그는 온건한 반항의 등대와도 같다. 우리가 사랑하는 행위를 향해 흘러가는 것. 우리는 이것을 우리의 아이들에게 가르쳐주어야 한다. 나는 그 지점을 지나쳐서 항해했기에 다시 그 자리로 돌아가야 했다. 그것은 수년간의, 불안정하고 점진적이고 모호한 분투였다. 심층놀이의 기술은 내가 그 전에 공부한 그 어떤 것보다도 배우는 데 오랜 시간이 걸렸다. 그것은 시간, 공간, 고독에 대한 어설픈 권리 주장이자, 나만의 창의성에 대한 부끄러운 공언을 의미했다. 오랫동안 잊고 살아온 직관적인 본능을 믿고 나 자신의 일에 대한 열망을 느끼는 법을 배우는 것이었다. 외부 세계에서 볼 때 목적성 없어 보이는 것을 할 시간을 따로 마련하는 것이었다. 나를 아둔한 인간으로 만드는 실패에 대한 두려움에 맞서 조악하고 실수투성이의 일을 파헤치길 즐기는 것이었다. 길고 더디고 불확실하며 지루할 때도 많았다. 나는 고양이를 그렸던 소년처럼 내 작업물을 향한 거부할 수 없는 끌림에 이끌리는 기분은 아니었다. 오히려 그저 어렴풋하게 기억하는 장소에 닿기 위해 덤불을 헤치고 나아가며 사투를 벌이는 기분이었다. 그 장소는 나의 핵심이었다. 모든 순간이 그럴 만한 가치가 있었다.

심층놀이는 미궁이 아니라 미로다. 정처 없이 꼬인 여정이다. 걷는 것이 전부다. 걷는 자는 바로 당신이다. 여기에 끝이란 없다. 유일한 보상은 한결같다. 몰입으로 채워야 할 우물과 피워야 할 불꽃이 더 많아진다는 것이다. 그리고 이따금, 당신의 통제를 벗어난 어쩔 수 없는 이유로, 그 불꽃은 사그라지기도 한다.

마침내 타워를 찾아낸 것은 H였다. 그는 집요하고 꼼꼼한 천성으로 무장하고 언덕에 올랐고, 손에 지도를 들고서 타워가 있을 것 같은 모든 장소를 분석했다. '여기에는 있을 수 없어. 우리가 지나오면서 타워를 봤으니까. 숲의 이쪽에 있어야 해.' 그는 타워가 있을 만한 곳의 후보지를 좁히고 또 좁혔다. 나는 거의 포기한 상태였다. 어쩌면 우리는 잘못된 위치에 있었다. 누군가의 사유지를 밟고 있는지도 몰랐다. 나는 타워를 찾을 수 있으리라는 믿음이 별로 없었다. 심지어 지도도 믿지 않았다.

그러다가 어느 순간, 얽히고설킨 가시나무 사이에서 애써 찾으려 하지 않아도 타워가 보였다. 타워는 정확히 있어야 할 곳에 있었다. 정말 갑자기 우리는 타워를 볼 수 있었다. 처음부터 충분히 믿어볼 것을. 타워의 검은 돌담은 얼룩덜룩한 삼림지대의 그늘을 빼닮은 모습이었고, 잎새들 사이로 우리의 정면에 서 있었다.

우리는 서둘러 덤불들을 헤치며 나아갔고 쓰러진 몇몇 나무들을 넘었다. 드디어 체스판 위의 룩처럼 온 세상을 바라보고 있는 육각형의 타워가 나타났다. 열린 문 안은 텅 비어 있었다. 지붕도, 창문도 없고, 꼭대기에서 석조물이 떨어질 염려도 없었다. 나는 열린 문으로 머리를 디밀어 위를 올려다보면서 안에 서 있는 게 낫겠다는 생각을 했다. 머릿속으로 세월을 거슬러 오르자, 버트가 타워에 사는 늙은 마법사의 견습생이 되어 있었고 스승의 사악한 기질을 알아채기 시작하고 있었다. 두 사람 사이에는 싸움이 벌어졌고, 견습생은 엉성한 마법으로 훨씬 숙련된 마법사에게 기습 공격을 가했다. 문제는 마법사가 용을 소환할 수 있다는 것이었고, 용의 불 같은 입김이 창문을 통해 넘실대고 있었는데….

그러다 나는 문득, 그리 멀지 않은 과거에, 어떻게 용이 영국 땅에 실제로 살고 있었다는 믿음이 통용되었던 것인지에 대해 생각한다. 비교적 최근에서야 용이 다 죽어버렸는지도 모르고, 여전히 지하 은신처에 숨어 있는지도 모를 일이다. 19세기 후반까지도 시골 사람들은 도롱뇽을 용의 알이라 여기는 미신을 믿으며 도롱뇽을 대했다는 이야기가 있다. 우리는 아직도 이 불과 아주 가까이에서 살고 있다. 우리 땅의 둘레에서 이 불을 어떻게 읽어낼 것인지, 그리고 그 땅 밑에 고여 있는 열을 어떻게 감지할 것인지만 기억할 수 있다면 말이다.

불길의 무늬

창문으로 이상한 빛의 무늬가 새어 들어온 것인지 아니면 바깥에서 사람들의 움직이는 모습이 휙 스쳐간 것인지 잘 모르겠지만, 나는 다시 집 밖으로 나와서 불을 보고 있는 자신을 발견한다. 이번에는 잠옷 차림을 한 버트가 내 옆에 맨발로 서 있다. 이웃들도 모두 나와서 가늘게 뜬 눈으로 어둠을 응시하고 있다. 우리가 있는 거리에서 수직으로 죽 늘어선 집들 뒤로 불기둥이 솟아오르고 있다. 지붕의 윤곽을, 그 위의 하늘을 부자연스러운 분홍색으로 물들인다. 내 얼굴에서도 분명 그 열기를 느낄 수 있다.

숨이 턱 막힌다. 우리는 추측한다. 모두 각자 손에

휴대전화를 들고서 무슨 일인지 알아보려 한다.

"하이 스트리트 근처로 보여요." 누군가 말한다.

"분명 거기보다는 가까운 곳이에요. 저 정원 중 하나에서 불이 난 것처럼 보여요. 헛간일까요?"

"헛간에서는 불길이 저렇게 높이 치솟지 않아요. 안에 휘발유가 있지 않는 한."

"누군가 소방서에 전화했겠죠."

"가서 보고 와야겠어요."

나는 제자리에 머물며 버트의 어깨를 붙잡는다. 우리는, 우리 모두는 사뭇 흥분했다. 사악한 마음으로 그런 것은 아니다. 이 불이 우리 안의 무언가를 딸깍 건드린 듯하다. 이 불을 외면할 수 없고, 이 불에 대해 전부 알아야 하고, 긍정적인 사항에 대해 이야기해야 한다는 생각을 우리 안에 지핀 것이다. 뭐라 말할 수 없는 무형의 위협 속에서 수개월, 수년을 보낸 끝에 존재론적 위협을 직접 목격하고 있다. 나는 이 불이 얼마나 빨리 우리 쪽으로 올지, 어느 시점에 우리가 불을 피해 달려야 할지 머릿속으로 가늠하고 있다. 마지막으로 이런 느낌을 받았던 것은 10년 전에 집 뒤편 헛간에 불이 붙은 것을 발견했던 때였다. 소방서에 전화를 거는 동안 불길은 담장을 넘어 집 쪽으로 다가오고 있었다. 나는 아직도 내 얼굴에 닿던 그 열기가 생생하게 기억나고, 불의 속도와 번져가는 정도, 그리고 내가 밖으로 나가기까지 필요한 시간을 머릿속으로 계산하던 순간이 기억난다. 소방대원들이 도착할 때까지 나는 양손에 고양이를 한 마리씩 들고 있었다. 불은 삽시간에 진압되었다. 소방대원들이 어떻게 그렇게 빨리 도착했는지 놀라웠고, 어떻게 그렇게 신속하게 불길이 잡혔는지 믿기지 않았다.

이제 뿌연 검은 연기가 불길과 뒤섞여 솟아오른다. 상황을 보러 갔던 이웃이 돌아온다. "학교에서 난 불 같아요." 그가 말한다.

버트가 긴장하는 기색이 느껴진다. 나는 아이를 집 안으로 데려간다. 이제 우리의 일일 가능성이 생겼다.

"우리 학교에서 불이 난 거야?" 버트가 묻는다.

나는 알 길이 없다.

"학교가 불타면 어떻게 되는 거야?"

"일단 정확한 사실부터 확인해보자." 나는 대답한다. 휴대전화로 소셜미디어, 개인 메시지, 이메일, 문자를 동원하여 이런저런 질문을 쏟아낸다. 버트의 학교는 어느 길에도 접해 있지 않고 어정쩡한 곳에 있다. 학교의 삼면은 주택들의 테라스 뒤에, 다른 한 면은 상점들에 가려져 있다. 아침마다 학교에 가려면 좁은 골목길을 통과해야 한다. 만약 학교에 불이 난 거라면 어떻게 된 일인지 아무도 모르는 이유가 설명이 된다. 단번에 눈으로 확인할 수 있는 곳이 아니다.

"선생님들이 아직 거기 계셔?" 버트는 한층 높아진 목소리로 묻는다.

"아니, 아니. 그러기엔 늦은 시간이야. 다들 집에 계시지." 그때 내 휴대전화 화면이 환해졌지만 나는 무시하고 계속 버트를 안아주었다. "괜찮아. 다 괜찮을 거라고 엄마가 약속해."

그는 나를 밀어낸다. 나는 메시지를 읽는다. 불 난 곳 바로 뒤편에 살고 있는 친구다. 그녀는 거리에 서 있다고 한다. 불이 난 곳은 학교가 아니다. 그 뒤에 있는 빈 건물이다. 모두가 무사하며, 불은 진압되었다.

이따금 우리는 파괴를 마주한다. 어떤 때는 세상이 발톱을 세우고 우리에게 그 뜨거운 입김을 토해내는 것 같다. 우리가 얼마나 작고, 얼마나 무력한 존재인지 새삼 알려주기라도 하려는 듯이.

나는 지금껏 책 읽기를 포기했었다. 최소한, 전체를 다 읽기는 포기했었다. 이제 다시 시와 기사, 이야기와 에세이 읽기에서 즐거움을 찾아보려고 노력하는 중이다. 나는 무시무시한 '읽어야 할' 책 목록을 초기화했고, 새로이 접어든 이 시기에 맞추어 새로운 책을 고르기로 했다. 휴대전화에 있는 수많은 앱도 삭제했다. 그것들이 내 주의를 흐트러뜨리고 있었다고 핑계 대고 싶지만, 사실은 집중력이 제풀에 흐트러졌다는 것을 나는 안다. 이 수개월, 수년간의 혼돈으로 나는 세상의 온갖 복잡한 현실로부터 조금씩 멀어졌다. 나는 생각한다는 것 자체를 피해왔다. 차라리 주의가 산만해지기를 원했다.

내가 주의를 기울이든 아니든, 변화는 오고 있다. 삶은 예전과 같지 않다. 주변의 사람들에게서 그것을 느낄 수 있다. 변화로부터 벗어나려는 몸부림, 변화가 우리에게 미칠 수도 있는 여파에 대한 두려움, 그저 손 놓고 있고 싶은 충동. 나는 우리가 경직되고, 분열하고, 안으로 움츠러드는 것을 느낀다. 변화를 감당하지 못하는 이들이 벌을 받는 게 아니라, 그것을 받아들이는 이들을 위한 정의가 구현되기를 바란다. 우리 모두가 옹졸한 보복 심리를 딛고 일어설 수 있기를 바란다. 그러나 무엇보다도 우리가 지금 이 시절에 대해, 그리고 서로에 대해 유연해지는 법을 배울 수 있기를 바란다. 어찌 되었든 다시 한데 섞일 수 있기를. 우리를 품고 있는, 그리고 우리가 귀 기울이는 법을 배우기만 하면 여전히 고요하게 수천 년의 지혜를 일러주는 풍경 속에 다시 녹아들 수 있기를.

어떤 방식이든 간에, 삶은 언제나 이렇게 계속되어 왔다. 변화는 쉴 새 없이 움직이며 우리를 발 딛게 하는 기반이다. 옥타비아 버틀러의 '지구종Earthseed' 시리즈 주인공 로런 올라미나에 따르면 "세상에서 유일한 진리"는 신이 변화하며, 신성은 그 변화에 맞추어 발견된다는 것이다. 그녀는 운율을 맞춰 이렇게 적는다. "우리는 신을 숭배하지 않는다. 우리는 신을 인지하고 돌본다 / 우리는 신으로부터 배운다. (…) 우리는 신을 규정짓는다." 변화는 그 어떤 것만큼이나 진리이고, 우리의 마음에 휴식을 주는 공간만큼이나 신성하며, 심사숙고해야 하는 개념만큼이나 도전적이다.

우리는 이 신을, 우리의 존재를 통해 허리케인처럼 몰아치는 이 저항할 수 없는 힘을 어떻게 만나는가? 우리는 적응한다. 우리는 진화한다. 우리는 재구축하고 재구성하고 재정립한다. 우리는 신이 우리에게 말해주어야 하는 것을 듣고 새로운 지식을 통합하는 작업을 수행한다. 때로는 책에서 신을 읽어내기도 한다. 때로는 공기에 실려오는 내음과 새들의 비행경로 따위처럼, 다른 곳에서 읽어내기도 한다. 때로는 우리가 믿는 것을 상기시키는 마법의 짜릿함을 느낄 필요가 있다.

무언가를 기념해야 할 때마다, 무언가를 실감 나게 느낄 필요가 있을 때마다 사용했더니, 내 싸구려 화로는 이제 닳아가고 있다. 오늘 밤 나는 불을 우리의 신화 속으로 다시 통합하고, 다시 안전한 것으로 만들려고 시도하는 중이다. 불은 우리가 그 주위에서 어떤 행동을 하느냐에 따라 안전한 것이 될 수 있다고, 늘 버트에게 말해왔다. 우리는 이 길들일 수 없는 힘을 우리 삶으로 가져와 매혹의 의미를 상기시킨다. 모든 존재에 걸쳐 그 힘의 가장자리에 기억되는 매혹. 통제력을 갖는 쪽은 결코 우리가 될 수 없다. 매혹은 언제나 우리의 존경, 우리의 세심한 행위, 우리의 면밀한 집중력을 요구한다.

우리는 오늘 불에 탄 건물에 가서 경찰 출입금지 테

이프 너머로 안을 힐끔 들여다보며 그 황폐함을 느끼고
왔다. 버트는 건물을 보고 싶어 했다. 그 아이의 마음속
에서는 여전히 그 건물이 불타고 있었고 영원히 불타는
위협이 되고 있었다. 그러나 실상은 차갑고 축축한 데다
본래의 형체를 도저히 알 수 없을 만큼 건물의 뼈대만 남
아 있었다. 뒤틀린 철근이 있고, 숯검정처럼 탄 나무는
동물 가죽처럼 매끄럽게 윤이 난다. 그 나름대로 길이 들
어 있다.

월계수 나무의 가지를 치고 남은 다발을 내 화로의
불 속으로 던진다. 나뭇잎은 메말라 있고 갈색이다. 가지
다발은 타닥타닥 소리를 낸다. 나는 나무 향을 머금은 연
기를 들이마신다. 이글거리는 불꽃. 불은 가느다란 잔가
지 사이로 붉게 솟아오르며, 그 잔가지들을 모세혈관 삼
아 춤추고 있다. 잔가지들은 모두 타서 없어지고, 불은
더 굵은 가지를 타고 올라 타오르는 허기로 무늬를 그리
며 천천히 제 갈 길을 가고 있다. 불이 연료를 갈망하는
광경은 마치 욕망이 움직이는 것을 목격하는 듯하다. 무
슨 일이 생기든, 내가 무엇을 하든, 모든 것은 아침이면
재가 될 것이다. 불을 가로막는 것은 내가 할 일이 아니
다. 나는 내가 깃들어 살아야 할 이 새로운 세상과 새로

운 방식을 받아들일 준비가 되어 있다고 생각한다. 다만 내게 주어진 일부로 받아들이기까지 시간이 조금 필요할 뿐.

1833년 별들이 떨어진 밤 이후, 별들을 목격한 이들은 그 현상을 이해하느라 바빴다. 과학자들은 측정치를 비교하고 논문을 썼으며 과거에 있었던 패턴을 되돌아보았으나, 쉽게 알아낼 수는 없었다. 30년 주기로 11월 중반이면, 약간의 날짜 오류와 템플 터틀 혜성의 경로에 경미한 변경이 있기는 해도, 세상은 지구의 움직임에 따라 화려한 유성우의 향연을 경험한다. 정말로 놀라운 것은 우리가 그것을 종종 잊어버리고 살아간다는 사실이다.

그러나 사람들이 별들이 떨어지는 현상을 이해하고 그 의미를 도출하기 위해 사용한 수단은 과학만이 아니었다. "사람들은 두려워했고 종말이 왔다고 생각했다." 스미소니언박물관에서 유성우를 묘사한 작품을 전시한 퀼트 예술가 해리엇 파워스는 이렇게 썼다. "신의 손이 별들을 떨어뜨렸다." 유성우는 그녀가 1837년 노예로 태어나기 전에 일어난 일이었지만, 그녀가 퀼트를 만들 수 있을 정도로 성장했을 무렵에 이르러서는 자신의 생년월일과 혈통에 대한 정보에 접근이 허용되지 않았던 아프

리카계 미국인들에게 시대를 헤아리는 지표로 자리잡게
되었다. 별이 떨어진 밤은 그들이 자신의 이야기를 할 때
연대를 구분하게 해주는 변함없는 기준점이 되었고, 그
당시 입에서 입으로 전해진 역사는 미래 세대가 조각조
각 찢어진 역사를 재정립할 수 있도록 해주었다. 작가이
자 계보학자인 앤절라 Y. 월튼 라지는 그날 밤에 대한 고
조할머니 아만다의 이야기를 통해 고조할머니의 생일을
어림잡아 파악할 수 있었다. "고조할머니는 1920년 돌아
가실 때까지 그날 밤에 대한 이야기를 하고 또 하셨다."
유성우를 직접 본 사람들은 그 이야기를 하지 않을 수 없
었고, 그들의 목소리는 미래 세대에까지 울림을 보냈다.

　유성우는 온갖 형태의 지식을 통해 울려 퍼졌다. 그
이야기는 많은 노랫말과 책 제목에 등장했다. 윌리엄 포
크너에서 스콧 모머데이에 이르기까지 여러 문학 작품에
서 언급되기도 했다. 에이브러햄 링컨은 별들이 그 표면
위에서 벌어지는 전쟁에도 흔들림 없이 자신의 자리를
버텨낸 사자자리 유성우를, 미국 연방이 어떻게 어려움
을 견뎌내야 하는지를 보여주는 은유로 삼았다. 별들이
만든 장관은 하나의 일관된 효과를 발휘한 것도, 어떤 확
고한 결론을 이끌어낸 것도 아니었지만, 경탄과 매혹을

불러일으켰고, 사람들에게 새로운 방식의 표현과 신선한 해석을 모색하게 함으로써 인류의 이해 수준에 도약을 가져왔다. 공통된 관심사로 사람들을 결속시켰으며 창공을 둘러싼 분열되어 흩어진 의미를 통합했다. 우리는 직접적이고 구체적으로 발현되는 매혹을 구하려 하다가 놓치는 것이 있다. 한 번에 모두 삼키기에 매혹이 너무 크다는 사실이다. 매혹은 별무리 안에서 가르침을 주고, 평생에 걸쳐 천천히 어떤 한순간에 동화되는 작업을 수행하도록 우리를 인도한다.

월계수 나무의 가지를 치고 남은 다발을 내 화로의 불 속으로 던진다.
나뭇잎은 메말라 있고 갈색이다. 가지 다발은 타닥타닥 소리를 낸다.

나는 나무 향을 머금은 연기를 들이마신다.
이글거리는 불꽃. 불은 가느다란 잔가지 사이로 붉게 솟아오르며,
그 잔가지들을 모세혈관 삼아 춤추고 있다.

잔가지들은 모두 타서 없어지고, 불은 더 굵은 가지를 타고 올라
타오르는 허기로 무늬를 그리며 천천히 제 갈 길을 가고 있다.

불이 연료를 갈망하는 광경은 마치 욕망이 움직이는 것을
목격하는 듯하다.
무슨 일이 생기든, 내가 무엇을 하든,
모든 것은 아침이면 재가 될 것이다.
불을 가로막는 것은 내가 할 일이 아니다.

나는 내가 깃들어 살아야 할 이 새로운 세상과
새로운 방식을 받아들일 준비가 되어 있다고 생각한다.
다만 내게 주어진 일부로 받아들이기까지
시간이 조금 필요할 뿐.

공기

비행, 삶의 인터미션

우리가 막 공중으로 접어들 때 누군가 오렌지 껍질을 벗긴다. 그러자 비행기 안 전체가 할머니와 함께 보냈던 고즈넉한 오후의 향기로 가득 찬다.

이 향기는 신기한 효과를 발휘한다. 멀미에 대한 방어기제가 되어주는 것이다. 나는 움직이는 상태에서는 늘 불안하다. 내 발이 굳건히 땅을 딛고 있는 것이 좋다. 나는 버스에서, 해협을 횡단하는 페리에서, 그리고 차 뒷좌석에서 메스꺼움을 달래기 위해 오렌지 껍질을 까곤했다. 때로는 그 효과를 극대화하려고 종이 가방에 오렌지를 담아둔다. 설령 효과가 일시적일지라도, 오렌지는 마치 수술용 칼처럼 메스꺼움을 가른다.

공기

　똑같이 생긴 좌석 등받이의 행렬 속에서 누가 오렌지 껍질을 깠는지 알 수 없지만, 어쩌면 그 사람도 나와 비슷할지 모른다. 그 사람도 제 위치에서 벗어난 듯한 비행의 혼돈을 겪고 있는지 모를 일이다. 나는 비행기를 신뢰하지 않는다. 비행기의 메커니즘, 공기만으로 지탱되는 그 방식을 절대로 이해할 수 없다. 비행을 하려면 신을 향한 믿음처럼, 과학을 향한 믿음이 필요하다. 비행기에 대한 내 생각이 부적절하다고, 남들이 나보다 더 잘 알고 있다고 믿어야 한다. 옆에 앉은 버트는 나와 마찬가지로 불안한 기색을 드러내며 내 손을 꼭 잡는다. 우리는 둘 다 귀의 압력을 완화하기 위해 껌을 씹고 있다. 나는 그에게 껌을 뱉으라고 티슈를 주고 물병을 건넨다. 병뚜껑을 돌리자 쉬익 하고 공기 빠지는 소리가 난다. 그걸 보니 내가 왜 다시 어지러움을 느끼는지 알 것 같다.

　기차에서 나는 언제든 명상을 할 수 있지만, 비행기에서는 절대 그럴 수 없다. 단순한 움직임의 문제가 아니다. 그보다는 접촉의 문제다. 여기 이 위에서 나는 경계를 늦출 여유가 없다. 아래에는 대략 11킬로미터 정도 높이의, 다름 아닌 불안정한 공허만 있을 뿐이다. 하늘 위에서 나는 뿌리를 내릴 수가 없다. 나는 두 가지 견고한 공간 사이에서 이동 중에 있다. 비행은 마치 삶이라는 현실 세계의 인터미션처럼 느껴진다.

우리는 가야만 했던 여정을 마치고 돌아가고 있다. 팬데믹이 우리를 갈라놓은 이후 처음으로 스페인에 계신 내 어머니 댁을 방문했다. 버트는 도시의 이곳저곳에 점처럼 퍼져 있는 여러 야외 수영장에서 물놀이를 즐겼다 (착륙하는 동안 상공에서 바라보면, 수영장들은 마치 깜빡임 없이 이쪽을 응시하는 파란 눈동자들처럼 보인다). 나는 어머니가 잘 지내고 있음을 확인했다. 나는 내 경계심 목록에서 항목 하나를 더 지울 수 있기를 바랐다. 여기 이렇게 공중에 떠서, 어머니의 안녕이 불안정하게 부유하는 내 경계심에 바닥짐이 되어주기를 바란다. 어쩌면 그에 힘입어 내가 다시 닻을 내릴 수 있을지도 모른다.

비행기가 요동 치자 버트가 묻는다. "뭐였어?"

"난기류야." 내가 대답한다. "걱정할 것 없어."

나는 갑작스러운 고도의 하락을 액체 따위가 흘러넘치는 정도로 파악했던 것을 기억한다. 물이 물병에서 요동친다. 승무원들은 아무런 동요 없이 통로를 왔다 갔다 하고 있다. 광활한 하늘에서 우리를 불안하게 하는 이런 세찬 흔들림은 아무것도 아니다. 우리가 상공으로 올라

온 것에 비하면 극소로 미세한 하강일 뿐이다. 그러나 인체는 추락에 대해 노파심이 있기에, 우리는 어떤 경우든 마음의 각오를 한다.

문제는 공기가 우리에게 낯선 물질이라는 점이다. 우리는 공기의 무형성, 투명성을 신뢰하지 않는다. 그 존재감이 우리의 손가락 사이로 너무나 쉽게 빠져나가기 때문이다.

집에 도착하기가 무섭게 꼭 하고 싶었던 일을 행동으로 옮긴다. 나는 우리 카운티의 남쪽 끝으로 차를 몰고 가 그레이트스톤 해변 근처의 주택가에 차를 세운다. 어릴 때 자주 가던 곳이다. 그러나 오늘은 모래사막이나 바다에는 관심이 없다(세차할 일만 생길 뿐). 나는 반대 방향으로 걸어서 롬니 샌즈 홀리데이 파크 쪽을 향해 자갈밭으로 넘어간다.

가끔, 스스로 특별 선물을 주듯, 모두가 해변에 나갈 때 나는 할아버지와 함께 여기서 작은 기차를 타곤 했었다. 엄마는 이 길 어디쯤엔가 우리를 내려주었고, 할아버지와 나는 1920년대 이래로 불과 약 40센티미터 간격으로 선로를 돌았던 작은 기차들이 모여 있는 롬니 히스 앤드 딤처치 철로에 올랐다. 대부분의 철도 차량은 여전히 증기로 움직인다. 이 선로에서의 여행이란 조그만 객차에 웅크리고 앉아 롬니 습지의 양 떼들을 지나 낯선 불빛과 어슴푸레 보이는 발전소가 있는, 황량하지만 사랑받는 던지니스 황무지에 다다를 때까지 등을 내보이는 집들의 곁을 따라 굴러가는 것이다. 나는 그때 그 여행이 좋았다. 기차에 들락날락할 때마다 늘 머리를 부딪치고, 반드시 멈춰 서서 기관사와 잡담을 해야 직성이 풀렸던 할아버지에게 어디서든 호위를 받는 것이 즐거웠기 때문이었다. 나는 지금도 기차 여행이 좋다. 석탄과 증기의 냄새, 그리고 잘 닦인 엔진의 광이 할아버지와 여행하던 그때의 완벽한 만족감으로 나를 데리고 가기 때문이다.

나는 트레일러 행렬을 지나 걸어 나가면서 기차 소리를 듣는다. 편평한 대지에 메아리치는 부엉이 울음을 닮은 새된 소리다. 기차는 증기를 뿜으며 굴러가고, 나는 그 냄새를 느낀다. 나는 지금 갈대가 바스락거리는, 깊고도 매력적인 두 호수 사이의 길 위에 있다. 이윽고 던지니스의 '콘크리트 귀'가 나타난다. 콘크리트 귀는 호수 뒤편에 의기양양하게 서 있고, 그 회색의 우묵한 접시는 희망에 찬 듯 하늘을 향해 기울어져 있다.

이 음향 미러는 1920년 후반에 켄트 해안 곳곳에 설치되어, 진입하는 비행기를 위해 신속한 경고 체계를 제공했다. 각각 6미터와 9미터가 넘는 두 개의 거대한 접시는 들어오는 항공기에서 방출된 음파를 포착하고 집중시킨 후 마이크로폰을 통해 운영자에게 전달하는 역할을 했다. 60미터가 넘는 곡선형 벽인 제3의 음향 미러는 그 직후에 세워졌다. 청명한 날에는 약 38킬로미터의 범위 내에서, 이 접시들은 항공기가 더 빨라짐에 따라 최대 15분의 침입 경고를 보냈다. 그러나 접시들은 설치되자마자 곧, 수동적으로 소리가 도착하기를 기다리지 않고 적극적으로 전파를 발사하는 레이더에 자리를 빼앗겼다. 접시들은 이제 오직 입에서 입으로 전해내려오는 유물로서, 또 한물간 구닥다리 기술로서 서 있다. 그러나 나에게 접시들은 그 자체로 매혹적이다. 10대 시절 물리학을 공부할 때 나는 노트에 도식적인 형태로 옮겨 그린 음파의 존재를 믿기가 어려웠다. 소리를 듣는 귀를 보고, 그 귀가 이 음파의 경로를 어떻게 포착하는지, 그리고 음파가 모이고 소리가 들리는 초점을 향해 어떻게 튕겨 나가는지를 알고 나서야 그 존재를 믿게 되었다. 음향 미러는 눈에 보이지 않는 과정을 드러내 보여주며 우리가 인지

하는 범위가 얼마나 협소할지 보여준다. 세상에는 우리가 보지 못하는 것들이 많다. 우리가 듣지 못하는 것들도 많다. 공기는 온갖 정보를 머금고 있다. 우리는 그저 그것을 들을 수 있는 올바른 길을 찾으면 된다.

던지니스의 귀는 나의 신성한 장소이자, 즐겨 찾는 순례지이다. 내 눈에 그것은 음파 이상의 것들을 모으는 것처럼 보인다. 던지니스의 귀는 얽히고설킨 복잡한 감정들, 향수, 비탄, 아웃사이더의 비애를 응집시키고 다시 공중으로 내보낸다. 거기에 가면 잠시 고즈넉한 상태로, 그 구조물의 콘크리트가 표출하는 부드러운 야만성, 그리고 어찌 되었건 변방일 수밖에 없는 주변 지형 속에 구조물이 녹아들어간 모습을 달콤하게 음미할 수 있다. 던지니스는 이질적인 것들이 한데 모인 듯한 인상이 든다. 원자로와 묘한 크기의 기차들, 고철로 지어진 집들. 물론 이질적인 것들의 안식처가 된 그곳에 불안정한 감정을 몰고 온 나 역시 이질적인 존재이지만.

반도를 따라 조금 더 가면 프로스펙트 코티지라는 검게 타르로 칠한 집이 나온다. 설치미술가이자 영화감독인 데릭 저먼이 말년을 보낸 오두막이다. 에이즈로 죽음을 향해가던 그는 온 벽면을 책과 그림과 시로 채워서 이

집을 하나의 텍스트로 변모시켰다. 선박용 합판을 손으로 잘라 만든 외벽에 존 던의 시 〈떠오르는 태양〉이 저먼의 손글씨로 적혀 있다. "바쁘기만 한 늙은 바보, 제멋대로인 태양아 / 넌 왜 이처럼, / 창문과 커튼을 통해 우리를 찾아오는가?" 이 작품을 설치한 예술가 피터 필링햄은 저먼이 병원에 오랜 기간 머무는 동안에도 매번 오두막을 새롭게 꾸밀 방법을 구상했고 친구들에게 전화를 걸어 그의 계획에 관해 이야기하곤 했다. 주인의 삶이 스러지는 와중에도, 삶은 이렇게 집을 이루고 있는 직물에 스며들었다. 시는 이렇게 읊조린다. "사랑에게는 모든 때가 똑같아, 계절도 날씨도 모르며, 세월의 조각인 시간도, 날도, 달도 알지 못하네."

프로스펙트 코티지에서 가장 유명한 곳은 저먼이 주변의 조약돌 밭을 가꾸어 만들었다는 정원이다. 그칠 새 없는 던지니스의 세찬 바람을 이겨낼 수 있는 몇 안 되는 식물들이 드문드문 나 있고, 근처 해변에 떠밀려온 나무와 녹슨 금속들이 눈에 띈다. "사람들은 내가 마법을 바라고 정원을 일군다고 생각했다. 나는 그것을 치료법으로 여겼다." 그가 쓴 말이다. 완치라는 기적을 꿈꾸며 정원을 만든 것은 아니었더라도, 그런 척박한 토양에 오아

시스를 만들고, 그 장소를 매혹적으로 변모시키면서, 자신의 정원 가꾸기를 마법의 행위처럼 느끼게 되었다는 사실만큼은 그도 부인할 수 없었을 것 같다. 데릭 저먼이 세상을 떠난 지 얼마 안 되어, 흔치 않은 개방일에 내가 프로스펙트 코티지를 방문했을 때, 그 작은 집에는 벽 자체에서부터 평화가 배어 있었다. 그것은 엄청난 변모의 결과다.

　갈 곳 잃은 영혼들은 오래도록 바닷가에 머무르며 공기를 쐬었다. 그러나 콘크리트 귀가 눈에 보이지 않는 것들을 분명히 드러내는, 오직 이곳에서 비로소 공기를 쐬는 목적이 선명해진다. 공기는 안에 있는 것을 분출하는 공간이다. 공기는 퍼뜨리는 것이 일이다. 안개를 흩어 없애고, 씨앗을 흩뿌리고. 미묘하게, 눈치챌 수 없게, 공기는 새로움을 데리고 온다.

후광을 입은 유령

18세기 말엽에 J. 루드 조던은 독일 북부에서 가장 높은 브로켄산에 오르기로 했다. 하르츠산맥은 마녀와 악마의 전설이 넘실대는 험준한 곳이지만, 5월 말의 이 날은 참 아름다웠다. 동이 트기 전에 출발한 그는 하늘이 붉게 물드는 것을 지켜보았다. 곧 태양이 수평선에서 솟아오르며 그곳의 풍경을, 그리고 등산객을 고즈넉한 분위기로 감싸는 듯했다. 옅은 안개가 발 아래 산맥 주위로 모여들기 시작하더니 이내 자욱한 안개로 변했다.

그는 토이펠슈칸첼, 즉 악마의 성단에 올랐다. 괴테가 《파우스트》에서 사탄이 잔치를 벌이는 장소로 설정했던 화강암의 노두였다. 정상에 서서 그는 보름베르크 꼭대기를 올려다보다가 숨이 멎을 듯 놀랐다. 받침대 위에 서 있는 듯한 거대한 인간의 형상을 보았기 때문이었다. 그것은 휙 하고 빠르게 지나갔다. 조던이 지켜보는 가운데, 안개가 발밑에서 옅어지고 그 유령 같은 존재는 사라졌다.

그 괴이한 형상과 아주 짧게 조우했던 조던의 경험은 극한의 장소까지 발을 들여놓은 이들이 전하는 온갖 희한한 이야기 중에서는 여러 면에서 그리 인상적이지 않았다. 숭고한 풍경은 매일의 편안한 일상으로부터 우리를 분리하여 이해의 가장자리로 데려가는 경계 공간이다. 그 가장자리에 매달려서, 우리는 종종 그 이면의 무언가를 엿본다. 그럼에도, 조던은 그의 경험을 과장해서 말하지 않는다. 그가 관찰한 것은 불가사의한 위협이라기보다는 야생의 장관에 가깝다. 그는 〈괴팅겐 자연과학 저널〉에 짧은 경험담을 게재했는데, 그 글은 독일어 원본 그대로 새뮤얼 테일러 콜리지의 노트에 옮겨졌고, 콜리지는 30년 후 어느 시에서 그 심상을 활용했다. 이 경험담에서 유령은 순진한 자기기만을 나타내는 이미지이고, 그것이 자신의 그림자라는 사실을 깨닫지 못하는 산지기의 숭배 대상이 된다.

그것이 바로 브로켄 유령 현상Broken Spectre이다. 관찰자가 낮게 뜬 태양을 등지고 서 있을 때 그의 그림자가 구름 위에 드리워지고, 투사되는 각도로 인해 괴기스러운 비율로 늘어나 보이는 것이다. 이 효과는 종종 보이는 대상의 발에서 그림자가 더 떨어져 있을 때 극대화된다. 형태에 관한 우리의 익숙한 관념을 깨기 때문이다. 시시각각 모양이 변하는 구름의 성질과 그 구름이 투영되는 안개로 인해 유령은 기묘하게 움직이는 것처럼 보일 수 있고, 우리는 그림자가 실제로 얼마나 떨어진 거리에 있는지 판단하기가 어렵기에 그 크기를 훨씬 더 크게 느낄 수 있다. 조던의 이야기에는 한 가지 빠진 것(콜리지의 시에서는 중요하게 다루어지는데도)이 있는데, 이 현상에서 가장 흥미로운 특징인 '후광'의 존재다. 거인의 머리 주위에 무지갯빛으로 빛나는 이 원광은 그 광경을 호기심에서 불가사의함으로 끌어올리는 요인이 된다. 브로켄 유령은 그것을 마주친 이들에게 종종 공포 혹은 파멸의 감정을 불러일으키는 듯하다. 그 이상한 생명체가 자신의 움직임을 반영하고 있음을 관찰자가 끝까지 알아채지 못하는 경우는 드물지만, 브로켄 유령은 세속의 인간이 상상하는 천사의 모습을 시사하기도 한다.

　　무지개와 마찬가지로 후광은 물방울을 통과하며 굴절된 빛이 일으키는 효과다. 후광은 관찰자의 머리를 기준으로 태양과 바로 맞은편에 있는 대일점對日點의 한가운데에 있다. 이것이 바로 후광이 태양의 둘레에 나타나는 이유다. 후광은 구름 위의 공간에 독립적으로 존재하는 것이 아니라, 우리의 시선에 따라 위치가 결정된다. 만약 한 무리의 사람들이 적절한 조건 아래 브로켄 유령 현상을 목격한다면, 그들은 한 무리의 유령을 보게 되지만, 관찰자 각각은 그들 자신의 그림자를 중심으로 한 하나의 후광만을 보게 된다.

　　나는 언제나 브로켄 유령을 직접 볼 수 있기를 꿈꾸었다. 어릴 적에 내가 골똘히 읽었던 어스본 월드 시리즈 미지의 유령책에는 브로켄 유령이 땅으로 내려온 천상의 존재로 묘사되어 있었고, 그 책에 나온 대다수의 사례처럼, 나는 그런 일이 나타나는 것에 두려움을 느끼면서도 한편으로는 열렬히 그것을 볼 수 있기를 바랐다. 나이가 들면서 그 현상 이면의 과학적인 배경을 알게 되었지만, 책에서 읽은 목격담에 따르면 그 유령의 모습은 내 분석적인 뇌를 마비시키고 천상의 존재가 산을 순찰하고 있다고 믿게 만들 수도 있을 것 같았다. 그러나 마침내 브로켄 유령을 사진으로 보았을 때는 나는 이미 매혹에서 벗어나 있었다. 인터넷의 발달로 하이킹족들이 찍은 사진을 접할 수 있게 되었는데, 보통 휴대전화나 초기 디지털카메라로 포착한 초점이 흐릿한 광경들이었다. 사진 속의 브로켄 유령은 분명 시선을 사로잡을 만했지만, 일면 프리즘 같은 머리칼을 가진 삼각형의 그림자일 뿐 아무것도 아니었다. 이 사진들을 본 뒤로는 그 초자연적인 힘을 믿는 것을 상상하기가 어려워졌다.

《기억, 꿈, 사상》에서 칼 융은 열여덟 살 때 꾼 꿈에 관해 이야기하는데, 꿈속에서 그는 작은 등불을 들고 안개 낀 곳을 지나가다가 뒤에 있는 어떤 존재를 느끼고 돌아보았다. 그 순간 자신을 따라오고 있는 "거대한 검은 형체"를 보았다. 깨어나자마자 곧 그는 그 형체가 "소용돌이치는 연무에 드리운 자신의 그림자"인 브로켄 유령이었다는 것을 깨달았다. 브로켄 유령은 우리 자신이 만들어내는 유령으로, 문자 그대로 불안정한 표면에 비친 우리 자아의 어두운 부분을 투사한다. 우리가 손을 들면 그 형체도 그에 반응하여 손을 든다. 단, 하늘의 포물선에 거의 닿을 듯해 보인다는 점이 우리와 다르다. 우리가 달리면 그 형체도 달린다. 단, 우리라면 바위에 걸려 넘어질 산 위를 성큼성큼 달린다는 점이 다르다. 그들은 마치 우주의 불가사의에 대한 해답을 알고 있다는 듯이 머리 위에 후광을 두르고 있는 모습의 우리 자신이다. 죽은 이들과 용서받은 이들을 기리는 천사의 광환을 지닌 채, 다른 세계로 건너가는 우리 자신이다. 그 형체는 구름 너머의 거대한 우리의 그림자 자아다. 그러니 우리가 이 브로켄 유령과 맞닥뜨리게 된다면, 합리적인 사고로 그 신비를 떨쳐버리기 전에 잠시 넋을 놓고 그 힘을 온전히 느껴보지 않을 이유가 있을까?

우리는 이 현상의 작동 기제를 정확히 알면서도 여전히 그 이상한 힘에 압도된다. 우리는 불신을 멈추고 이 경험을 다른 차원을 인지하는 통로로 삼을 수 있다. 마음속에 불신과 경외감이 동시에 존재하지만 두 감정이 충돌한다는 느낌은 없다. 우리에게는 거의 300년 전으로 거슬러 올라가는 브로켄 유령의 목격담이 있고(그리고 불교 수도원에서 유래한 훨씬 더 오래전의 목격담도 있다), 그 모든 일화에서 목격자는 물질세계에서 어떻게 이런 현상이 나타날 수 있는지 의문을 가진다. 우리의 조상들은 그들이 관찰할 수 있는 것과 축조할 수 있는 것 사이를 넘나들고, 야생의 자연을 거쳐 오며 의미를 만들어내며, 우리보다 더 민첩하고 유연하게 세상을 여행할 줄 알았다. 우리는 스스로 그때보다 더 진보했다고 생각하지만, 사실 우리는 상징적인 개념과 합리적인 사고, 과학적인 것과 매혹적인 것의 복잡한 상호 작용에 대응할 수 있는 능력을 폐기해버렸다. 이들 두 가지는 모두 그 자체의 경이로움이 있고, 그 자체의 숭고함이 있으며, 그 자체의 장엄함이 있다. 생기 넘치는 생태계가 융성하던 곳에, 지금은 모든 것이 규명된 세상의 침묵이 자리하고 있다.

나는 언젠가 나만의 브로켄 유령을 볼 수 있기를 바란다. 절벽 꼭대기에서 이른 아침의 태양을 등지고 서 있을 때 그 일이 일어날 수 있다고 생각한다. 적절한 절벽, 적절한 시간, 적절한 계절이어야 하겠지만 사실 나는 한 번도 산이 친숙했던 적이 없다. 나는 높이에 대한 개념이 없는데 정말 문자 그대로의 의미로 그렇다. 귓속의 림프액이 겨우겨우 유지하는 균형이 높은 고도에서는 여지없이 무너진다. 걸스카우트로 활동했을 때 처음 올라간 산에서 눈앞이 어질어질해지는 바람에 거의 부축받다시피 해서 산을 내려왔다.

그러나 늘 하던 대로 새로운 풍경을 검색하다가 나

는 요크셔에 브로켄 유령 현상으로 알려진 장소가 있다는 사실을 알게 되었다. 번리 무어와 일클리 무어 사이의 경계 지대에 외관상 완벽한 지점이 있다. 쌀쌀한 아침마다 안개가 끼고, 낮게 뜬 태양이 그 지점 너머로 거기 서 있는 사람의 윤곽을 드리우는 곳. 하지만 이런 곳에서 나 자신의 유령을 실제로 볼 수 있을 가능성은 지극히 낮다. 차로 여섯 시간 거리인 데다 정확한 날씨를 예측하기도 불가능하니까. 그래도 나는 가보고 싶다. 유령들이 있었던 장소에 있어보고 싶다.

내 친구 케이트는 이른 아침 도보로 벌리 우드헤드 마을에서부터 번리 무어와 일클리 무어까지 올라, 나를 만나기로 한다. 케이트는 요크셔에서 나고 자란 사람으로, 북부 지역 출신이라는 정체성의 의미를 탐색하곤 하는 작가다. 나는 그저 애정 어린 방문객일 뿐이지만, 거듭 이곳을 찾는 사람이다. 나는 요크셔를 사랑한다. 우리는 근사한 풍경 속에서 눈을 보기 위해 매년 새해 첫날마다 데일스에 머물곤 했다. 나는 요크셔를 '신의 땅'이라 천명하는 것이 지나치다고 생각하지 않는다. 요크셔는 분명 충분히 크고, 모든 창조물을 품고 있는 땅에 걸맞은 꾸밈없고 진지한 아름다움을 지니고 있다.

오늘 황야는 온화한 보랏빛 헤더 꽃으로 덮여 있고, 하늘에서는 천둥이 칠 것 같다. 데일스 웨이로 이어지는 길을 걸으니, 손에 지도를 들고 다니며 느끼던 기쁨이 떠오른다. 우리는 다시 만난 게 얼마 만인지 따져본다. 아마도 3년 만이다. 그때 이후 모든 것이 변했지만, 우리 사이에는 아무것도 변한 것이 없다. 케이트가 온갖 글을 다 읽는다는 사실에도 불구하고, 나는 그녀에게 그동안 아무것도 읽을 수가 없었다고 편히 말할 수 있다. 그녀가 최소한 그 상실감을 이해하리라는 것을 아니까. 가파른 트랙을 계속 오르는 사이, 나는 케이트가 숨을 쌕쌕거리는 것을 알아챈다. 그녀는 천식이라고 말한다. 코로나19에 감염된 이후에 불청객처럼 천식이 재발했다고 한다. 오늘은 신선한 공기가 충분하지 않은 날이다. 우리는 속도를 줄이고, 그녀의 숨소리도 느려진다. 닥쳐온 변화의 여파에 적응 중인 사람이 나 혼자만은 아니다. 내가 잃은 것은 사소하고 분명 회복 가능한 것이다. 이윽고 우리는 높고 평평한 땅에 다다른다. 온 세상이 우리 앞에 펼쳐진 듯한 기분이다. 황야는 강인한 생명력으로 가득하다. 북동쪽으로는 구름이 걷히고 멀리 시내 위로 빛이 새어 들고 있다.

우리 앞에는 목적지로 고른 지점인, 카우 앤드 카프라는 이름의 회색 사암의 노두가 있다. 우리는 개울을 건너고, 나는 이곳을 음미하기 위해 정수 필터로 개울 물을 여과한다. 물은 부드럽고 달콤하며, 언덕길에 익숙지 않은 마른 목을 단비처럼 적셔준다. 나는 걷는 와중에도 물을 마시면 느껴지는 효능, 스스로 풍경 속에 좀 더 융화되는 그 감정을 설명하려고 노력한다. 이곳 북쪽 땅에 찾아와 소리 내어 말하다 보니 내가 혼자서 너무 많은 시간을 보낸 티가 나지는 않을까 염려가 된다. 하지만 그런 건 중요하지 않다. 우리는 부드럽게 굽이굽이 흐르는, 온 천지를 한데 끌어모으는 수다에 더 깊이 빠져든다. 우리는 욱신거리는 다리로 이 높은 곳에 함께 서 있고, 우리의 이야기는 작은 조각들이 한데 섞이며 서로의 주변에서 피어난다. 지금은 모든 것이 허용된다. 모든 것이 이해된다.

나는 유령들이 어떻게 여기서 나타났을까 궁금해하다가 돌연 서쪽으로 향한 땅이 움푹 꺼진 데를 바라본다. 우리 발밑으로 우묵한 그릇 모양이 형성되어 있는 지형이다. 오늘 이곳은 황야의 다른 부분과 마찬가지로 고사리와 헤더 꽃으로 가득하지만, 나는 사방이 고요하고 적막한, 쾌청한 추운 아침에 연무가 이곳에 모여드는 모습을 상상할 수 있다. 요크셔만이 풍길 수 있는 고유의 으스스한 정취. 그러면 나는 비로소 내 그림자가 야생의 황야를 가로질러 살그머니 밖으로 빠져나간다는 것을 믿을 수 있으리라. 그것은 내 안에 있는 인간 본래의 어떤 감정에 호소할 것이 분명하다.

우리는 카우 앤드 카프에 올라서, 잠시 앉아 보온병에 담아온 차를 마시며 시내를 내려다본다. 바로 가까이에, 바위들이 생각지도 못한 생생한 모습으로 서 있다. 장비를 철저히 갖춘 등산객들이 부드러운 사암에 새긴 이름과 날짜들로 가득하다. 낙서 대부분은 빅토리아 시대에 생긴 것인데, 오랜 세월이 흐른 것에 비해 깔끔한 모습이 인상적이다. 로빈슨과 맥도널드, 마셜과 브램리, 오그던과 러벌이 모두 완벽한 필기체로 남겨져 있다. 단골손님 하나가 대문자 N을 모두 거꾸로 쓴 것만 빼면. 이 사람들은 150년 전에 여기까지 올라와서 그들의 이름을 불변의 기념이 되도록 새겨두었다. 조금 후에 나는 청동기 시대에 새긴 글자들이 최근에 새겨진 낙서들 사이에 숨겨져 있는 것을 발견한다. 내가 찾아다닌 것이 나 자신의 유령이 아니라 차라리 이 글자들이었다면 좋겠다는 생각이 든다.

그러나 지금은 그저 케이트에게 학교를 다닐 적 음
악시간에 선생님이 좀 여유로울 때면 이곳에 관한 노래
를 불렀다는 이야기를 한다. 요크셔 방언으로 〈일클리
무어 바트에서〉라는 노래로, 한 젊은이가 모자를 쓰지
않은 채 무어 바트에 나들이를 간 일로 꾸지람을 듣는 내
용이다. 그는 심한 감기에 걸리면 벌레들이 그를 잡아먹
고, 그러면 오리들이 벌레들을 잡아먹는 무서운 결과가
이어질 것이라는 말을 듣는다. 마지막으로 그의 친구들
은 오리들을 잡아먹을 것이고, 화자가 의기양양하게 말
하듯 이는 곧 "우리 모두가 너를 잡아먹는 셈이고… 너
에게 앙갚음하는 셈이다." 모자를 쓰지 않았다는 사소한
실수에 대해 그런 보복 행위를 당해야 하는 이유는 불분
명하다. 우리 모두 젊은 시절 열정을 느끼던 순간을 너그
러이 감싸주는 법을 잊은 것이 분명해 보인다. 하지만 이
노랫말의 메시지는 그런 것이 아니다. 생과 사, 모두가
일클리 무어에 있고, 그것을 통과하는 우리는 오리를 잡
아먹든, 물을 마시든 간에 어쩔 수 없이 그 순환의 일부
라는 것이다. 그러고 보면 우리 조상들이 바위에 그들의
이름을 새겨야겠다고 생각한 것도 놀랍지 않다.
　　꾸밈없는 요크셔의 풍경을 통과하며 다시 남쪽으로

달리자, 조금이나마 균형감을 찾은 기분을 느낀다. 머릿속에 안개가 자욱한 채로 살아왔는데, 돌이켜 생각해보니 안개는 어쩌면 필요한 것이었다. 결국 브로켄 유령처럼 놀라운 존재가 안개에 투사될 수 있다면, 안개는 어쩌면 내가 상상해온, 명멸하는 새로운 자아를 보여주는 스크린으로 기능할 수 있다.

나는 자욱하게 피어오르는 이 모든 공기 속에서 해방되는 무언가를 발견했다. 그것은 내 안에 숨어 있던 작고 갑갑한 그림자다. 그 그림자는 어디서나 마법을 보는 내가 어리석다고, 내가 나 자신을 당혹스럽게 하고 있다고 말한다. 그러나 브로켄 유령은 냉정한 합리성과 유령에 거창한 의미를 부여하는 분분한 해석 사이에서 어떻게 수평을 유지해야 하는지 보여준다. 확실히 우리는 이 그림자를 매혹시킬 필요가 없다. 그저 규명하면 된다. 그러나 이제 우리 인간에게는 더 많은 역량이 있다는 생각이 든다. 한층 새로운 경험, 한층 심오한 이해를 향한 역량. 나는 왜 우리가 더 이상 여기에 도달하려 하지 않는지 이해할 수 없다.

공기는 안에 있는 것을 분출하는 공간이다.
공기는 퍼뜨리는 것이 일이다.
안개를 흩어 없애고 씨앗을 흩뿌리고,

미묘하게, 눈치챌 수 없게, 공기는 새로움을 데리고 온다.

덧없이 사라지는 풍미

나는 다시 교실에 있다. 하지만 이번에는 폴더와 책, 자와 형광펜은 없다. 내 두 손을 사용해 배우려고 노력하고 있다. 이런 방식에 익숙하진 않다. 깨끗한 흰 종이 옆면의 여백에 글자를 쓰고 강사의 입에서 나오는 말들을 가능하면 그대로 내 엉성한 필체로 옮기고 싶어 안달이 날 지경이다. 그러나 오늘은 필기를 하지 않을 예정이다.

필기를 하려는 욕구 때문에 곤란했던 적이 있다. 대학에 입학한 첫 주에, 나는 아주 유명한 사회학자의 입문 강의를 들었다. 학생들은 그의 존재만으로 압도되어야 마땅했지만, 애초에 그가 누구인지 모른다면 불가능한 일이었다.

"필기를 하지 말아요." 그가 말했다. "그냥 귀로 들으
세요."

나는 필기를 했다. 듣는 것만으로는 안심할 수 없었
다. 시간이 지나면 내용은 다 흩어져 없어지기 쉬웠다.
나는 이 새로운 지식을 제대로 포착하고 싶었기에 공책
을 펼치고 쓰기 시작했다. 그런데 하필 운이 나쁘게도 나
는 맨 앞줄에 앉아 있었다. 지도를 따라가다가 허둥대는
통에 강의실에 도착했을 때 다른 자리는 남아 있지 않았
기 때문이었다. 강사는 두 종류의 최근 신문을 들고 흔들
며 신문에 사회학의 주요한 문제들(지금은 무슨 내용이었
는지 기억나지 않는다)이 실려 있다고 말하면서 경기장의
투우사처럼 서성이고 있었다. 한순간, 그는 이 정돈된 연
극 장면을 깨고는 이렇게 말했다. "아까 말했듯이 필기할
필요 없어요." 웃음소리. "이 내용으로 시험 안 봅니다."

수강생 모두를 향한 말이었고, 모두가 웃었다. 나는
잠시 펜을 내려놓고 들으려고 노력했지만 그럴 수 없다
는 것을 느꼈다. 가만히 앉아 있는 것과 정보를 흡수하는
것은 상반된 두 힘의 작용처럼 느껴졌다. 내 정신이 자꾸
강의실에서 논의되는 내용이 아닌 내 몸에 집중하려는
것을 멈추려면 어떤 활동이든 해야만 했다. 나는 받아 적

든가, 아니면 일어나서 실내를 거닐든가 해야 했다. 하지만 강사가 후자의 행동을 싫어할 것이 분명했고, 게다가 지금 그는 에세이 제목과 제출 요령에 관해 설명하고 필독서 목록을 알려주며 지금쯤이면 학교 측에서 우리에게 이 목록을 배포했을 것이라고 말했다. 그러나 나는 그 목록을 받지 못한 상태였다.

너무 놀라서 모든 제목과 부분적으로 들리는 모든 이름을 몽땅 포착하려고 애쓰며, 다시 필기하기 시작했다. 나중에 도서관 색인 카드로 약간의 상상력을 발휘해서 이 책들을 찾아낼 작정이었다. 이 시급한 작업에 완전히 몰두해 있던 나는, 일순간 빠르게 움직이는 공기의 흐름을 감지했다. 누군가 나를 향해 성큼성큼 다가오더니 한 손으로 내 공책 위를 납작하게 누르고 내 펜을 측면에서 두드렸다.

"내가 아무것도 쓰지 말라고 했잖아요." 강사가 말했다. 이제 그의 음성에서 웃음기는 싹 사라진 상태였지만 그래도 장내에서는 웃음소리가 터져 나왔다.

이 일로 강사가 알려주고자 했던 가르침을 얻지는 못했다. '오, 새로운 정보를 습득할 때마다 그것을 공책에 가둬두겠다는 강박에서 벗어나야 해.' 나는 이렇게 생각하지 않았다. 오히려 내 신념은 더 강해졌다. 나에게 쓴다는 것은 휘발성의 사고를 생생하게 포착하는 방식이다. 공책을 펴서 글을 적으면 제대로 정립되지 않고 변덕스럽게 바뀌면서 머릿속에서 떠도는 개념을 견고하게 잡아둘 수 있다. 나는 모든 것을 필기함으로써 그간 알지 못했던 새로운 언어에 자신을 묶어보려고 시도했던 것이 조금도 유감스럽지 않았다. 유일하게 나를 괴롭히는 것이 있다면 그 많은 종이 더미 속에서 그렇게도 소중하게 간직한 생각들을 찾아내기가 어렵다는 점이다. 다락방에 보관해둔 공책들의 무게를 이기지 못하고 언젠가 천장이 무너져 내리지는 않을까 하는 걱정이 들기도 한다.

그러나 여기서, 오늘, 나는 공책을 가져오는 것을 잊었던 것 같고, 그래서 익숙한 구명 뗏목 없이 그냥 내던져 진 채로 있다. 강사는 그의 장비를 꺼내며 우리에게 그 사용법과 다양한 형태에 관해 이야기한다. "아무도 필기를 하고 있지 않아서 좋군요." 그가 말한다. 오늘의 수업은 모두 직접 경험해보는 겁니다." 내 기억력을 믿지 못하는 나는 그 대신 산책할 때 하듯이 사진을 찍는다. 그렇게 하면 나중에 넘겨보면서 필요한 것을 적을 수 있다.

그는 창밖을 내다보고는 말한다. "비가 그쳤네요. 이

제 벌을 보러 갑시다."

내가 여기 온 까닭은 바로 벌 때문이다. 벌집을 꺼내서 꿀을 만드는 작업을 직접 보기 위해서다. 나는 오랫동안 내 정원에 벌집을 들여놓겠다는 꿈을 가지고 있었다. 달콤한 꿀을 특별히 좋아해서가 아니라, 그냥 벌들 자체를 알고 싶고, 공기를 읽는 그들의 신비로운 능력을 이해하고 싶기 때문이다. 하지만 내 조그만 정원에서는 불가능할지도 모른다. 벌들은 괜찮을지 몰라도 이웃들이 괜찮지 않을 것이다. 다른 사람들이 나만큼 벌을 좋아한다는 생각도 들지 않는다. 지난 몇 주 동안 나는 이런 질문을 많이 받았다. "벌에 쏘여도 괜찮아요?"

그러나 어떤 경우든, 나는 오늘 내 정원처럼 조그만 도회지 정원에서도 벌들을 키울 수 있다는 것을 배웠다. 벌들을 2미터 정도 되는 높이의 울타리 안에 둘 수만 있다면 말이다. 그렇게 하면 벌들은 꽃을 찾아 뒤뜰을 가로질러 가기 전에 위쪽으로 날아가게 되어 사람들의 머리 위에서 이동하는 비행경로를 구축하게 된다. 그 대안으로 내가 세운 계획은 내가 늘 꿈꿔왔던 정원 사무실의 지붕에 벌통을 설치하는 것이다. 어찌 되었건 나에게는 결단이 필요하다. 7센티미터보다 가깝거나 7킬로미터 이상 떨어진 거리로 벌통을 옮길 수는 있지만, 그 사이 거리에서 옮기는 것은 불가능하다고 한다. 꿀벌은 정확한 방위를 파악해서 집의 위치를 찾으므로, 경미하게 위치를 변경하거나 아예 먼 곳으로 변경하는 것 말고 정원 잔디밭의 다른 위치로 벌통을 옮기면 집을 찾아오지 못하기 때문이다.

나는 꼭 조이는 소매가 달린 커다란 흰색 양봉용 작업복을 입는다. 조심스럽게 장화 속으로 다리를 밀어 넣는다. 공기가 들어오지 않도록, 적어도 벌이 들어오지 않도록 빈틈없이 여며야 성미 고약한 벌이 나의 유일한 방어막을 뚫는 불상사를 피할 수 있다. 후드 지퍼를 끝까지 올린다. 우리는 그물망이 우리 얼굴에 닿지 않도록 하라는 주의를 듣는다. 벌들이 그물망을 통과해 우리를 쏠 수 있다고 한다. 강사의 말에 따르면 우리가 오늘 만나는 벌들은 공격적이지 않다. 하지만 때로는⋯ 이따금 공격적일 때가 있다고⋯. 언젠가 벌을 들이게 되거든 성격이 좋은 벌들, 아마도 유순한 성질을 가진 것으로 잘 알려진 벅패스트 품종을 구매하고, 벌들이 다른 군락의 바람직하지 않은 종과 교배할 경우 그들의 행동을 주의 깊게 살펴보라는 조언을 듣는다. 마침내 우리는 가죽 장갑을 착용하고 축축한 들판을 가로질러 걸어간다.

산울타리 옆에 벌통 세 개가 있다. 벌들은 거의 보이지 않는다. 빗방울이 떨어지기 시작해서 비를 싫어하는 벌들이 모습을 감춘 것이다. 벌들은 모두 이미 안으로 들어갔다. 벌들을 보기 전에, 우리는 연기를 피울 준비를 해야 한다. 강사는 꼭대기가 윈뿔 모양인 스테인리스 스틸 플라스크 바닥에 있는 건초에 불을 붙이는 시범을 보여준다. 연기 냄새는 페로몬 신호를 감지하는 능력을 차단함으로써 벌들을 잠잠하게 한다. 그러지 않으면 벌들은 침입자가 나타났다는 경고를 감지하게 될 것이다. 연기 냄새로 인해 벌들은 공격할 생각을 하지 않고, 대신 꿀을 관리하는 벌집 안으로 들어간다. 강사는 벌집의 첫 번째 층을 들어 올리고, 드디어 벌들이 잔뜩 모여 윙윙대고 있는 벌집 모양의 나무틀이 드러난다.

강사가 훈연기로 연기를 쐬어주자, 벌써 우리에게 대적하려고 올라온 대담한 몇몇 벌들이 차분하게 아래로 다시 내려간다. 높은 윙윙거림이 울려온다. 5만 마리 정도 되는, 제법 흡족한 듯한 벌들의 소리.

"제가 이걸 할 때 귀 기울여서 들어보세요." 강사는 그렇게 말하며 주머니에서 양봉 도구를 꺼낸다. 고리와

쇠지레가 합쳐진 모양으로, 벌집 틀을 깔끔하게 벌통에서 빼내주는 도구이다. 벌들의 윙윙거림이 요란해진다. 적대감이 높아지고 있다는 확연한 증거이다.

"괜찮아요." 강사가 말한다. 다시 연기를 쐬어준다.

우리는 한 명씩 차례로 벌집에 다가가 벌들을 다루어본다. 나는 직접 해보고 싶어서 손이 근질거리는 것을 참으며 내 앞 차례의 사람들을 지켜본다. 내 순서가 되자 벌통에 다가가 벌집이 내뿜는 열기를 느낀다. 서투르게 틀 아래에 도구를 걸고 끈적한 틈을 느끼며 한쪽 구석을 느슨하게 벌린다. 거기 달라붙어 있는 것은 꿀이 아니라 벌들이 나무 송진으로 만든 프로폴리스로, 벌집에 응집력을 부여하고, 방수 효과를 내고, 박테리아와 포자로부터 보호하기 위해 이용하는 물질이다. 프로폴리스는 살균제 냄새를 풍기며, 나무의 안전을 보장하는 역할을 한다. 나는 도구를 다른 쪽 틈에 넣는다. 벌 군락이 윙윙거리는 소리가 다시 커진다. 다 같이 소리를 내면 벌들의 소리는 정말 크고, 꿀과 프로폴리스의 향, 연기, 그리고 벌통 전체가 손 아래서 진동하는 감각까지 더해져, 인간과 벌의 이 상호작용이 사뭇 완벽하게 느껴진다. 불완전하게나마, 나는 벌과 서로 대화를 나눌 수 있을 것만 같다.

나는 내가 벌들을 차분하고 단호하게 다루면 무언가를 전달할 수 있으리라는 것을 안다. 벌들은 안정적인 손길을 원한다. 그래서 나는 능숙한 사람처럼 틀을 들어 올리고, 그 충격적인 무게를 느낀다. 벌들은 공기를 이길 정도로 가볍지만, 한데 모이면 꽤 무거워진다. 벌들의 호박색 몸은 육각형 셀에서 일하는 동안 서로 부대낀다. 나는 겨울을 위해 보관된 봉개蜂蓋 꿀, 꿀을 만들기에는 아직 너무 묽은 미봉개 화밀花蜜, 그리고 수벌과 일벌이 번데기 과정을 거치는 불룩한 노란 방을 본다. 나중에 다른 학생이 틀을 들어 올리면, 일벌 하나가 나타나 밀랍을 먹어 없애며 나아갈 것이다. 그러나 여기 내 틀에서는 모든 것이 차분하다. 나는 틀을 뒤집고, 다시 내 손가락에 가해지는 그 무게 때문에 틀을 떨어뜨릴까 걱정이 되지만 다른 쪽을 검사한다.

벌들은 이제 보이지 않는 줄에 매달리기라도 한 듯 위로 올라가면서 점점 편치 않은 모습을 보인다. 다시 벌들을 제자리로 돌려보낼 시간. 조심스럽게, 아주 조심스럽게 나는 틀을 원래대로 끼워놓고 들뜬 마음으로 물러선다. 나는 오늘 벌들에 대해 많은 것을 배웠고 그중 이론적인 지식은 일부일 뿐이다. 대부분은 몸이 기억한다.

대부분은 오선 악보에서는 찾을 수 없는 음의 높이와 강도로 이해된다. 대부분은 상호적이고, 강렬하며, 비언어적인 관심을 나누는 일이다.

《향모를 땋으며》에서 로빈 월 키머러는 자연에 대한 사려 깊은 책무, 깊은 지식, 호혜성에 근거하여, 대지에 대한 토착적 이해를 되찾는 인상적인 여정을 보여준다. 우리가 살고 있는 장소에 대해 자세한 배경을 알면, 우리 손으로 그곳을 돌보고 우리 발로 그곳을 거닐면, 우리는 우리의 땅과 서로에게 이로운 대화에 접어들 수 있다. 우리는 대지가 우리에게 말을 거는 방식에 귀 기울이는 법을 배우고, 그리하여 대지가 이해할 수 있게 응답하는 방식을 찾는 법을 배운다. 이 만남은 단순한 거래가 아니라 함께 나누는 일련의 선물이다. 그 모든 이면에는 매혹의 감각이 있고, 생명이 있는 것이든 없는 것이든 자연 세계에 살고 있는 모든 것들에 감응력이 흐른다는 믿음이 있고, 그 기능과 흐름을 향한 지속적인 경이로움의 상태로 들어가려는 소명이 있다.

이러한 책무를 위해 노력하는 하나의 방법은 우리의 대지에 관해 우리가 통달하는 것이고, 우리가 원하는 바를 충족하듯 대지가 원하는 바를 채워주는 방법을 마련하는 것이다. 그러나 정작 우리는 이러한 기술들이 잊혔음을 너무나 고통스럽게 체감할 뿐이다. 아메리카 원주민들은 이러한 전통을 강제로 빼앗긴 역사를 품은 채 살아가고 있다. 나의 지역사회는 그러한 전통을 무관심 속에 잃어버렸다. 그 기술을 이루는 작고 소중한 몸짓은 우리가 무심히 놓쳐버리기 전까지는 지극히 평범해 보였다. 그러나 그것이 사라져버린 지금은 되찾기가 너무나 힘들다. 그것은 직관과 역량이 근원적으로 서로 이어진 연결망의 일부인지라 다시 배우기까지는 평생이 걸리는 일이다. 그러한 기술은 광범위한 것들을 아우른다. 과도果刀를 제대로 쥐는 법에서부터 날씨를 읽는 법까지. 다양한 유형의 숲의 특질을 이해하는 법에서부터 식량을 보존하는 법까지.

이는 지식의 영역일 뿐 아니라 욕망의 영역이기도 하다. 우리는 쉽게 입다가 버리는 50벌의 옷보다 한 벌의 근사한 옷을 원하는 법을 잊어버렸다. 우리는 계절이 바뀔 때마다 제철에 어울리는 새로운 음식을 갈망하는 법을 잊어버렸다. 우리는 머리가 아닌 손으로 지식을 습득하는 법을 배워야 한다.

　　나는 여전히 1940년대 무렵에 사는 것 같았던 할아
버지 댁에서 자란 것이 행운이었다는 생각을 자주 한다.
나는 그 집에 깃든 온갖 종류의 평온을 향한 갈망, 그리
고 그 집이 경외하는 것들에 대한 취향을 흡수했다. 그곳
에서는 시간이 느리게 흘렀다. 오후는 특히 길었다. 우리
는 모든 소유물을 신중히 관리하고 보수했다. 정원에서
할아버지가 딴 온갖 새로운 채소를 함께 먹으며 느낀 흥
분감은 내 또래 사람들에게도 설명하기 힘들다. 나는 갓
썬 재뉴어리 킹 양배추의 붉은 이파리와 양배추에 맺힌
보석처럼 빛나는 물방울을 보면 여전히 말할 수 없이 가
슴이 뭉클해진다.

　　나는 내 할아버지와 할머니처럼 엄격한 삶을 살지
않았다. 그런 단조로움을 그렇게 좋아하지도 않았다. 그
러나 나도 모르는 사이에 그분들이 지닌 삶의 기술을 어
느 정도 전수받았고, 나이가 들어갈수록 그쪽으로 기울
어가는 것을 느낀다. 만약 스웨터에 구멍이 나면 나는 감
쪽같이 수선할 수 있다. 단추도 떨어지지 않게 잘 달 수
있다. 들사리버섯을 알아볼 수 있고 레시피 없이도 케이
크를 만들 수 있다. 인스티티아 자두와 야생 자두, 콥넛
과 헤이즐넛을 구별할 줄도 안다. 사소한 기술이지만 나

의 기술이고, 반드시 내 아이에게도 전수할 생각이다. 그것은 기술 그 자체보다는 그 기술을 둘러싸고 있는 문화 때문에 더욱 소중하다. 블랙베리와 인스티티아 자두를 딸 때는 먼저 그들에게 따도 되는지 물어보는 것이 좋다. 우리는 그렇게 해서 그들이 잘 익은 때를 알게 된다. 우리는 자연에서 원하는 것을 취하고, 그것을 가지고 더 좋은 것을 만들어내고, 만든 것의 일부를 나눌 뿐이다. 결국, 우리는 이런 것들을 선물로 받은 셈이다. 그러니 후대에 전수하지 않는다면 이기적인 일이다.

이런 것들에 대해 설파하고 있자니 마치 역사를 통틀어 서구의 눈을 피해 숨겨온 어떤 머나먼 곳의 문화를 설명하는 인류학자가 된 듯한 기분이다. 그러나 이러한 삶의 법칙들은 그런 식으로 이해될 수 있는 성질의 것이 아니다. 관찰과 실습을 통해 흡수되어야 하고, 페이지 속 활자처럼 엉성한 형태에 귀속되어서는 안 된다. 이것이 바로 대다수 사람들이 역사를 배우는 방식이다. 우리가 되찾아야 하는 또 다른 기술이기도 하다.

전통적인 항해 기술을 바탕으로 항로를 개척할 수 있는 '인간문화재'인 미크로네시아 사람 마우 피아일루는 2010년에 이런 지식을 간직한 채 세상을 떠났다. 마우는 별, 바람, 바다의 움직임을 관찰함으로써 항해하는 법을 배웠다. 그는 바다와 빛이 일러주는 지식을 읽을 줄 알았다. 젖먹이 시절부터 할아버지에게 이런 기술을 전수받은 마우는 해변의 조약돌로 만든 별 나침반을 통해 하늘 지도를 외웠다. 글로 적어두는 것은 허용되지 않았다. 그것은 오랜 시간을 들여 얻어야 하는 지식이었고, 문자로 기술된 어떤 것보다도 기민한 기술이었다. 그는 이런 식으로 100개가 넘는 별들이 어디서 뜨고 지는지, 어디를 가리키는지 익혔다. 1976년 그는 이 기술을 이용하여 하와이에서 타히티까지 혼자서 항해했다. 고고학자들의 추측에 따르면 먼 옛날 고대 선원들이 감행한 바 있는 4000킬로미터가 넘는 여정이었다. 마우는 그게 가능하다는 것을 몸소 증명했고, 그 과정을 통해 그의 놀라운 지식을 보전해야 한다는 운동을 촉발시켰다. 그러나 그는 자신에게는 결코 용인되지 않았던 행위를 제자들에게 허락해주어야 했다. 바로 배운 것을 모조리 적어두는 행위 말이다.

현대의 것들을 모두 언러닝하고 우리 환상 속의 단순한 시대로 다시 돌아가자고 말하는 것은 아니다. 인간에게 오류가 없던 때는 없었고, 우리가 현재 살고 있는 이 시대는 한데 모여 맞춰 나아갈 수 있는 기적 같은 방

법들로 가득하다. 그러나 지금은 성찰의 시간이다. 우리
는 이전 시대의 역경으로부터 가능한 멀리 도망쳐왔고,
이제는 우리가 알고 있는 것과 알았던 것 사이에서 균형
을 찾아야 한다. 우리 존재의 가장 근본적인 것들, 음식,
우리가 사용하는 물건, 우리가 사는 장소에서 다시 매혹
을 찾기 시작한다면, 우리는 우리의 몸과 대지 사이의 연
결성을 되찾는 출발선에 설 수 있게 된다. 이는 추상적으
로는 달성될 수 없다. 우리는 중요한 것들을 더 잘 지키
는 사람이 되는 법을 배워야만 한다.

나는 다시 양봉복과 부츠를 착용하고서, 그물망이
얼굴에 닿지 않게 조심하고 있다. 이전과 같이 연기와 프
로폴리스 향이 풍기고, 바지런한 윙윙거림이 울려온다.
나는 틀을 들어 올려 벌들과 벌집을 검사하고, 꿀의 양과
부화방의 구성을 평가할 순서를 초조하게 기다린다. 아
마 나는 다른 참가자들보다 좀 더 배움에 열성적이고, 벌
들의 돌발 행동에 대해서는 마음이 좀 더 느긋한 것 같다.
나는 이미 벌들을 신뢰하는 법을 배웠다. 그저 나 자신을
아직 신뢰하지 못할 뿐.

양봉 수업을 등록할 땐 내 벌을 키울 준비가 되어서

집으로 돌아오는 모습을 기대했다. 벌집, 양봉복, 그리고 한 상자의 벌들(킬로그램 단위로 무게가 측정되고 우편으로 온다)을 주문하고 나만의 벌꿀을 생산하게 될 것이라 생각했다. 기술적으로는 가능한 일이지만 나는 이제 그것이 내가 원했던 바가 아님을 알게 되었다. 양봉에는 공들여 가꾸는 기술, 남들로부터 배워야 제대로 익힐 수 있는 미로 같은 지식 체계가 있다. 나는 그것을 천천히 받아들이고, 피부와 귀를 통해 가르침을 흡수하고, 때로는 벌에 쏘여보고도 싶다. 앞서 나가기보다는 먼저 그 지식을 깊이 알아보기로 결심했고, 기꺼이 내게 가르쳐주겠다는 사람들도 많이 있다. 여기에는 또 다른 종류의 신앙을 공유하는 또 다른 종류의 모임이 있다는 느낌이다. 나는 혼자서 급히 날아가버리기보다 그들과 연결되고 싶다.

오늘 실습을 담당하는 양봉인은 우리에게 가죽 장갑 대신 라텍스 장갑을 나누어 준다. 그는 벌들을 만나는 데에는 라텍스 장갑이 더 좋다고 말한다. 아무것도 없는 맨손이라면, 벌 군락은 그들 주위에 맴도는 향 때문에 당신의 손으로 몰려들 것이다. 그러나 얇은 장갑 하나가 충분한 보호 장구가 되어준다. 이 벌들은 믿을 만한 녀석들이라, 당신을 쏘려 하지 않는다. 벌들을 존중하는 마음으로 다루면, 벌들은 당신이 위협적인 상대가 아니라는 것을 안다. 양봉인들에게는 각자 자기만의 철학과 접근법이 있다는 것, 그리고 양봉을 하는 데에는 하나의 방법만이 있는 것은 아니라는 것을 나는 벌써 이해해가는 중이다. 관찰하고 흡수하는 것, 그리고 내가 이 일을 잘 하게 되면 어떤 유형의 양봉인이 될지 상상해보는 일이 흥미롭다. 오늘의 양봉인은 훈연을 적게 하는 편이라서 벌들이 우리 귓가에서 윙윙거리고 소매 위를 기어 다니고 있다. 우리는 모두 벌들 무리 사이에 듬성듬성 서 있다. 벌들은 우리가 아직 만나보지 못한 독특한 종류의 꽃이라도 되는 듯 조금씩 조금씩 우리를 탐험하면서 우리의 양봉복을 수놓고 있다.

"여기, 벌들을 만져볼 수 있어요. 부드럽게 해보세요. 쏘지 않습니다." 양봉인이 말한다. 그는 호박색 몸들이 온통 방 위에서 분주하게 바글거리는 틀을 내민다. 나는 손을 뻗어 벌들 위를 맴돈다. 붕붕거리는 벌들이 올라와 내 손에 닿을 것 같다. 그러다가 천천히, 신중하게, 벌 위로 손바닥을 올려놓고는 그 열기, 그 생명력, 그 움직임을 느낀다. 벌들이 흩어지고, 나는 겨울을 대비해 그들이 벌집에 준비해둔 꿀을 만지고 있다.

"맛을 한번 보세요." 그의 말에 나는 서투르게 후드 지퍼를 내리고 그것을 맛본다. 향긋하고, 달콤하고, 약간 레몬 맛이 나고, 기분 좋게 쌉쌀하고, 슈퍼마켓 선반에 놓인 그 어떤 제품보다도 더 복잡미묘하다. 청과물 가게에서 단지에 넣어 판매하는 지역 꿀과도 다르다. 이 순간, 이해되는 것들이 있다. 벌들이 맛보는 세상, 덧없이 사라져서 병에 담길 수 없는 풍미, 그리고 벌의 군락과 앎을 공유하는 것이 무엇인지에 대해.

존재하는 모든 것의 씨앗

지난 생일에 누군가 카드 안에 야생화 씨앗 한 봉지를 끼워서 내게 선물로 건넸다. 나는 정원 가꾸기에 그리 소질이 없다. 나에게는 저장한 씨앗을 담은 쟁반들을 보관할 만한 깔끔한 화분 창고도 없었다. 나는 주방 조리대에 씨앗 봉지를 두었고, 일주일 후 차 한잔을 마시다 그 위에 차를 흘렸을 때 봉지를 거의 버릴 뻔했다. 그러나 문득 정원에 그걸 뿌린다고 해서 해가 될 것은 없다는 생각이 들었다. 이렇게 하면 꽃이 필 가능성이 조금이라도 있지만, 쓰레기통에 던져넣으면 가능성은 제로가 될 테니. 그래서 흙에다가 씨앗을 흩뿌렸고 비가 내려 씨앗들을 토양 속으로 심어주기를 바랐다.

　나이가 들어감에 따라 주변의 친구들은 모두 점점 훌륭한 정원의 파수꾼이 되어가고 있는데, 나는 그러지 못했다. 나는 이 사실이 사뭇 당황스럽다. 마땅히 잘 해야 할 것 같은데, 내 식물들은 잘 자라는 법이 없다. 나는 정원을 채우고 있는 중점토를 탓하곤 한다. 몇 년 전에 수천 킬로그램의 표토를 추가했음에도 불구하고(내 정원은 아주 작다), 토양은 아직도 감자를 수확하기보다는 항아리의 재료가 되기에 알맞은 상태로 남아 있다. 하나뿐인 삽은 구부러진 모양이다. 고사리를 심으려고 작은 구멍을 파다가 이렇게 됐다. 이 모든 것이 내 정원의 특징이다. 변화에 저항하는 특징. 정원은 내 연장과 인내심을 망가뜨려놓고, 무엇을 심든 대부분 죽는다. 뿌리가 내리는 것은 거의 불가능한 일이다.

　한동안 비가 오지 않으면 구부러졌든 말든 간에 삽에 대해서는 잊고 있는 편이 낫다. 건기에는 땅이 굳어버려서 삽이 아예 들어가지도 않으니까. 그러다가 땅에는 금이 간다. 다시 원상태로 돌아가려면 정말 많은 양의 비를 맞아야 한다. 나는 최선의 전략은 무관심이라는 것을 배웠다. 거기서 자라는 식물은 스스로 자라야 한다. 나의 개입은 필요 없다. 내가 심은 식물은 무조건 뿌리가 견고

해야 한다. 그 모든 표토를 추가했을 때 나는 토종 산울타리 묘목들이 될 자작나무와 마가목, 콥넛을 심고 그것들이 스스로 조그만 숲을 만들도록 내버려두었다. 나는 (이제 드문드문 나오기 시작하는) 블루벨 구근을 좀 심었고 나머지는 정원이 알아서 하게 두었다. 나는 싸움을 그만두었다. 정원이 야생 숲이 되도록 놔두었다.

음, 그러니까 거의 야생이 되도록. 위츠터블은 개밀과의 끝나지 않는 전쟁 중이기에, 나는 때때로 커다란 카펫만큼이나 자란 개밀을 뽑아주어야 한다. 그냥 두면 다른 식물들을 다 말라 죽게 하기 때문이다. 메꽃 덩굴도 문제다. 한여름이면 메꽃 덩굴은 하루에 90센티미터 정도씩 파티오를 가로질러 기어오른다. 가느다란 묘목의 몸통을 감은 후 반으로 쪼개버려서 내 어린나무 묘목 두 그루를 해치기도 했다. 그래서 나는 밖으로 나갈 때마다 메꽃 덩굴을 한 움큼씩 모아서 가지고 나간다. 그러나 그게 내 잡초 뽑기의 한계다. 정원의 왼쪽은 라임그린 꽃과 폭죽 같은 잎새를 떨치고 있는 등대풀 수풀이 점령한 상태다. 매력적인 식물이지만 이렇게까지 무성한 것은 곤란하다. 지난 몇 년간 뽑을 만큼 뽑았는데도 늘 다시 되돌아온다. 그래서 나는 그냥 내버려두고 있다. 반대편 담장 아래에서 기어오르고 있는 페리윙클에게도 같은 전략을 취하고 있다. 나는 페리윙클을 정말 좋아하지 않고, 강아지도 아무 이유 없이 페리윙클에 대고 짖어댈 때가 많지만, 내가 없애려고 하면 할수록 더 왕성하게 자라나는 것을 보았다. 이제 나는 패배를 인정했다.

　　내가 정말 좋아하는 식물은 파티오에 매달린 짙은 보랏빛 헬레보어 덤불이다. 나는 구름 같은 물망초 무리 옆에 헬레보어를 심었는데, 물망초는 물론 다 죽었지만 헬레보어는 남아 있다. 해마다 나는 꽃병에 꽂으려고 헬레보어를 좀 꺾고는 후회한다. 금방 시들기 때문이다. 헬레보어는 이전 집주인이 남긴 것으로 보이는 은색 램스이어, 그리고 매년 점점 더 많이 나타나는 피버퓨와 나란히 있을 때 가장 싱그럽다. 엄밀히 말해 피버퓨는 잡초지만, 나는 그 프릴처럼 생긴 잎과 고갯짓하는 하얀 꽃이 좋다. 자세히 보면 민트도 있고, 슬퍼 보이는 로즈마리도 있다. 어느 쪽에도 사라져버리라고 말할 수 없다. 조각처럼 생긴 데다가 버트에게 던지기에도 재미있어서 내가 좋아하는 갈퀴덩굴도 상당히 많이 자라고, 여름이면 알 수 없는 이유로 보리지가 무성하게 자라난다. 그게 내 정원의 전부를 이루는 식물들이다. 정갈한 정원은 아니지만 벌들이 좋아하고, 나 역시 대부분의 나날에는 내 정원을 좋아한다.

야생화 씨앗에서는 싹이 나오지 않았다. 적어도 뒤섞여 있는 식물들 사이에서는 눈에 띄지 않았다. 내가 제대로 알아볼 수 있는지 솔직히 자신은 없다. 하지만 내 집에서 90미터 정도 떨어진 한 골목에는 누군가 분명히 야생화 씨앗을 잘 심어뒀던 게 분명하다. 매년 4월이면 야생화는 길가의 좁은 꽃밭에 모습을 드러내고 여름이 올 때까지 시끌벅적하게 피어난다. 양귀비도 있고, 수레국화도 있고, 금잔화도 있다. 야생 체꽃과 독사지치도 있다. 미나리과 식물인 앤여왕의레이스도 있다. 가운데에 빨간 꽃이 하나 피는데, 바느질하다가 손가락을 찔린 앤여왕의 핏방울을 닮아 그런 이름이 붙었다고 한다. 대지가 따뜻해지면 이들은 흙을 뚫고 나와 우리에게 생명의 싱그러움을 일깨워준다. 아무리 협소한 곳이나 어두운 곳에 있어도, 콘크리트 틈으로 측면에서 자라나야 한다 해도, 어떻게든 무성하게 자랄 수 있는 길을 찾아낸다.

처음 이들이 자라났을 때 나는 몇몇 식물의 이름을 찾아보아야 했다. 그런 지식은 자연스레 생겨나지는 않았다. 양귀비와 수레국화는 쉽게 알 수 있었고, 체꽃은

할머니가 웨딩 부케에 들어 있던 꽃이라고 일러주셨던
터라 알고 있었다. 마침 내 결혼식 날, 나의 부케에도 체
꽃이 들어 있었다. 우리는 알게 모르게 가풍을 계승하는
방법을 찾게 마련이다. 독사지치의 억센 꽃대는 여름마
다 해변 끄트머리에서 솟아나는데, 독사지치는 처음 들
었을 때 나의 흥미를 자아낸 이름이기도 하다. 살모사에
물린 상처를 치료하는 데 사용되었다는 이유로, 살모사
풀, 독사 약초, 독사풀 등 뱀과 관련된 다른 이름으로도
불린다. 독사 지치는 비현실적인, 포화 상태에 치달은 파
랗디파란, 보랏빛과는 사뭇 다른 빛깔을 띠고 있다.

　　야생화의 이름을 대는 일은 나의 오랜 숙원이다. 나
는 중고 휴대용 도감 한 더미와 (보통 별로 효과적이지
않은) 휴대전화 앱을 가지고 있고, 새로운 식물을 발견할
때마다 이름을 찾기 위해 최선을 다한다. 새롭게 눈에 띄
는 식물을 찾는 데에는 한계가 없다. 처음에는 다른 식
물보다 확연히 눈에 더 잘 띄는 꽃과 나무로 시작하게 되
는데, 점차 보다 다소곳한 품종들도 발견하게 된다. 어떤
것들은 아주 작고, 어떤 것들은 봄에 솟아나는 초록빛 물
결의 일부로 조용히 앉아 있다. 자연의 세계에는 세세하
게 관찰할 거리가 끊이지 않는다.

그러나 이렇게 익힌 것들은 영원히 순환하는 망각의 지배를 받는 듯하다. 해마다 내가 알게 된 지식의 절반은 잃어버린다. 마치 내 뇌가 에너지 보존의 행위로서 겨우내 감당하기 힘든 사실들은 밀어내기라도 하는 것 같다. 이듬해가 되면 나는 희미하게 기억나는 식물을 보고서 "이건 향수 같은 냄새가 나는 식물이지" 혹은 "이 잎은 양파 맛이 나"라고 말하겠지만, 이름은 잘 기억하지 못할 것이다. 어떤 이름들은 모양을 보아도 기억이 전혀 되살아나지 않는다. 숲을 걸을 때 파리 떼처럼 항상 주변에 모여 있는 식물인데, 지난해 이맘때는 알았던 이름을 깡그리 잊었다는 게 놀랍다. 나에게 좌절감을 안겨주는 것은 대부분 미나리과 식물로, 어떤 것(큰멧돼지풀)은 피부에 화상을 입히고, 또 어떤 것(독당근)은 독성이 있다. 여름 산책을 하러 밖에 나왔다가 둥실 떠 있는 이 식물의 머리를 쓰다듬으며 카우 파슬리와의 차이를 떠올리면 이름을 기억하는 데 도움이 되겠거니 생각해본다. 하지만 내 뇌는 이것을 버려도 되는 정보로 인식한 것이 분명하다. 매년 봄마다 그 이름을 구글로 검색해야 하는 것을 보면.

이름을 붙이는 것은 힘의 한 형태다. 그것은 잘 아는 대상과의 유대를 공고히 하고, 자연의 경우에는 선대와의 연속성도 공고히 한다. 이름을 붙이는 것은 의미의 선 언이고, 그래서 다시 의미를 창출한다. 이름을 붙임으로 써 우리는 우리가 아는 대상과 오랜 친구처럼 인사를 나 눌 수 있다. 어슐러 르 귄의 '어스시 전집'에서 이름 붙이 기와 마법은 서로 뒤얽혀 있다. 새로운 마법사들은 용의 언어인 태초의 말로 모든 살아 있는 것들의 진짜 이름을 공부한다. 무언가에 이름을 붙일 수 있는 자는 그것에 대 해 힘을 가지고, 어떤 물체의 진짜 이름을 바꾸면 연금술 의 행위가 가능하다. 이 세계관에서 이름은 그 자체로 근 원적 힘이자 창조의 부산물이다. 주인공 게드는 말한다. "내 이름과 두 분의 이름, 그리고 태양의 진짜 이름이나 샘의 이름, 태어나지 않은 아이의 이름은 모두 아주 천천 히 말해지는 위대한 말의 음절들 하나하나인 거예요. 별 들이 빛나며 그 말을 하고 있는 것이죠."

별들이 빛나며 전하는 하나의 위대한 말. 나에게는 힌두교에서 우주의 근원을 나타내는 신성한 음절 옴OM 이 떠오른다. 하나의 위대한 말이든, 혹은 옴이든, 그것 은 모두 생의 근원이 되는 사실을 개념화하는 방법이다. 연금술은 너무나 쉽게 숨길 수 있는 진실을 이해하는 데 유용하다. 모든 것은 서로 연결되어 있다는 진실, 오직 하나의 전체만이 있다는 진실. 우리는 온갖 저열한 인간의 행위와 온갖 아름다운 인간의 행위, 온갖 풀잎과 온갖 산을 아우르며, 해수면처럼 빛나고 바삐 움직이며 변화무쌍한 체제 안에 존재한다는 진실을. 우리 한 사람 한 사람 안에는 그 모두가 들어 있다. 우리 안에는 가장 위대한 선과 가장 무시무시한 악이 모두 잠재한다. 우리와 만물 사이에는 추적할 수 있는 선이 있기에, 우리는 그것이 각각 어떤 느낌인지 직관적으로 안다. 개인적으로 나는 신을 꼭 믿어야만 한다고 생각하지 않는다. 대신 나는 이것을 믿는다. 우리가 귀 기울일 때만 감지할 수 있는 방식으로 우리를 한데 묶어두고 있는 거대한 존재의 그물망을. 우리는 모두 이 거대한 전체를 이루는 티끌이다. 동시에 우리 안에는 그 모든 것이 담겨 있다.

우리는 이 절대적인 연결성을 파악하기가 어렵다. 그냥 잊고 살기를 택하기도 한다. 뒤로 제쳐놓기도 한다. 그러나 그것은 우리가 하는 모든 일 뒤에, 햇빛처럼 실재한다. 전체를 삼키기에는 너무도 커서 우리는 은유를 통해 그것에 접근한다. 괴물과 마법과 광포한 신들에 관해 이야기할 때 사실 우리는 이해할 방법을 찾고 있는 것이다. 사실 우리는 우리에 대해, 우리 모두에 관해 이야

기하고 있는 것이다. 몇몇 옛이야기들은 이제 소용이 없
다. 그 이야기들을 이해하기가 점점 더 어려워지고 있으
니 말이다. 그렇다고 해서 그것들을 버려야 한다는 것은
아니다. 그보다는 스토리텔링에 더 박차를 가해서 우리
의 의미를 가려낼 새로운 방법을 찾아야 한다. 아마 그
것이 바로 우리가 해야 할 일이다. 우리에게 꼭 맞는 이
야기를 기어코 찾아낼 때까지 우리의 이야기를 재구성하
는 일.

　　신은 늘 우리들 사이에서 나직이 불리는 이름이었다.

　　영국에서는 원예가들 사이에서 애물단지로 취급되
는 민들레가 싱가포르에서는 상당한 가격에 이베이에서
거래된다는 이야기를 들었다. 민들레를 사는 사람들은
그 꽃부리의 섬세한 구형에 경탄하고 잎새와 꽃잎이 모
두 식용 가능한 그 넉넉한 효용에 감동한다. 어떤 곳에
서는 보잘것없는 특징이 다른 곳에서는 아름다움이 된
다. 우리는 심지어 이름으로도 민들레를 업신여긴다. 영
어 구어체 표현으로 민들레(잎이 톱니 모양으로 생겼다는

점에서 민들레dandelion라는 이름은 사자의 이빨dent de lion이라는 프랑스어에서 유래했다)는 이뇨제를 일컫는다. 나는 싱가포르 사람들만큼이나 민들레를 늘 좋아했는데, 아마도 그건 완전무결한 잔디밭을 가꾸는 데 별로 집착하지 않기 때문이다. 민들레는 어느 날 내 뒷마당에서 다 사라졌나 싶다가도, 현관문으로 통하는 길의 벌어진 틈에서 용케 다시 솟아난다. 나는 아직도 민들레 시계를 불어 시간을 맞히던 즐거움을 잊지 않았다. 후 하고 부는 한 숨이 한 시간에 해당된다. 한 숨에 다 날아가면 한 시 정각, 두 숨이면 두 시 정각…. 모든 꽃씨가 다 없어졌을 때 시계를 보면, 시간이 맞아야 한다. 민들레 시계는 틀리는 법이 없지만, 늘 줄기에 갓털 몇 가닥이 붙어 있게 마련이고, 그 덕에 시간 맞추기에 능수능란함을 발휘할 수 있다. 맞추고 싶은 시간에 이르면, 마지막까지 남아 있는 꽃씨는 절대로 날아가지 않는 것이라고 우기면 된다. 반대로 숫자를 더 높이고 싶으면 계속 숨을 더 불면 된다.

궁극적으로 꽃은 공기로 만들어진다. 끊임없이 공급되어야 하는 물이라는 생명원을 빼면 남는 것은 대부분 탄소다. 꽃의 골격은 우리가 내쉬는 이산화탄소에서 흡수되는 이 분자로 구성된다. 그렇게 엷은 물질로부터 무엇인가 만들어질 수 있다는 것이 놀랍다.

우리는 스스로 별다른 문화가 없다고 생각할 때가 많지만, 정원의 잡초 하나에서도 실로 무수한 이야기를 풀어낼 수 있다. 이제 이런 이야기들이 우리에게 어떤 의미를 지니는지 이해해야 할 때가 왔다. 또한 이를 또 다른 이야기와 연결해야 할 때가 왔다. 이 새로운 이야기들은 지금 정원에서 우리를 기다리고 있거나, 보도블럭의 갈라진 틈을 비집고 올라오고 있다. 우리는 이런 이야기를 우리 아이들에게 들려주어야 한다. 아이들이 그런 이야기 없이 살아가는 것은 생각도 할 수 없게 말이다. 이런 이야기를 나누는 것은 소속감을 표하는 행위이고, 곧은 뿌리를 땅속에 깊이 심는 방법이다. 한곳에 가만있지 못하고 떠도는 사람들로 가득한 세상에서 이는 환대의 행위이기도 하다. 우리 땅에 살고 있는 것들의 이야기를 할 때, 우리는 새로 온 이들이 주위의 깊숙한 지형을 읽는 것을 돕고, 어쩌면 새로운 곳을 좀 더 집처럼 편안하게 느끼도록 돕는다. 스토리텔링은 언제나 교류하는 것이다. 우리에게 들려주는 이야기에 귀 기울이면 우리의 신화가 풍부해진다. 우리는 크고 아름다운 은유의 세계 전체에 다가가게 된다.

히에로파니.
그것은 우리가 모든 것들에 부여하는 개념이다.
인간으로 살아간다는 것이 무엇인지에 대한
보다 큰 이해로 우리를 이끄는 경험이다.

풍부한 은유의 통로에서 정신을 단련하려는 마음.
이따금 두 발로 땅을 디디고,
땅이 주는 생명의 짜릿함을 느끼려는 마음.
모든 것들이 우리의 관심을 기다리고 있다.

우리는 매혹이 잡초처럼 무성하게 자라나도록 해야 한다.
매혹은 본래 여기 존재하는 것이다.
돌멩이, 메마른 헤더꽃, 바닷소리, 머리 위의 달은
모두 배터리처럼 매혹을 저장한 채,
그 전류가 다시 발견되기를 기다리고 있다.

그러니 신발을 벗어보라.
우리는 늘 신성한 땅 위에 서 있었으니.

에필로그
아이테르

지구가 C/1861 G1 혜성(대처 혜성)의 궤도를 지날 때 혜성이 남긴 잔해는 유성이 되어 지구 대기권에서 타오른다. 매년 4월 말에 볼 수 있는 리리드 유성우다. 리리드 유성우의 빛은 제우스의 명령에 따라 독수리가 하늘에 올려놓았다는 오르페우스의 리라를 가리키는 거문고자리에서 비롯된다. 대처 혜성은 415년마다 돌아오는, 상대적으로 짧은 궤도주기를 가지고 있으며 특히 밝고 빨라서 별 관측자들 사이에서도 상당히 잘 보인다는 평가를 받고 있다.

나는 유성우를 한 번도 본 적이 없다. 해마다 우리 머리 위에서 정기적으로 나타나는 유성우는 열두 가지가 있지만, 보려고 시도하는 사람은 많지 않다. 나도 안다, 보기가 힘들다는 것을. 유성우는 늦은 밤에, 어둡고 추울 때 나타나고, 우리는 사방이 빛으로 오염된 환경에 둘러싸여 살고 있어 하늘을 쳐다보는 일이 드물다. 구름과 폭풍우가 찾아오기도 하고, 다음 날 아침 해야 할 일도 생각하지 않을 수 없다. 하지만 그래도 유성이다. 별똥별이다. 너무나도 마법과 같아서 소원을 빌게 만드는 빛줄기들이다. 분명 보려고 시도할 가치가 충분한 광경 아닐까?

중세 철학에서 지구는 흙, 물, 불, 공기의 사원소로 이루어져 있었지만, 그 너머의 광대한 우주는 완전히 다른 물질로 구성되어 있었다. 바로 아이테르aether다. 이는 우리가 인지하는 상태를 넘어선 특별히 정제된 물질이었다. 완벽한 정수精髓로 알려진 아이테르는 뜨겁지도 차갑지도 않고, 습하지도 건조하지도 않으며, 스스로 밀도를 변화시키는 능력이 있었다. 별과 빛과 중력을 만드는 물질도 아이테르였다. 아이테르는 자연적으로 원운동을 하는 경향이 있었기에 행성의 궤도를 형성했다.

천체가 지구에서 볼 수 있는 것과 똑같은 분자로 이루어진다는 것을 이해하게 되었을 때 우리는 어쩌면 하늘의 마법을 조금 잃어버린 것인지도 모르겠다. 그러나 그 후 전기로 만든 현대 생활의 불빛에 가려 시야에서 희미해진 밤하늘은 이제 다른 방식으로 귀한 존재가 되었다. 청명한 밤, 우리 집 바로 뒷집의 사람들이 방범등을 켜지 않는 한, 무수히 많은 별이 밝게 빛난다. 방범등이 켜져 있으면 전부 보이지 않는다. 하늘은 고사하고 정원의 나머지 부분도 잘 보이지 않는다. 하지만 방범등이 없다 해도 가로등과 동네 상점의 환한 진열장에서 새어 나오는 불빛을 피하기는 어렵다. 이런 빛의 오염만으로도 밤하늘은 잘 보이지 않고 제일 커다란 별만 간신히 보이게 된다. 전깃불에 대한 우리의 사랑은 세상으로부터 얻을 수 있는 경이로움을 조금씩 걷어내고 있다. 만약 내가 유성 폭풍을 보고 싶다면(나는 보고 싶다) 여행을 떠나야 한다.

영국에는 별빛이 밝은 밤하늘을 보호하기 위해 불빛을 통제하는 밤하늘 보호 구역이 꽤 많다. 은하수의 광채를 누리기 위해 주민 전체가 옥외 불빛을 포기하기로 합의한 콜섬과 사크섬이 여기에 포함된다. 그러나 제한된 시간 동안에 여행해야 했으므로, 나는 완벽한 어둠을 찾아 영국 제도의 가장 먼 곳까지 가보고 싶은 욕망을 억눌러야 했다. 그 대신 차를 타고 약 5킬로미터 정도 떨어진 거리의 엑스무어에 가는 편을 택했다. 내가 가장 좋아하는 해안을 향한 진심 어린 갈망을 달래줄 곳임을 알았기 때문이다.

유성을 보러 열 시간의 왕복 여행을 떠나겠다고 말하고 사람들의 반응을 살펴보면, 무언가에 매혹되는 것에 대한 우리의 태도를 여실히 알 수 있다. 내가 말하면, 사람들은 대꾸한다. 와, 그게 가능해? 그러고는 또 이렇게 덧붙인다. 굳이 왜 그렇게까지 하는 거야? 두 반응 사이의 시간은 보통 극도로 짧다. 우리는 자연에서 벌어지는 일에 원론적으로 경탄하면서도 과학적인 규명이 이뤄지기 전까지는 그 경탄을 미루어두는 편을 택하곤 한다. 유성은 완벽하게 일상적인 것과 진귀한 것의 경계에 있다. 유성은 늘 존재하지만, 우리가 찾을 때만 눈에 보이기 때문이다. 만약 유성을 보게 된다면 그 이후 몇 년이 지나도 잊히지 않을 만큼 인상적인 경험이 되리라는 것을 우리는 알고 있다. 그러나 바로 그 일상성으로 인해 우리는 유성을 보러 밖으로 나가기를 계속 미룬다. 결국 정작 아무도 실행으로 옮기는 사람은 없다. 유성은 일식처럼 특별한 사건이 아니다. 그렇다 보니 법석을 떠는 게 좀 바보같이 보이기도 한다. 어린아이 같아서, 어른인 우리에게는 안 어울린다. 그래서 우리는 별똥별에 크게 관심을 두지 않는다.

이제 나는 중요한 것은 탐구심이라는 사실을 깨닫기 시작했다. 매혹에 대한 감각은 근사한 것들에게서만 느껴지는 것이 아니다. 절묘한 아름다움은 머나먼 경치에 숨어 있는 것이 아니다. 경탄을 불러일으키고 신비로움을 느끼게 하는 것들은 우리 주변에 늘 존재하고 있다. 다만 우리가 주의를 기울일 때만 그 존재감을 드러낸다. 우리가 가치를 알아볼 때 진정 귀중한 가치를 발휘한다. 우리가 의미를 부여할 때 의미가 생긴다. 마법은 우리 자신이 불러내는 것이다. 히에로파니, 즉 성스러움의 현현은 우리에게 주어지는 것이 아니라 오히려 우리가 모든 것들에 부여하는 개념이다. 그것은 우리에게 세상의 작용을 드러내고, 우리를 위로하고 매혹하며, 인간으로 살아간다는 것이 무엇인지에 대한 보다 큰 이해로 우리를 이끄는 경험이다. 히에로파니는 진귀한 것 그 자체에 있지 않다. 진귀함은 그것을 추구하는 우리의 의지에 있다. 만약 매혹당하기를 수동적으로 기다리기만 한다면, 우리는 아주 오래도록 기다려야 할 것이다.

그러므로 매혹을 추구하는 것은 일종의 노력이다.

그저 지붕 위에서 빛나는 별을 보기 위해 거친 로드 트립을 떠나는 것만을 이야기하는 것이 아니다. 평생토록 매혹에 열려 있으려는 마음가짐을 이야기하는 것이다. 내 주변의 세상을 인식하고, 적극적으로 사소한 아름다움의 정수를 찾아내고, 숙고하고 성찰하는 데 시간을 할애하려는 마음. 주위의 식물과 장소의 이름을 익히거나, 풍부한 은유의 통로에서 정신을 단련하려는 마음. 다른 사람들과 당신이 상호 연결되어 있음을 표현하는 방법을 찾으려는 마음. 이따금 두 발로 땅을 디디고, 땅이 주는 생명의 짜릿함을 느끼려는 마음. 모든 것들이 우리의 관심을 기다리고 있다. 그러니 신발을 벗어보자. 우리는 늘 신성한 땅 위에 서 있었으니.

우리가 절정에 달한 리리드 유성을 보러 한밤중에 밖으로 나갔던 날로부터 벌써 이틀이 지났다. 버트는 일찍 목욕을 하고, 우리는 아이를 파자마와 후드 차림으로 차에 태운다. 돌아오자마자 곧바로 침대에 들어갈 수 있도록 말이다. 버트는 이제 차에서 잠든 상태로 내가 안고 들어갈 수 있는 시기가 지났는데, 나는 외출 계획을 세울 때 그 사실을 자꾸 잊어버린다. 태양이 낮게 뜬 하늘 아

래, 우리는 숙소를 잡은 마을을 빠져나와 엑스무어의 거
친 자연 속으로 향한다. 길이 좁아지고 야생의 관목지가
우리 앞에 펼쳐진다. 푸르른 들판에는 암양과 어린 양들
로 가득하고, 양들은 어떤 곳에서는 노변의 경계를 점령
한 채 가시로 뒤덮인 골짜기에 온통 털을 떨구며 풀을 뜯
어 먹고 있다. 튼실한 양 몇 마리는 우리 차가 느릿느릿
그들을 향해 다가가도 길 한복판을 차지하고 끝까지 버
티다가 마지못해 뒤뚱거리며 물러난다.

　　길을 따라 높이 올라가니 귀가 먹먹해져서 우리는
균형감을 찾기 위해 민트맛 폴로를 나눠 먹는다. 이 여행
을 예약할 때 나는 슈퍼문은 전혀 생각하지 못했다. 이미
하늘에 떠오른 달은, 궤도상 지구에서 가장 가까운 지점
을 일컫는 천문학 용어인 '근지점'의 90퍼센트 이내에 있
다. 오늘 밤 달이 보기 드물게 밝을 것이라는 말이다. 나
는 달빛이 그보다 창백한 별빛을 잠식해서 내 유성 관측
에 치명적인 영향을 끼치지 않기를 바라고 있다. 달은 비
록 완전히 보름달은 아닌 '혹등달'이지만, 볼록하다. 며
칠 후면 곧 우유달이 될 것이다. 앵글로색슨 전통에서는
하루 세 번 착유가 가능한 달이라 5월의 보름달을 우유
달이라 한다. 8세기의 수도사 성 베다가 조상들이 하루

284

세 번 소젖을 짰다고 언급한, 다산의 계절이자 겨울의 노폐물을 걷어내는 계절인 여름의 시작을 알리는 달이다. 그 계절이 주는 해방감은 지금 우리에게도 여전히 유효하다. 우리를 실내에 가둬두는 암울한 나날들에서 해방되어, 우리는 이제 경이로움을 찾아 밤의 한가운데로 나아갈 수 있다. 집 안에 머물며 보낸 팬데믹의 나날 끝에 우리는 그 어느 때보다도 더 생생하게 이런 감정을 피부로 느낀다.

우리는 홀드스톤다운에 차를 세우고 하늘이 어두워지는 가운데 자갈투성이 길을 따라 언덕을 오른다. 머리 위로는 엷은 푸른 빛과 함께 수평선을 향해 오렌지빛이 물든 창공이 있다. 산마루에 다다르자 땅은 발아래로 사라지고 요동치는 잿빛 바다와 저 멀리 희미한 절벽이 우리 앞에 나타난다. 버트는 가장 먼저 그의 눈에 들어온, 언덕 꼭대기에 자리한 돌무덤에 마음을 빼앗긴다. 그는 운이 좋다. 이제껏 내가 마주쳤던 대부분의 돌무덤은 긴 오르막의 정상에 있거나 보행자들이 그냥 지나가는 장소로 여길 만큼 외진 곳에 있었으니 말이다. 우리는 딱 5분만 걸으면 되었다. 돌 더미는 내 키 정도 되는 높이이고, 지름이 4.5미터쯤 되어 보인다. 맨 꼭대기에는 누군가 세

개의 돌로 미니어처 돌무덤을 만들어놓았는데, 이것이
형성한 아치를 통해 하늘의 일부가 보인다.

돌무덤은 그때그때 모양이 바뀌는 기념물이다. 갈색
으로 변해가는 꽃 한 다발이 바다를 향해 서 있는 어느
돌 아래에 놓여 있다. 나는 버트에게 직접 돌을 얹어도
좋다고 알려준다. 버트는 하나를 올리더니, 가족 한 사람
마다 한 개씩 돌을 더 얹는다. 나, 아빠, 할머니, 고양이,
그리고 개, 모두 그가 아끼는 존재들을 위해. 내가 한 것
처럼, 창조의 행위이자 연결의 몸짓으로, 자신만의 의식
을 수행한다. 누군가에게 보일 필요 없는 그만의 일이다.
그는 벌써 알고 있다. 성장함에 따라, 자신에게 필요한
것은 풍경 전체에서 계속해서 의미를 읽어낼 수 있는 능
력이라는 것을.

나중에 인터넷에서 찾아보니 돌무덤에 대한 부정적
인 논평들이 넘쳐난다. 돌무덤이 고대의 기념물을 훼손
하거나 '자연에 흔적을 남기지 않는다'는 윤리에 어긋난
다는 내용들이다. 즉, 돌무덤은 인간이 야생의 자연에 공
연히 흔적을 남기는 또 다른 방식이라는 것이다. 나는 그
런 논평들이 우리가 자연에 가하는 파괴에 대한 환멸을
표출하고 있다고 생각한다. 고대 의식의 장소에 올려진

돌은 나에게 예로부터 행해진 관례의 연속성, 수 세기를 관통해서 이어진 의미의 흐름을 시사한다. 흔적을 남기는 행위가 반드시 해를 입히는 것은 아니다. 그것이 단지 돌을 한쪽에서 다른 쪽으로 옮기는 행위라면 더더군다나 그렇다. 고대와 현재를 잇는 이러한 연결은 분명 우리를 지금 우리가 딛고 있는 땅에 대한 더 사려 깊은 책임감으로 이끌 것이다.

지금은 오랜 역사적 맥락에서 찾아볼 수 있는 신념 체계를 지녔던 고대의 비이성적인 사람들과 의미를 잃은 근대적 주체 사이의 그릇된 단절을 거부해야 할 때다. 순수한 자연이라는 개념과 자연 속을 거치는 방종한 사람들이라는 이분법적 구분을 거부해야 할 때다. 자연의 풍경으로부터 인간을 깡그리 지우고 인간이 의미를 만들어가는 가변적인 행위를 금지하는 것이 자연을 향한 식민주의적 태도를 버리는 방법이라고 할 수는 없다. 우리는 자연의 풍경을 보존하기 위해 그것을 박물관으로 만들지는 않는다. 우리는 땅과 보다 관대한 관계를 맺고 다시 의미를 부여함으로써 자연과의 균열을 치유한다. 우리는 매혹이 잡초처럼 무성하게 자라나도록 해야 한다. 매혹은 본래 여기 존재하는 것이다. 돌멩이, 메마른 헤더 꽃,

바닷소리, 머리 위의 달은 모두 배터리처럼 매혹을 저장한 채, 그 전류가 다시 발견되기를 기다리고 있다.

바람은 강해졌지만 하늘은 아직 어둡지 않아서 우리는 다시 차를 세운 곳으로 내려간다. 별은 아직 없는데 달은 이제 높이 떠서 아주 밝게 빛난다. H는 길을 따라 조금 더 가면 일시 정차 가능 구역이 있다는 것을 기억한다. 그는 그 길에서 거문고자리가 더 잘 보일 것이라 생각한다. 내 휴대전화의 한 앱에 따르면 별자리는 지금 북동쪽으로 올라가고 있고 아직 하늘에 낮게 떠 있다. 우리는 조금 더 달려서 다시 차를 세운다. 모든 불을 끄고서, 우리는 차창 밖으로 하늘이 어두워지는 것을 지켜보고 첫 번째 별이 나오는 것을 바라본다.

버트는 처음 나오는 별 무리를 본 적이 없었고 그 주위에서 창백한 별들이 점점 더 많이 나타나는 것도 본 적이 없었다. 하늘이 깜깜해져서 별이 보이는 것인지 아니면 우리가 요령이 생긴 것인지 구분할 수가 없다. 아마두 가지 다인 것 같다. 어느 쪽이든, 뒷좌석에 앉은 버트가 흥분해서 재잘거리며 가만히 있지 못해 내 자리까지 흔들린다. 잘 시간이 한참 지난 터라 버트는 그리 오래 버티지 못할 것으로 보인다. 나는 고요를, 이 순간을 오롯이 느낄 기회를 열망하고 있는데, 아마도 가능할 것 같다. 우리는 밖으로 나와 따뜻하게 옷을 껴입고서 차 보닛에 걸터앉아 바다를 바라본다. 아직도 거문고자리가 보일 만큼 어둡지는 않다. 수평선 위로 희미한 띠가 보이고, 바다 너머로 항구도시 스완지의 불빛들이 반짝거린다. 해안을 따라 조금 더 나아간 곳으로는 포어랜드 포인트를 지키는 등대의 규칙적인 깜박임이 보인다. 불빛이 너무 많다. 어둠은 충분하지 않다. 그런 한편 달은 지금 너무나 강렬하게 빛나서 하늘 전체에 베일을 씌우는 위협적인 존재다. 춥고, 바람이 귀를 때리고, 나는 여기까지 왔는데 아무런 소득이 없다. 별똥별은 하나도 보이지 않는다.

그러다가 문득 우리 발치를 보고 깨닫는다. 나는 H에게 말한다. "당신, 헤드라이트를 켜놓았네. 어쩐지 아무것도 안 보이더라니." 하지만 그가 차 열쇠를 찾으려고 움직이자 헤드라이트가 켜져 있지 않은 게 보인다. 그럼 도대체 우리 신발에서부터 시작해서 절벽에까지 늘어져 있는 그림자는 어떻게 생긴 걸까? 잠시 생각해보니 달빛이 틀림없다.

"봐봐!" 나는 버트에게 말한다. "우리의 달빛 그림자야!"

우리는 다 함께 재미있어 하며, 왼쪽에서 오른쪽으로 움직여보고 팔을 들어보면서 진짜인지 확인한다. H와 나는 둘 다 노래를 부르기 시작한다. 나는 캣 스티븐스를, 그는 마이크 올드필드를 골랐고, 목소리가 서로 겹치자 일시적인 혼란이 발생한다. 그러고서 우리는 조용히 사방을 바라본다. 밤은 이미 태양에게서 돌아선 지구에 드리운 그림자가 되었다. 이것은 달빛이 만들어낸 연약한 그림자 안의 그림자다. 나는 예전에도 내 그림자를 본 적이 있는지 기억이 나지 않는다. 아마 보았더라도 인식하지 못했을 것이다. 아니면 충분한 어둠을 만난 적이 없었을지도 모르고, 지금 여기에서와는 달리 내가 미처 그 의미를 풀어낼 준비가 되어 있지 않았는지도 모른다. 나는 별똥별을 찾으러 떠났다가 다른 것을 만났다. 흔하지 않은 천상의 현상이자 내 통제를 벗어난 별똥별 대신 언제나 내 힘 안에서 발견되는 어떤 것을. 무언가를 추구하는 행위는 내 감각을 조율했고 연상할 힘을 주었다. 나는 마법에 마음을 열었고, 내가 찾고 있던 마법은 아닐지라도, 무언가를 찾았다. 우리가 무언가를 찾아 나설 때 계속해서 마주하게 되는 것이 바로 이런 것이다. 그 무언가가 아닌 다른 어떤 것. 우리를 놀라게 하는 통찰. 우리가 한 번도 경험한 적 없었던 연결. 새로운 관점.

가끔은 나의 매혹을 불러일으키는 모든 생각이 이미 내 안에 잠재한다는 사실을 발견한다. 관심, 의식, 혹은 주의 깊게 숙고를 추구하는 것은 나의 외부에서 무언가를 초자연적으로 끌어들이는 것이 아니다. 그보다는 오늘 나에게 필요한 통찰을 얻기 위해 내가 아는 것을 재배열하는 경험을 창출한다. 이것이 바로 상징적 사고가 작용하는 방식이다. 상징적 사고는 일상 속에서 촉발될 수 있고, 곧장 혈류로 스며드는 형태로 나타나는 광대한 이해의 폭을 선사한다. 나는 내 달빛 그림자를 가지고 노는 것이 어떤 의미인지 말로 설명하지 못하겠다. 다만, 나는 그것을 몸으로 느낀다. 내가 알아채지 못해도 그 자리에서 나를 기다리고 있는 것들에 대한 일종의 물리적인 경이로움을 느낀다.

어쩌면 나는 뒤뜰에서 발견할 수 있는 어떤 것에 매혹되기 위해 다섯 시간의 운전도 불사하게 하는 이 세상 이면의 신성한 유머 감각을 감지하는 걸까? 아니면 내가 이미 알고 있지만 분명 되풀이할 가치가 있는 어떤 것을 배움으로써 나를 되돌아보고 그로부터 나름의 재미를 찾으려는 걸까? 무엇이든 중요하지 않다. 사실 나는 두 가지가 묘하게 얽혀 있는 편이 더 좋다. 구멍이 숭숭 뚫려서 경계를 넘나들 수 있는 생각이 계속 나의 궁금증을 자아내는 편이 더 좋다. 우리 삶은 어떤 정해진 결론이 주어지는 것이 아니라 계속해서 탐구해야 하는 것이다. 확실함은 우리를 경직시키고, 더 나아가 세상이 다양한 관점을 아우를 수 없다는 인식을 옹호하게 만든다. 우리는 유연함을 유지하는 편이 낫다. 유연함은 우리에게 성장하고 흡수할 여지를 주고, 일생에 걸쳐 우리에게 다가오는 눈부시게 아름다운 온갖 개념들을 받아들일 공간을 마련해준다.

버트는 다시 차 안으로 들어가고, 이제 이곳에 머물 시간이 얼마 남지 않았다. 아이는 돌아가는 길에 잠들테고 집에 도착하면 깨워야 할 텐데 그게 얼마나 힘든지 나는 이미 잘 안다. 실눈을 뜨고 수평선을 바라보니 별들이 두 배로 잘 보이는 것 같다. 비스듬한 사각형의 거문고자리가 이제 또렷이 보이고 그 아래에는 해가 떨어진 지 한참이 지나도록 바다 가장자리를 비추고 있는 마지막 남은 햇빛이 보인다. 바다에는 너울에 따라 리듬을 타며 움직이는 보트가 한 척 있다. 그 주변으로 겨우 분간할 수 있을 정도로 희미하게 하얀 빛 한 줄기가 휙 스쳐 지나는 것이 보인다. 그 빛이 나타난 하늘로 시선을 돌려보지만 거기에는 아무것도 없다.

　　나는 별똥별을 본 것일까, 아니면 지친 눈동자가 간절히 원하던 환영을 본 것일까? 어느 쪽이든 상관없다. 그냥 느껴지는 대로 생각하려 한다. 떨어지는 별을 만나기 위해 하늘을 바라보기, 그 자체가 바로 내가 원하는 것이었으니까.

당신의 고된 일상에
황홀의 순간이 끼어들 수 있다면

✦

　냄비에 소고기 양지와 사태를 넉넉히 넣고, 하루 종일 푹 끓였다. 그렇게 해서 나온 말갛고 고소한 국물에 손으로 곱게 찢은 고기와 총총 썬 파를 넣고 매콤한 양념장을 적당히 풀어 흰 밥과 함께 저녁 식사를 했다. 며칠 전에 문득 어릴 때 먹던 뜨끈한 국물 맛이 떠올라 엄마가 만들던 그대로 한번 재현해본 것이었다. 내가 이렇게 어린 시절에 먹던 고깃국을 떠올리고 그것을 직접 만들어보게 된 데에는 아마도 캐서린 메이의 영향이 적지 않았던 듯싶다.

　이 책에서 그녀는 할머니가 마치 일종의 의식처럼 식사를 마치고 늘 같은 자리에 앉아 오렌지를 드시던 평화로운 저녁의 기억에 관해 이야기한다. 그 기억으로 인해 오렌지 향기만 맡으면 그때 그 시간으로 돌아가 마음의 안정을 얻는다고 말이다. 메이는 어린 시절의 단편적인 추억들을 떠올리면서 그때엔 객관적으로 아름답지도 않고, 전혀 대단하지도 않은 것에서 쉽게 마법을 발견하고 매혹에 빠졌노라고 회상한다. 그런데 지금은 바쁜 가운데 어딘지 텅 비어 있고, 그렇게 비어 있으면서도 좀처럼 무얼 더 채우지도 못하는 상태라고 탄식한다.

이 책을 번역하다 보니 나 역시 자연스레 머릿속 어딘가에 남아 있던 어린 날 기억의 파편들을 소환하게 되었고, 그러는 사이 엄마가 끓여주시던 국도 생각이 났던 모양이다. 무엇보다도, 어렸을 적 기억을 되짚어보니, 길가에서 먹이를 나르는 개미들의 열띤 움직임, 온 동네를 뒤덮은 눈 결정의 기기묘묘한 모양, 여름방학에 바닷가에서 주워 온 소라껍데기 속에서 들려오는 바람 소리에 마음을 빼앗겼던 순간들이 바로 그녀가 말하는 '매혹'이었음을 새삼 깨닫게 되었다.

수많은 자극적인 것들이 넘쳐나는 세상인지라 이제 우리는 여간해서는 무엇을 보고 경탄하거나 감흥을 얻는 일이 드물다. 이런 상황에서 과연 다시 매혹을 찾을 수 있을까 회의적인 생각이 고개를 들 때, 메이는 불가능한 일이 아니라고 우리를 다독인다. 지금 이 순간도 매혹은 늘 우리 곁에 존재하고 있으며, 다만 우리에게 필요한 것은 그것을 발견하려는 마음가짐이라고.

"매혹은 이 지구를 이루는 요소들과 하나의 이어진 존재의 실로 연결되는 감각이고, 이 상호 연결에 잠재하는 힘이 있으며 우리 인식의 경계에 찌릿한 흥분이 있다는 감각"이기에, 그녀는 옛사람들이 지구를 구성하는 근원적인 요소라 믿었던 4대 원소인 흙, 물, 불, 공기를 중심으로 우리 주변에 숨 쉬고 있는 매혹을 탐험하러 나선다. 선돌을 바라보며 고요한 대지의 힘을 읽어내고, 신발을 벗고 맨발로 흙의 감촉을 직접 느끼고, 두려움과 자유로움을 동시에 부여하는 물의 순환을 몸으로 경험한다. 그런 한편, 야생의 위험이자 삼키고 파괴하는 물질인 불에서 역설적으로 절대적인 생명력을 실감하고, 안의 것을 분출하고 퍼뜨리게 하는 공기는 우리를 숨 쉬게 하는 동시에 꽃을 피어내는 주재료임을 재확인한다.

나는 《우리의 인생이 겨울을 지날 때》를 번역하면서 처음으로 캐서린 메이의 작품을 만났다. 2021년 11월에 출간된 이 책은 여러 가지 고통스러운 일들이 몰려와 삶이 흔들릴 때 그런 고통의 시간을 우리의 삶에 찾아온 겨울로 비유하고, 멈춘 듯지만 겨우내 부단히 봄을 준비하는 자연에서 지혜를 얻어 겨울나기를 하는 과정을 그린 에세이로, 저자 특유의 서정적인 문체와 성찰적인 내용으로 좋은 반응을 얻었다. 국내 독자들의 사랑에 힘입어 그 이듬해 11월에는 그녀의 또 다른 작품《걸을 때마다 조금씩 내가 된다》가 출간되었다. 이 책은 마흔 살에 이르러 뒤늦게 자폐 스펙트럼 장애 진단을 받은 저자가 영국의 험준한 해안 트레킹 코스를 걸으며 자신의 지난날을 되짚어보고 앞으로의 삶을 재정립하는 과정을 담고 있다. 국내에서는 두 번째로 소개되었지만, 실제로는 이 책을 낸 후 그간의 성찰의 결과를 오롯이 담은 책이《우리의 인생이 겨울을 지날 때》였다. 이들 두 작품에 이어 이번에 작가의 신작인《인챈트먼트》까지 번역을 하게 되니 그야말로 감회가 남다르고, 메이와 마찬가지로 아들 하나를 키우며 일하는 엄마로서 연대감을 느끼는 동시에 그녀의 삶을 깊이 응원하는 마음이 든다.

《인챈트먼트》이전에 나온 두 권의 책은 모두 우리가 코로나19의 어두운 터널을 한창 지나던 시기에 출간되었다. 자신의 취약함과 불안정함을 솔직하게 고백하고,

소소한 일상 속에서 얻는 지혜를 통해 그것을 극복해나가는 모습을 그리고 있기에 팬데믹의 시대에 공감을 받고 위로를 건넬 수 있었던 것 같다. 그런 한편 이 책은 팬데믹의 터널을 빠져나오면서 캐서린 메이와 우리 모두 경험한 공포, 번아웃, 고립감, 무력감 등을 다루면서 그런 부정적인 상태가 매혹이 있는 삶의 소중함을 발견하는 출발점이 되고 있음을 보여준다. 이 지점이 독자들의 마음에 신선한 자극을 불어넣을 수 있지 않을까 기대된다.

캐서린 메이의 작품을 관통하는 공통점이 있다면, 자연을 향한 호기심과 애정, 그리고 자기만의 즐거움을 찾아내고 실행하려는 노력이라 생각한다. 《우리의 인생이 겨울을 지날 때》에서는 겨울의 한복판을 경험하고자 노르웨이로 여행을 떠나고 한겨울 바닷물에 몸을 담갔고, 《걸을 때마다 조금씩 내가 된다》에서는 생채기가 나고 다리가 후들거리도록 걷고 또 걸으며 자신과 싸웠으며, 이 책에서는 수영을 배워보고 벌들에 대한 관심을 가지며 직접 양봉 수업을 받아보는 등 세상과 연결되어 있다는 잊힌 감각을 일깨우기 위해 다양한 것들을 체험하길 멈추지 않는다. 이 책을 읽고서 누군가가 몸과 마음이 지치는 고된 일상에도 여전히 작은 즐거움과 황홀이 끼

어들 여지가 있음을 느끼게 된다면, 번역자인 내게는 그
보다 더한 기쁨이 없을 것이다.

　끝으로, 번역을 맡겨주신 디플롯, 처음부터 끝까지
믿고 지지해주신 김진형 주간님, 그리고 내가 번역한 캐
서린 메이의 책들이 팬데믹의 나날에 국내 독자들에게
견디는 힘이 되었을 것이라며 따뜻한 응원을 보내주신
유승재 교양팀장님께 감사드린다.

2023년 4월

이유진

옮긴이 이유진

이화여자대학교 불어불문학과를 졸업하고 같은 대학교 통번역대학원에서 번역학 석사 학위를 받았다. 《코리아타임스》 주최 현대한국문학번역상(2008)을 수상한 바 있으며, 전문 번역가로 활동하면서 저자와 독자 사이의 즐거운 소통을 이어가고 있다.

옮긴 책으로 캐서린 메이의 《우리의 인생이 겨울을 지날 때》《걸을 때마다 조금씩 내가 된다》를 비롯해 《조율하는 나날들》《섹스하는 삶》《공격성, 인간의 재능》《엄마는 내가 죽었으면 좋겠다고 말했다》《우리가 밤에 본 것들》《누가 아메리칸 드림을 훔쳐갔는가》 등이 있다.

인챈트먼트

1판 1쇄 찍음	2023년 5월 8일
1판 1쇄 펴냄	2023년 5월 15일

지은이	캐서린 메이
옮긴이	이유진
펴낸이	김정호

주간	김진형
책임편집	유승재
디자인	형태와내용사이, 박애영

펴낸곳	디플롯
출판등록	2021년 2월 19일(제2021-000020호)
주소	10881 경기도 파주시 회동길 445-3 2층
전화	031-955-9504(편집) · 031-955-9514(주문)
팩스	031-955-9519
이메일	dplot@acanet.co.kr
페이스북	facebook.com/dplotpress
인스타그램	instagram.com/dplotpress

ISBN	979-11-982782-1-0 03840